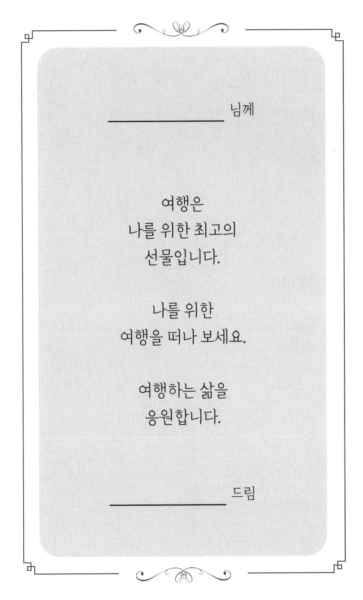

_____ 님께

여행은
나를 위한 최고의
선물입니다.

나를 위한
여행을 떠나 보세요.

여행하는 삶을
응원합니다.

_____ 드림

그곳을 선물합니다

1판 1쇄 발행 2021년 6월 14일

지은이 정원희

교정 윤혜원
편집 유별리

펴낸곳 하움출판사
펴낸이 문현광

주소 전라북도 군산시 수송로 315 하움출판사
이메일 haum1000@naver.com   **홈페이지** haum.kr

ISBN 979-11-6440-789-7 (03800)

좋은 책을 만들겠습니다.
하움출판사는 독자 여러분의 의견에 항상 귀 기울이고 있습니다.

정원희 에세이

그곳을 선물합니다

"인생, 여행처럼"

MOVE 발행인/편집장
조은영

클럽메드 G.O였다는 공통점으로 만난 정원희는 언젠가부터 '여행하는 술샘'으로 자신을 소개하기 시작했다. 나는 그가 G.O로 말레이시아 체러팅에서 근무할 때, 베니건스에서 커리어를 시작했을 때, 청담동 와인바의 소믈리에로 일할 때, 와인 선생님으로 마산과 서울을 오가며 강의를 할 때……. 삶의 트랙에서 그녀의 다양한, 그러나 언제나 발전적으로 나아가는 한 인간의 모습을 지켜보았다. 그녀가 서울 생활을 접고 창녕으로 본거지를 옮겼을 때 이제 조용히 전원생활을 하려나 의외의 행보란 생각을 잠시 했었으나 그것은 기우였다. 그녀는 오히려 전보다 더 에너제틱하게 전국을 무대로, 해외를 무대로 더 활동적인 모습으로 영역을 확장해 나갔다. '여행하는 술샘', 내가 아는 그 누구보다도 자신이 원하는 방향을 알고, 한치의 두려움도 없이 씩씩하게 나아가는 사람, 열정적으로 살아가는 사람이 정원희다. '여행'을 사랑하고, '여행'의 힘을 믿고, '여행'을 숭배하는 같은 종족으로서 언제나 그녀의 삶과 여정을 응원하고 싶다. 여행하는 사람은 일도 잘한다. 여행하는 사람은 행복하다. 여행하는 사람은 발전을 멈추지 않는다. 그것이 내가 여행에서 얻은 인사이트이며 정원희는 그 결과물이다.

소설가
조화진

    어느 날 나는 우연히 길을 가다가 책과 아기자기한 소품이 진열된 카페에 이끌려 들어가게 되었다. 커피를 마시면서 조금 무료해 뵈는 주인과 이야기를 트게 되었고 이 일이 훗날 그녀, 정원희를 만나게 된 계기가 되었다. 그녀는 첫 만남부터 열정이 대단했고 에너지가 넘쳤다. 알고 보니 그것은 그녀의 천성이었고 사람과의 유대관계나 친밀도가 높았다. 그리고 얼마의 시간이 지난 뒤, 그녀와 함께 와이너리 투어에 올랐다. 나름대로 여행을 많이 다녔다고 자부했으나 와이너리 여행은 좀 특별했다. 내가 익히 모르던 새로운 세계가 재미있었고, 한 도시에서 오래 머무르는 방식의 여행을 하는 계기가 되었다.

    그녀는 카톡 프로필에 적힌 대로 '여행하는 술샘'이다. 이십 대부터 다른 나라를 돌아다니며 근무했으니 글로벌한 열린 마인드는 당연하고, 강의도 참 잘한다. 얻어들을 게 넘친다. 그리고 드디어 책까지 내게 되었다. 이 놀라운 일을 두고 나는 당연한 결과라고 말하고 싶다.

    요즘 우리네 일상은 하루하루가 똑같은 반복의 도돌이표다. 하루하루가 똑같다는 그 말은 안도하는 것도 있지만 그만큼 변화 없이 지겹다는 말도 된다. 그 행간에 쉼표처럼 떠나는 여행의 순간은 멋진 일이다. 여행이 계획되어 있는 몇 달 전에서 일주일을 거쳐 드디어 떠나는 날이 되면 가슴이 두근거리며 설렌다.

    여행이라면 자다가도 벌떡 일어나는 나는 이런 여행책이 꼭 필요하다고 생각한다. 여행을 떠나면 생각보다 과감하게 도전하거나 위기 시에 현명하게 대처해야 하는 순간이 참 많다. 이 책은 그러한 상황에 지침서가 되어 줄 것이다. 이 책에는 여행의 많은 것이 들어 있다. 정원희의 열정의 힘과 실수와 노하우와 학습 등 그리고, 그녀가 서 있는 현재의 위치와 삶이 들어 있다. 이 책을 강력 추천하는 이유다.

    이제 여행 작가가 된 정원희 씨에게 축하를 전하고 응원을 보내게 되어 기쁘다.

들어가는 글

　당연하게 누리던 것을 당연하게 누리지 못하는 시간을 보내고 있다. 어른이 되고 난 이후 나에게 여행은 당연한 일상이었다. 가지 않는 여행은 있어도 떠나지 못하는 여행은 없다고 생각했다.

　2020년 2월 이후, 나의 큰 여행 가방은 창고 안에서 나오지 못하고 있다. 다시 불러 줄 날만을 기다리고 있다. 그날이 오면 한동안은 창고에 들어갈 일 없이 전 세계를 여행하게 될 것이다. 잠시 쉬는 중이다.

　2019년 겨울 이은대 작가님의 책 쓰기 수업을 수강하게 되었다. 와인, 여행, 전원생활, 육아 등 어떤 주제로 책을 먼저 쓰는 것이 좋을까? 모든 것을 담고 싶어 하는 내 마음의 목소리를 이은대 작가님이 대신 읽어 주셨다. 여행을 주제로 책을 써 내려가기 시작했다. 여행책을 쓰면서 이미 그 안에 내가 원하는 것을 모두 담을 수 있다는 것을 알게 되었다. 나의 여행 이야기는 어딘가로 멀리 떠나는 것만을 의미하지 않는다. 낯선 곳을 처음 만나게 해 준 음식과 술의 이야기가 있다. 세상을 긍정적으로 대하고 여유롭게 즐길 수 있는 태도를 만들어 준 삶의 철학이 담겨 있다. 어떠한 도전과 실패도 과정이라는 것을 깨닫게 해 준 여행이 있다.

　삶을 살아가면서 스스로는 멈출 수 없어도 무언가 할 수 없는 무기력한 상황이 되면 멈추어 서게 된다. 여행을 가면 일상을 떠나 새로운 자신을 발견하게 된다고 한다. 앞만 보고, 바쁘게 움직이면서는 나를 들여

다볼 시간도, 주변을 살펴볼 짬도 나지 않는다. 어떤 상황으로부터 완전히 벗어나거나 멀어져서 통제력이 미치지 않으면 더 이상의 걱정도 노력도 할 필요가 없게 된다. 여행은 나 자신을 오롯이 혼자인 채로 두는 것이다. 그래서 우리는 늘 여행을 꿈꾸고 계획하는 것이 아닐까?

망막박리 수술로 집에서만 머물러야 했던 한 달의 시간이 그랬다. 세상을 자신만만하게 살고 있었던 나에게 날아든 경고장이었다. 건강하지 않은 내 모습은 계획에 없던 일이었다. 하고자 하는 의지만 있다면 무엇이든지 해낼 수 있다는 건방진 생각을 바로잡을 좋은 기회가 되었다. 몸을 움직여 떠날 수 없었지만, 내면 깊숙이 나를 들여다보는 여행을 했다. 엎드려 누워 있는 것 말고는 할 수 있는 것이 하나도 없었다.

그리고 또 나를 멈춰 세워 준 2020년의 시간, 지난 일 년의 시간 덕분에 지난 여행의 시간을 정리할 수 있었다. 한 방향으로만 갈 필요가 없었다. 나를 둘러싼 모든 환경을 여러 각도로 자유롭게 바라보고 배우게 되었다. 물리적 공간을 크게 벗어나지 않았지만, 그 어느 때보다 많은 사람을 만나고 소통했다. 어딘가에서 살아 보기를 하면 이렇지 않을까 하는 생각이 들었다. 한동안 어디를 갈 수 없으니 공부를 시작하는 것도 쉬웠다. 운동을 시작하는 것도 쉬웠다. 많은 사람이 아무것도 할 수 없는 무기력한 시간이라고 했다. 매일 같은 뉴스를 보며 그저 기다리는 것 말고는 할 수 있는 것이 없다고 했다. 마치 영화의 한 장면처럼 모두가 멈춰 버린 세상이었지만, 움직일 수 있었던 나는 더 자유로웠다. 글을 쓰면서 과거로 시간 여행을 했다. 그래서 책도 마무리할 수 있게 되었다. 우리의 기대보다 조금 더 일찍 다가온 메타버스(Metaverse)에 재빨리 올라탔다. 온라인 세상에서 많은 사람과 소통하며 에너지를 얻었다. 어떠한 상황에도 나를 중심으로 생각하고 행동하게 하는 나의 힘의 원천은 여행으로부터 만들어진 것이다.

코로나 이후의 여행은 달라질 것이다. 여행을 떠나는 사람도 여행을 만드는 사람도 그렇게 될 것이다. 언제 여행을 떠날 수 있겠느냐는 질문을 많이 받는다. 하지만 그 시기보다는 언제 어떤 상황이 오더라도 유연하게 여행하는 삶을 만들어 가는 것이 더 중요할 것이다.

해외여행의 상황이 나아진다 하더라도 예전처럼 쉽게 떠나지는 못할수도 있다. 큰맘 먹고 나온 여행을 제대로 즐기는 것이 그 어느 때보다 중요하게 여겨질 것이다. 그러기 위해서는 여행을 잘할 방법을 배우고 내가 원하는 여행을 만들 수 있는 기술을 배우고 익히는 것이 중요하다. 가고 싶어도 국경을 쉽게 넘을 수 없는 지금은 여행을 준비할 좋은 기회이다. 여행을 기다리며 가고 싶은 여행지를 정하고, 현지에서의 여행을 상상하며 해 보는 것이다.

짧은 일정 동안 여러 곳을 도는 여행보다는 한곳에서 머무는 여행을 하는 것을 추천한다. 조금 더 긴 여행을 계획한다면 현지에서의 체험이나 근교 도시도 돌아보는 두루두루 살피는 여행이 좋을 것 같다.

코로나 이후에는 더 많은 사람이 여행을 더 자주 떠났으면 하는 바람으로 여행의 경험을 담았다. 여행은 나에게 먼저 주어야 할 선물이다. 열심히 인생을 살아가고 있는 우리가 당연히 받아야 할 보상이다.

지금까지 우리는 여행을 떠나기 직전까지 바쁜 일상을 살다가 잠시 떠났다 오는 여행을 했을 것이다. 이제는 나만의 여행을 준비할 시간이 있다. 지난 25년간 백번을 넘게 한국을 떠나며 경험하고 배운 이야기들을 이 책에 담았다. 여행지에서의 에피소드를 읽으며 여행의 기술을 하나씩 배워 나갈 수 있으면 좋겠다. 지금까지 제대로 여행의 방법을 배울 기회가 없어 참여행을 할 수 없었다면 지금이 그것을 배울 수 있는 절호의 기회이다. 여행의 참된 의미를 배워 가며 나만의 여행을 설계해 볼수 있을 것이다. 아날로그 시대의 여행보다 더 강력한 여행 플랫폼들이 잘 준비되어 있다. 완벽한 시나리오로 빈틈없는 여행을 만들기 위해 준비하는 것이 아니다. 여행을 준비하는 순간부터 우리는 여행을 시작하는 것이다. 이 책을 읽으면서 예습하듯이 때로는 복습하듯이 여행을 떠날 수 있으면 좋겠다. 게임을 하듯이 떠나는 상상의 여행으로 여러분은 이미 여행자이다.

차 례

제1장

여행이란 무엇인가

남편이 운영하던 식당을 정리하고 나니 800만 원 정도가 남았다. 호주행 비행기표를 예약했다. 임신 5개월이었던 나는 남편과 함께 태교 여행을 했다. 결혼한 지 5년 만에 우리 부부에게 온 아이를 축복으로 맞이할 수 있는 소중한 시간이었다. 헌터밸리 와이너리의 포도밭 풍경을 바라보며 아침을 맞이하던 그 순간, 첫 태동을 느꼈다. "엄마, 아빠, 저 여기에 있어요. 더 이상 힘들어하지 마세요."라고 이야기하는 것 같았다. 새로운 시작을 알리는 신호에 눈물이 흘렀다. 식당 사업 실패로 우리에게 온 더 큰 선물의 감사함을 잊을 뻔했다.

귀농 후 남편은 신경쇠약 판정을 받았다. 마음의 안정을 위해 우리 가족은 우리가 좋아하는 친구가 있는 남아프리카공화국으로 가족 여행을 떠났다. 힘들어하던 곳을 잠시 벗어나서 아프리카 대자연을 만나니 모든 고민이 가볍게 느껴졌다. 집에 돌아오는 비행기를 놓쳐 의도치 않게 하루 더 머물렀지만, 그조차도 잊지 못할 추억이 되었다.

부모님과 함께 싱가포르에서 출발하는 아시아 크루즈 여행을 떠났다. 일찍 독립한 딸이 늘 보고 싶다고 말한다. 두 분만 가는 여행보다 나와 함께 가는 여행을 더 좋아한다. 부모님 모두 건강할 때 더 많은 시간을 함께하려고 한다. 아무리 바쁘고 형편이 여의치 않아도 일 년에 한 번은 함께 여행하고 있다.

고등학교 졸업 후 바로 직장 생활을 시작하여 20년이라는 시간을 휴식 없이 열심히만 살아온 착한 동생이 있다. 본인이 한국에 없으면 회사도 가족에게도 무슨 일이 일어난다고 생각한다. 동생의 첫 가족 여행을 미국 올랜도로 함께 떠났다. 열흘간 일상을 떠나 있었는데도 당연히 아무런 일이 일어나지 않았다.

약상자에는 없는 치료제가 여행이다. 여행은 모든 세대를 통틀어 가장 잘 알려진 예방약이자 치료제이며 동시에 회복제이다.

– 미국의 의사, 작가, 대니앨 드레이크

01
클럽메드에 빠지다

'무엇이든 해도 되는 자유, 아무것도 안 해도 되는 자유'

'자유'의 의미를 알게 되었고, '자유'를 잘 쓰는 방법을 배웠다. '자유' 를 누리는 삶을 위해 살게 되었다.

언제든 바라볼 수 있는 바다, 전 세계에서 온 친구, 다양하고 푸짐한 음식, 놀거리가 가득하다. 이곳은 나의 첫 직장이다. 호텔경영학을 전공 하면서 배운 이곳을 동경하게 되었다. 클럽메드는 전 세계 아름다운 곳 곳에 자리한 휴양지이다. 물감으로 색을 칠해 놓은 것 같은 하늘과 바다 풍경, 검게 그은 피부의 비키니를 입은 사진 속 멋진 사람들이 있는 그 곳이 너무나 궁금했다. 단 한 번도 그런 리조트를 경험해 본 적은 없었 다. 지도 교수님의 추천으로 클럽메드의 서울 사무소에서 취업을 위한 면접을 보게 되었다. 새로운 세상에 대한 상상으로 들떠 있었다. 영어를 유창하게 말하지 못해서 첫 번째 면접에는 떨어졌다. 합격해서 먼저 떠 나는 선배를 부럽게 지켜보았다. 다시 영어 공부를 시작했다. 6개월 후 다시 본 면접에서는 다행히 합격했다. 만약 내가 첫 번째 도전에서 합격 했다면 연수 일정도 없이 바로 호주 린더만 클럽메드로 가야 했었다. 호 주 린더만으로 간 선배가 연수 없이 가는 바람에 고생을 많이 했다는 이 야기를 나중에 전해 들었다. 오히려 첫 번째 영어면접에 떨어진 덕분에 체러팅에서 연수생으로 시간을 보낼 수 있었다. 연수 후에 다음 빌리지인 푸껫으로 갈 수 있어 다행이었다. 35일간 다녀온 유럽 배낭여행을 경험으로 외국에 대한 두려움은 많이 사라졌다. 하지만 여행이 아니고 일을 위해 해외로 나간다는 것은 또 다른 감정이었다. 취업비자를 받기 위해 대사관을 찾아가고, 비자를 신청했다. 하나하나씩 첫 외국 생활을 준비해 가던 시간을 생각하니 다시 그 설렘이 살아나는 듯하다.

1997년 8월 말레이시아 쿠알라룸푸르로 가는 비행기를 탔다. 다시 쿠알라룸푸르에서 비행기로 한 시간 정도 쿠안탄으로 이동했다. 처음으로 비행기 환승을 경험했다. 공항에 도착해서 나가니 클럽메드 푯말을 들고 있는 직원이 나를 반긴다. 모르는 길을 가야 하는 나에게 안도감을 주는 첫 번째 내 편이다. 준비된 차를 타고 리조트로 이동했다. 가는 내내 새롭게 시작될 나의 생활을 상상했다. '어떤 일을 하게 될까?', '방을 같이 쓰게 될 룸메이트는 어디서 온 친구일까?', '내 영어 실력으로 잘 알아들을 수 있을까?' 그러한 생각을 하는 동안 클럽메드 빌리지에 도착했다. 경쾌한 음악 소리에 신나게 팔을 흔들며 환영하고 있는 사람들은 만났다. 잘 아는 친구 집에 찾아온 것처럼 편안했다. 버스 안에는 나와 비슷한 시간에 공항에 도착한 다른 손님들도 함께 있었다. 클럽메드를 이용하는 사람은 누구나 공항에서 마중을 받고, 빌리지에 도착하면 큰 환영을 받는다. 리조트를 찾는 손님을 지엠(GM: Gentle Member), 일하는 직원을 지오(GO: Gentle Organizer)라고 부른다. 고객과 직원의 상하 관계와는 다른 개념이다. 지오는 지엠이 리조트 내에서 휴가를 잘 즐길 수 있도록 도와주어야 한다. 지엠은 지오의 도움을 받아 알차게 시간을 보내고 가는 것이다. 클럽메드에는 가족, 연인 혹은 혼자서 오는 이들도 있다. '무엇이든 해도 되는 자유, 아무것도 안 해도 되는 자유'가 클럽메드의 슬로건이다. 프랑스에서 열 시간 넘게 날아와서 한 달간 휴가를 보내는 가족을 만난 적이 있다. 다섯 살인 딸은 미니 클럽에서 하루를 보내고, 엄마는 수영장 선베드에서 하루 종일 책을 읽으며 휴식을 취한다. 아빠는 지오들과 함께 테니스를 치거나 스노클링을 즐긴다. 각자의 시간을 원하는 대로 보내고 있는 모습이 새롭게 보였다. 가족들이 온종일 함께 다니지 않는 모습도 낯설었다. 각자 원하는 것을 하면서 시간을 보내고 있었다. 아무것도 하지 않는 여행객을 보는 것도 신기했다.

당시 클럽메드는 한국 신혼여행객들에게 매우 인기 있는 리조트였다. 주말 예식을 마치고 100쌍이 넘는 한국인들이 빌리지에 가득 차 있을 때도 있었다. 한국에서 오는 비행기들은 보통 밤 비행기로 리조트에 도착한다. 결혼식을 막 마치고 오는 신혼부부들은 두꺼운 화장도 지우지 못한 채 오는 경우도 있었다. 결혼식을 마치고 바로 비행기를 타고 온 신혼부부들은 지쳐 있었다. 첫날의 프로그램은 즐기지 못하는 고객들이 대부분이었다. 클럽메드 리조트는 방에 텔레비전이 없다(지금은 있다). 매일 저녁 무대에서 열리는 재미있고, 다양하기 공연을 보고 즐기는 것이 리조트의 콘셉트이다. 매일 저녁 무대와 그 주변에서의 프로그램들은 가장 클럽메드다움을 즐길 수 있는 순간이다. 일찍 방으로 들어가서 쉬는 사람들을 보면 안타까울 때가 많았다. 다음 날 조식을 먹는 식당에는 화장을 진하게 하고, 멋지게 차려입은 커플들이 많이 보인다. 멀리서 봐도 바로 한국에서 온 신혼부부임을 알 수 있다. 동남아 지역에서 일하면 한국 여자들의 고운 피부 덕분에 한국인들이 아름답다는 이야기를 많이 듣는다. 화장 기술이 한몫하기도 한다. 클럽메드에서 일하면서 아침 식사를 느긋하게 먹는 습관이 생겼다. 대개는 아침 운동을 하거나 산책을 하고 편안한 차림으로 식당으로 들어간다. 신선한 과일을 바로 짜서 만들어 주는 주스로 아침을 연다. 테이블로 안내받고 앉으면 커피나 차가 테이블로 오거나 이미 준비되어 있다. 테이블에 같이 앉게 된 사람들과 인사를 나누거나 조용히 차를 마시면서 시간을 보낸다. 그리고 천천히 아침 식사로 먹을 음식들을 챙기러 간다. 클럽메드에서는 지엠과 지오가 함께 식사를 한다. 직원 식당이 따로 없다. 보이지 않는 규칙 중 하나는 직원들끼리 앉을 수 없다는 것이다. 반드시 지엠과 함께 앉아야 한다. 덕분에 많은 사람을 만나 이야기했다. 지리 시간에 배웠던 나라들보다 클럽메드에서 새롭게 알게 된 나라들이 더 많다. 서툴렀던 영어 실력은 조금씩 향상되었다. 한두 시간 동안 아침 식사를 끝내면 하루의 일을 시작한다. 멋지게 잘 차려입은 한국인 커플들은 이미 자리를 뜨고 없다. 외부 관광을 위해 출발을 한 것이다. 리조트 내에 머물면서 제공되는 각종 프로그램과 식음료를 즐기는 것이 올인크루시브 리조트이다. 이미 내가 지불한 비용에 단순히 숙박비뿐만이 아니라 모든 것이 다 포함되어 있다. 그래서 리조트는 일반적인 호텔과 목적과 용도가 다르다. 관광지를 돌아보는 여행을 더 선호한다면, 숙박을 위주로 하는 시내 중심에 자리한 호텔을 예약하는 것이 좋다. 관광하는 데에는 추가 비용이 들어간다. 리조트에는 이미 리조트 내에서 즐길 수 있는 액티비티, 음식과 음료, 시설 사용을 위한 비용들이 모두 포함되어 있다. 리조트 내에서 하루 종일 머물러도 놀거리와 먹을거리가 풍부해서 밖으로 나갈 이유가 없기 때문에 대부분 시내와 멀리 떨어져 있다.

바쁜 일상을 떠나 여유로운 시간을 보내기 원한다면 리조트에서 휴양형 여행을 할 것을 추천한다. 아무것도 하지 않는 시간, 나를 중심으로 보낼 수 있는 자유로운 시간이 많아야 생각이라는 것을 할 수 있다.

여행은 우리가 사는 장소를 바꿔 주는 것이 아니라 우리의 생각과 편견을 바꿔 주는 것이다.

- 소설가, 아나톨 프랑스

02
세계인의 휴가 vs 한국인의 휴가

철인 3종 경기하듯이 다니는 여행, 다시는 그곳을 가지 않을 것처럼 하는 여행, 최대한 싼 여행을 찾으면서 쇼핑에는 비용을 아끼지 않는 여행, 이런 여행을 다녀온 사람들은 한국으로 돌아와 몸살을 앓는다. 몸도 마음도 지갑 사정도 어렵고 지쳐 있기 때문이다. 일주일간 5개 나라를 다녀왔다는 사람들의 이야기를 들으면 부러움보다는 바쁜 일정을 소화하느라고 참 힘들었겠다는 생각이 든다. 여러 곳을 짧은 시간에 여행하고 왔다는 것은 더 이상 자랑거리가 아니다.

왜 한국인들은 여행을 가서 이렇게 바쁘고 빡빡한 일정으로 여행을 하는 걸까? 한국여행업협회의 2018년 통계를 보면 홍콩, 미국, 한국의 근로자들에게 주어지는 휴가 일수는 14일에서 15일로 비슷한 수준이다. 홍콩과 미국인들은 주어진 휴가를 모두 사용하는 반면, 한국은 실제 휴가 사용 일수가 8일 미만인 것으로 나타났다. 프랑스, 핀란드, 독일 등 유럽의 선진국의 유급휴가 일수가 30일인 것에 비해 한국의 유급휴가 일수는 절반 수준이지만 그마저도 일주일 정도밖에 쓰지 못하는 현실이다.

365일 중 겨우 일주일을 휴가로 떠날 수 있는 한국 사람들은 어렵게 마련한 해외여행의 기회를 단단히 이용하고 싶어 한다. 최대한 많이 보러 다니고, 많은 사진을 남기기 위해 긴 이동을 마다하지 않는다. 열심히 찍은 사진 속의 건물들이 무엇이었는지 기억도 나지 않는다. 이른 새벽부터 일어나 간밤에 대충 풀어 놓은 짐을 다시 싸고 버스에 오른다. 내가 직접 계획하고 준비한 여행이 아니기에 목적지가 정확히 어디인지도 모른 채 길을 나선다. 외곽에 자리한 호텔에서 볼거리가 있는 중심지로 가려면 이동 시간이 꽤 걸린다. 앞에서 이야기하고 있는 가이드의 목소리는 자장가처럼 들린다. 차가 멈추고, 다시 가이드의 마이크 소리가 들린다.

"자, 여기서 잠시 사진 찍고 다시 이동합니다. 30분 후에 출발합니다. 다음 목적지로 서둘러 이동해야 하니 늦으면 안 됩니다."

깜빡 잠이 들었다가 우르르 서둘러 내린다. 적어도 100년에서 수백 년은 되었을 유럽 도시의 어느 성당 앞에서 사진을 찍는다. 30분 안에 성당 안을 돌아볼 여유는 없다. 그렇게 여러 개의 성당 앞에서 사진을 찍고 나면 나중에 어디였는지 기억이 잘 나지 않는다. 30분 동안 수백 년의 역사를 훌쩍 넘어 버리고 다시 버스에 오른다. 성당 옆에 있는 카페에 잠시 앉아서 여유롭게 에스프레소 한 잔을 즐기고 싶다. 그저 소망일 뿐이다. 커피 한 잔의 여유도 가지지 못한 채 이동한 곳은 어느 상점이다. 상점에서의 쇼핑 시간은 꽤 여유롭다. 상점 주변에는 그렇다 할 구경거리가 없어 다시 상점 안을 배회한다. 물건의 설명을 듣다 보니 나도 모르게 마음이 동하고, 그러다가 예정에도 없었던 쇼핑을 한다. 그렇게 소중한 나의 시간은 흘러간다. 단체가 함께 식사해야 하기에 여행 블로거가 올려 놓은 맛있는 현지식은 기대할 수 없다. 유럽 사람들은 두 시간이나 세 시간씩 느긋하게 식사를 한다던데, 한국에서처럼 한 시간이 채 걸리지 않아 식사가 끝난다. 자유 시간이 주어지면 찾아가 보기라도 할 텐데, 그럴만한 여유가 없다. 다시 다른 도시로 이동을 해야 한다. 그러기를 여러 번 반복하고 어두워지면 호텔로 돌아간다. 방을 배정받고 룸으로 올라가는 길에 호텔 로비 라운지에서 흘러나오는 라이브 음악이 이동에 지친 몸을 위로한다. 음악 소리를 즐기며 칵테일이나 와인을 한잔하고 싶지만 사치스러운 상상이다. 다음 날 아침 일찍 짐을 싸서 호텔에서 출발하기 때문이다.

한국에서 출발해서 다시 돌아가는 일정을 모두 포함해서 4~5일 안에 끝내야 하거나, 길어야 일주일인 일정 안에서 이렇게 바쁘게 움직인다. 휴가 기간이 길지 않기에 오히려 여러 곳을 가지 말고, 한곳에 머물며 두루 살피는 여행을 해야 한다. 귀하게 낸 시간과 돈이 낭비되지 않도록 최대한 이동을 줄이는 것이 좋다.

여행을 떠난다는 것은 내가 잘 알고 있는 일상을 떠나 모르는 곳으로 가는 것이다. 낯설고 불편함을 감수해야 하는 순간들이 많이 생기고 그 것이 여행의 묘미이기도 하다. 이러한 순간이 생길 때마다 그럴 수 있다고 생각하면 된다. 당황하지 않으면 된다. 그러려면 여행 일정을 느슨하게 짜는 것이 좋다. 예정대로 모든 상황이 수월하게 흘러가면 여유시간이 생기게 된다. 레저(Leisure) 시간이다. 'Leisure'라는 단어를 사전에서 찾아보면 '일에서 해방되어 휴식하거나 즐길 수 있는 시간 또는, 그 시간을 이용하여 노는 일'이라고 나와 있다. 아무것도 하지 않아도 되는 시간, 무엇이든 할 수 있는 시간이다. 갑자기 한 시간이 주어지면 무엇을 하겠는가? 반나절이 주어지면 무엇을 하겠는가? 오롯이 하루의 자유가 주어지면 무엇을 하겠는가? 항시 바쁜 일상을 살아가는 우리는 시간이 없어서 무언가를 하지 못한다는 말을 입에 달고 산다. 그러다가 막상 시간이 주어지면 아무것도 안 해도 되는 시간을 불안해하다가 아까운 시간을 흘려보낸다.

한국을 떠나 여행하면서 많은 사람을 만나 보았다. 참 잘 논다. 혼자서도 잘 놀고, 어울려서도 잘 논다. 미국이나 유럽에는 한국처럼 유흥거리가 많지 않다. 바에선 간단하게 한 잔 마시며 이야기하거나, 집에서 파티를 하며 술을 마시는 경우가 더 많다. 친구들이나 가족들이 음식이나 음료를 함께 모여 즐기는 형식이다. 유흥보다는 스포츠가 더 많이 발달한 미국에서는 야구, 농구, 하키, 풋볼과 같은 경기를 함께 관람하기도 한다. 골프, 테니스, 달리기 등의 운동을 혼자 하거나 가족과 친구들과 함께하며 여가 시간을 보낸다. 일상을 그렇게 보내는 미국인들은 여행을 와서도 운동을 빼놓지 않는다. 운동복을 챙겨 와서 시설이 잘 갖춰진 호텔의 피트니스 센터에서 아침마다 운동한다. 호텔 주변을 조깅하는 모습들을 자주 볼 수 있다. 새벽같이 짐을 싸서 나가는 한국인 여행객들과는 사뭇 다른 모습이다. 운동을 끝내고 편안한 복장으로 아침 식사를 느긋하게 즐기는 모습이 좋다. 식사를 끝내고 야외 테라스 테이블에서 아침 햇살을 즐기며 책을 읽고 있는 커플의 모습은 어떤가?

보드게임은 유럽인들의 놀이 문화를 넘어 중요한 생활 영역의 한 부분이다. 유럽 여행을 하면서 남녀노소 누구나 함께 즐길 수 있는 보드게임을 여러 가지 경험하였다. 요즈음도 유럽 여행을 가면 서점의 보드게임 코너를 꼭 한번 둘러보고 새로운 것이 있으면 사곤 한다. 호텔 수영장에서, 로비에서 삼삼오오 모여 보드게임을 즐기고 있는 친구들, 가족들의 모습들을 자주 볼 수 있다. 급하거나 서두르는 모습이 아니다. 시간에 쫓겨 어딘가를 급히 가지 않는다. 남아프리카의 요하네스버그로 가족 여행을 갔을 때가 생각난다. 입국 대기 줄이 매우 길었다. 한 시간쯤 지나고 피곤과 지루함으로 짜증이 나려던 순간, 옆 라인에 있는 한 가족을 보게 되었다. 이십 대 초반 정도로 보이는 누나와 아빠, 고등학생쯤으로 보이는 아들과 엄마가 각각 팀이 되어 낱말을 설명하고 알아맞히는 게임을 하고 있었다. 한참을 재미있게 하더니 다시 각자의 책을 보며 줄을 지켜 나가고 있었다. 여행 중 많은 시간은 기다림의 연속이고, 예기치 않은 시간은 언제든지 기다리고 있다. 우리는 언제든지 놀 준비가 되어 있어야 한다. 오죽하면 김정운 교수가 『나는 놈 위에 노는 놈 있다』라는 책을 썼을까? 의학의 발달로 인간 수명 백 세 시대가 되면서 50년을 백수로 살아야 하는 세대가 되었다. 일상에서든 여행에서든 노는 것을 잘

할 수 있어야 매 순간이 즐거울 것이다.

그렇다고 휴식하고 여유를 즐기며 노는 것만이 여행의 전부는 아니다. 도시의 유명한 랜드마크를 찾고, 오랜 역사 속의 건축물들을 만나러 가는 것 또한 여행의 중요한 부분 중의 하나임은 틀림없다. 17~18세기 유럽 상류층 자녀들은 세련된 교양과 예법을 익히기 위해 '그랜드투어'라는 여행을 했다. 유럽 전역을 돌며, 건축물과 고전, 예술을 익히는 여행이다. 그랜드투어의 전형적인 여정은 영국의 도버해협을 건너 프랑스로 이동하는 것이다. 파리의 샹젤리제 거리, 노트르담 대성당, 로열 팰리스, 루브르궁전 등을 둘러보고 알프스를 넘어 이탈리아로 간다. 이탈리아의 북부, 중부, 남부의 주요 지역들을 꼼꼼하게 돌아본다. 여비와 여정을 조금 더 투자할 여력이 있는 경우에는 독일의 포츠담, 프랑크푸르트, 오스트리아 등을 거쳐 본국으로 돌아갔다고 한다. 이 여정은 짧게는 수개월에서 6~7년 동안 이어지는 대장정이다. 1840년대 이후 기차가 대중화되었다. 유럽 여행은 더 이상 특권층만이 것은 아니게 되었다. 오늘날 유럽을 찾는 사람들은 교양과 소양을 쌓을 목적으로 여정을 만들지는 않는다. 그들이 긴 여정으로 찾았던 위대한 문화유산인 콜로세움, 노트르담 대성당, 웨스터민스터 사원들이 단순히 '인증 샷'을 위한 배경 사진으로만 전락해 버린 현실이 안타깝다.

짧은 기간 한 곳을 가더라도 천천히 두루두루 살피는 여유로운 시간의 여행들을 떠나볼 것을 추천한다.

> 세계는 한 권의 책이며, 여행자들은 여행을 할 때마다 그 책의 한 페이지를 읽는 것과 같다.
>
> — 성 마우구스티누스

03
매년 3천만 명은 무엇을 위해 떠나나

「먹고, 기도하고, 사랑하라」는 떠나고 싶게 만드는 영화이다. 서른한 살 주인공 리즈는 자신의 삶을 찾기 위해 여행을 떠난다. 이탈리아에서 실컷 먹고, 인도에 가서 누군가를 위해 기도하는 법을 배우고, 발리에 가서는 진정한 사랑을 찾는다.

 2014년 6월, 나는 떠날 수 없었기에 더 떠나고 싶었다. 학교에서 퇴근하고 운전을 하며 집으로 가는 길이었다. 왼쪽으로 눈을 살짝 돌렸는데, 잠시 검은 커튼이 보였다. 피곤해서 그렇다고 생각하고 대수롭지 않게 넘겼다. 다음 날, 친구와 친구의 지인이 집으로 놀러 왔다. 마침 안과 병동의 수간호사로 오래 근무한 지인은 나의 증상을 걱정했다. 바로 다음 날 병원에 가야 한다고 당부를 하고 돌아갔다. 친구들이 돌아가고 책을 보려고 앉았는데 오른쪽 눈을 가리니 암흑천지였다. 아무것도 보이지 않았다. 겁이 났다. 밤새 잠을 설치고 아침이 되자마자 부산에 있는 병원으로 갔다.
 '망막박리' 진단을 받았다, 왼쪽 눈의 망막이 거의 전부 찢어져서 겨우 붙어 있는 상태였다. 바로 해운대 백병원으로 이동을 하고 입원 수속을 진행하였다. 수술 전까지 나에게 주어진 시간은 스물네 시간. 학기 중이었기에 진행 중인 강의들은 조기 종강을 하거나, 대신 강의해 줄 사람을 찾았다. 취소할 수 있는 외부 일정을 모두 변경을 하였다. 망막 수술은 안구 이식 다음으로 안과 수술에서 큰 수술이라고 했다. 다행히 수술과 입원 기간은 일주일이면 충분했다. 수술 이후의 시간이 문제였다. 안구에 세 개의 구멍을 뚫고 오일을 채워 넣었다. 수술 이후의 회복 방법은 엎드려서 한 달의 시간을 보내는 것이었다. 잠도 엎드려서 자야 하고, 밥도 엎드려서 먹어야 했다. 어렵게 레이저로 봉합해서 붙여 놓은 망막이 잘 붙게 하려면 그 방법만이 최선이라고 했다. 성인이 된 이후 일주일 이상 집 밖에 나가지 않은 적은 처음이었다. 한 달의 시간을 처방대로 잘 지내야 회복이 된다고 하니 다른 선택은 없었다.

어린 아들은 학교에서 돌아오면 집에 엄마가 있다는 것을 좋아했다. 항상 수업과 공부로 늦게 귀가하거나 출장이 잦은 엄마를 늘 그리워하던 초등학교 1학년이었다.

집 밖으로 나가지 않고, 엎드려서 할 수 있는 일들을 찾아보았다. 남편이 레저용 간이침대 머리 부분에 커다란 구멍을 만들었다. 엎드려서 머리를 아래로 넣고 책과 영화를 볼 수 있게 되었다.

수술한 눈에 통증이 있는 것은 아니었다. 계속 엎드려 있어야 했기에 목과 허리가 아팠다. 잠을 많이 자는 것도 힘들었다. 장거리 비행기를 타고 가는 사람처럼 물리적 공간을 벗어날 수 없는 상황이었다. 하루에 여러 권의 책을 읽고, 여러 편의 영화를 보았다. 한 달 동안 아이패드 작은 화면으로 보는 세상이 내가 보는 세상의 전부였다. 조정래 작가의 소설 『정글만리』를 읽으며 처음으로 중국이 궁금해졌다. 「먹고, 기도하고, 사랑하라」를 보며 나의 삶에 대해 다시 생각하게 되었다.

박사 학위를 마치고, 대학교수가 되었다. 귀농 후 남편의 건강을 되찾게 되었고, 귀농 생활도 적응해 나가고 있었다. 큰 걱정과 고민도 없는 안정된 삶에 만족하고 있었다. 농사로 도시에서 만큼의 소득을 기대하지는 않았다. 교수직 하며 버는 월급이 있으니 살아는 지겠거니 하고 있었다. 아프거나 사고가 나서 그 모든 것이 멈출 수도 있다는 생각은 단 한 번도 하지 않았었다. 「먹고, 기도하고, 사랑하라」 영화 속, 서른 살의 리즈가 자신의 삶을 찾기 위해 여행을 떠나는 것을 보았다. 아직 해 보고 싶은 것이 많은 나를 발견했다. 『정글만리』에서 본 중국의 모습은 내가 잘 알지 못하는 중국의 모습이었다. 제대로 중국을 여행해 보고 싶다는 생각이 들었다.

만약 나의 팔이 부러졌거나, 다리가 부러졌다면 나는 기를 쓰고 일상을 살아가려고 애를 썼을 것이다. 목발을 짚고 출근하고, 수업을 하고, 사람들을 만났을 것이다. 물리적인 제약이 생기니 생각의 기회는 더 넓고 깊어졌다. 신경 써야 하는 주변 사람, 함께 풀어 가야 할 일이 없으니 오로지 자신만을 돌아볼 수 있는 시간이 생겼다. 대개는 사람들이 많이 아프거나 여행을 다녀오면 삶을 대하는 태도가 많이 달라진다고 한다. 어쩔 수 없이 일상을 벗어나 전혀 다른 환경에서 살아진다는 점에서 공통점이 있다. 아프고 나서 그것을 깨닫기보다는 여행을 다니며 자신의 삶을 되돌아보고 설계하는 편이 훨씬 낫다는 것에는 모두가 동의할 것이다.

행복을 연구하는 서울대학교 심리학과 최인철 교수는 최대한 자주 일상을 떠나라고 조언한다. 벗어남의 기쁨이 있다는 것이다. 아내가 친정에 가면 남편이 행복하고, 남편이 출장을 가면 아내가 행복하고, 아이들이 수학여행을 가면 엄마와 아이 모두 행복하단다. 일상을 떠난다는 것은 나의 일상에서 최소 800km 이상 떨어지는 것이어야 한다. 서울을 기준으로 볼 때 일본까지가 그 정도이다. 800km란 일상에서 일어나는 일에 대해 내가 직접 어떠한 대처도 할 수 없는 물리적 거리이다. 나의 일상을 잠시 벗어나는 것도 여행이라 할 수 있지만 완전히 벗어나지 않으면 완전히 자유로워질 수 없다. 최인철 교수의 연구에서, 사람들을 행복하게 하는 일련의 활동들을 이야기하고 있다. 먹고, 이야기하고, 놀고, 걷는 것이 가장 높은 점수를 차지한다, 자주 일상을 떠나야 하는 이유는 여행은 이 네 가지를 모두 가진 종합선물세트이기 때문이다.

이십 대에 결혼하여, 아내로, 엄마로만 20년 가까이 살아온 친구와 함께 홍콩 여행을 하게 되었다. 결혼 후 남편이나 아이들 없이 혼자서만 며칠간 지내는 것이 처음이라는 친구는 여행을 준비하는 내내 흥분되어 있었다. 여행이 시작되고, 친구는 감탄사를 연발하며 홍콩 시내를 돌아다녔다. 홍콩을 열 번도 더 넘게 다녀온 나보다 홍콩의 거리를 잘 찾아다녔다. 여행 기간 내내 행복해하는 친구에게 물었다.

"여행 오니 좋아? 뭐가 제일 좋아?"

"남이 해 주는 밥 먹는 거랑 청소 안 해도 되는 거, 그리고 아무도 안 챙겨도 되는 거."

의외의 답변에 놀랐다. 홍콩의 야경이 멋지다던가, 음식이 맛있어서 좋다던가 뭐 그런 이유일 줄 알았다, '한국에서도 그렇게 하면 되지.'라고 말하려고 하다가 그냥 관두었다.

홍콩섬에서 구룡으로 넘어가는 페리를 타러 가는 길에 출출해서 주먹밥 몇 개를 사고, 맥주 두 개를 샀다. 10여 분 정도 타는 페리에서 사 온 주먹밥과 맥주 캔을 따서 들이키려는데 친구가 눈물까지 글썽이며 이야기한다.

"너무 고마워. 나, 이런 거 꼭 해 보고 싶었어. 페리 타고 맥주 한 잔. 너무 멋지다."

"뭐 이런 거 가지고……. 또 뭐 해 보고 싶은데?"

"마사지 많이 비싼가? 마사지도 한번 받아 보고 싶은데……."

익숙하고 잘하는 일 안 하기, 해 보지 않은 모르는 일을 하는 것이 친구에게는 가장 큰 선물이었다.

'길 위의 여행 학교'를 운영하며, 항상 수업의 첫 시간에는 여행의 이유를 묻는다. 떠나지 않을 이유에 관해서도 이야기한다. '여행'을 사전에서 찾아보면 자기 거주지를 떠나 객지에 나다니는 일, 다른 지역이나 외국에 가는 일 등을 말한다. '여행'의 본질은 '떠남'이다. '떠남'에서 오는 행복감과 불안감, 즐거움과 괴로움, 익숙함과 낯섦, 편리함과 불편함이 수시로 교차되어 여행에서 나타난다. 자신을 찾아오는 여행을 하고 오겠다는 원대한 꿈을 가지고 떠나는 이들도 있다. 아무런 기대도 없이 떠나는 여행도 있다. 친한 친구와 함께 떠났다가 의가 상해서 돌아오는 여행도 있다. 혼자 떠난 여행에서 뜻밖의 인연을 만나 새로운 친구가 되기도 한다. 어떠한 여행도 계획대로 되는 여행은 없었다. 기차도 놓쳐 보고, 비행기도 놓쳐 보았다. 수화물로 보낸 짐이 도착하지 않아, 삼 일간 짐 없이 지내기도 했다. 아무리 잘 준비하고 대비해도 예측하지 못한 일들은 생기지만, 괜찮지 않은 일 또한 없었다.

2016년 세미나 참석차 미국 댈러스에 가는 일정이 있었다. 항공권을 예매하는데 일행들과 일정을 맞추려니 가격 차이가 너무 많이 났다. 조금 더 일찍 출발해서 도쿄에서 열아홉 시간을 체류했다가 환승하는 비행편으로 하니 훨씬 가격이 좋았다. 목적지인 댈러스에 도착하는 시간은 비슷하니 일정에는 문제가 없었다. 스무 시간 이내 환승이면 짐은 찾지 않아도 된다. 동경 시내를 다녀올 수 있는 시간이 충분하였다. 마침 벚꽃이 만발하던 시기여서 여유롭게 꽃구경을 하고, 초밥도 사 먹었다. 잠시 피로도 풀 겸 해서 오다이바에 있는 온천 찜질방으로 갔다. 하룻밤을 보내고 다시 공항으로 가서 미국을 다녀온 적이 있다. 목적지에 가기 위해 직항 비행기를 탈 수도 있고, 여러 곳을 경유하는 비행기를 탈 수 있다. 출발지와 목적지가 같다면 조금 더 많은 곳을 기항하며 가 보는 것은 어떠한가? 너무 서두르지 않아도 된다. 우리는 어차피 목적지에 갈 수 있다.

모든 사람의 인생은 출생(B- Birth)에서 죽음(D- Death)으로 끝난다. 그 사이에는 세상을 살아가면서 만나게 될 여러 가지 C들이 있다. 기회(C-

Choice), 선택(C- Chance), 도전(C- Challenge), 용기(C- Courage) 그것이다. 최대한 다양한 C를 경험한다면 똑같은 B로 시작되었다 하더라도 각각 다른 방법으로 D에 도착하게 될 것이다. 사람들은 최대한 많은 C를 만나기 위해 여행을 떠난다. 일상에서 항상 만나는 것이 아닌 새로움 가득한 C를 위해서.

목적지에 닿아야 행복해지는 것이 아니라 여행하는 과정에서 행복을 느끼는 것이다.

– 앤드류 매튜

04
여행에도 목적이 있는가

스무 살에 프랑스를 여행해 볼 수 있었는데 가지 못했다. 불어를 전공하던 중 프랑스로 연수를 떠날 기회였다. 왜 가지 않게 되었는지는 정확히 기억나지는 않는다. 부모님은 경제적으로 부담이 된다고 말씀하셨던 것 같기도 하고, 딸을 장시간 멀리 보내는 것이 걱정된다고 하신 것 같기도 하다. 학과 공부보다는 풍물 동아리 활동에 더 관심이 많고, 불어 공부에 크게 관심이 없었던 나는 부모님의 만류에 바로 포기해 버렸다. 아마도 내가 간절히 원하는 여행이 아니었기 때문이었을 것이다.

이후 호텔경영학과로 편입을 하고 같은 과 친구와 유럽 배낭여행을 계획했다. 학교에서 배우는 세계가 너무나 궁금해서 간절히 떠나고 싶었다. 처음 부모님께 이야기했을 때 적극적으로 찬성하지는 않았다. 방법을 찾아야 했다. 우선 경제적인 부분을 해결하기 위해 제안을 했다. 성적 장학금을 받아서 비용에 보태겠다고 했다. 지금까지의 대학 생활을 생각하면 현실적으로 불가능한 제안이었다. 부모님도 내가 장학금을 받을 거라고 크게 기대하지 않는 눈치였다.

드디어 1996년 여름 35일간의 유럽 배낭여행을 시작하게 되었다. '두드려라, 그러면 열릴 것이다.' 간절했기에 소망은 이루어졌다. 이미 집을 나와 학교 근처에서 자취를 하고 있었기에 집을 한 달간 떠난다는 것에 대한 두려움은 없었던 것 같다. 먼 길 떠나는 딸이 걱정되어서 아버지는 해외에서 쓸 수 있는 신용카드를 만들어 주셨다. 엄마는 돈을 안전하게 넣을 수 있는 복대를 만들어 주셨다. 유로 통합 전이라 여러 나라의 돈을 넣을 수 있도록 칸이 나누어진 복대였다. 더운 여름 날씨에도 옷 속 깊숙이 넣은 복대 덕분에 소매치기 한번 당하지 않고 유럽 여행을 잘 마칠 수 있었다. 떠나고 싶다는 마음뿐 대단한 목적이 있지는 않았다. 한번 가 봤다는 이야기를 하고 싶었는지도 모른다. 누구나 첫 여행은 그렇게 시작하지 않을까?

'여행'이라는 단어로 영어사전을 찾으면 Tour, Trip, Travel, Journey 등 다양한 영어 단어가 나온다. 모두 '여행'이라고 번역되지만, 각각 다른 종류의 여행을 이야기한다. 목적과 기간에 따라서 사용하는 단어가 달라진다. 'Tour'는 관광을 주요 목적으로 하고, 여러 곳을 방문하는 여행이다. 'Trip'은 짧은 여행을 의미한다. 대개 짧은 기간 이루어지는 출장을 'Business Trip'이라 한다. 'Journey'는 멀리 가거나 길게 가는 여행을 이야기한다.

나는 어떤 여행을 할 것인가? 멀리 갈 것인가, 가까이 갈 것인가? 여러 곳을 방문하며 관광지를 돌아볼 것인가, 휴식이 있는 여행을 할 것인가? 긴 여정으로 떠날 것인가? 여행을 목적을 생각해 보자.

요즈음은 어디서든 여행이 화두이다. 포털 사이트에도 여행 관련 섹션이 따로 운영되고 있다. 몇 해 전만 해도 '먹방'이 대세이더니 이제는 '여행방'이라는 말을 더 자주 듣는다. 텔레비전에서도 온통 여행 이야기이다. 여행지를 자세한 해설로 소개해 주는 다큐멘터리 방식을 벗어나 연예인들이 만드는 예능 프로그램이다. 발리와 스페인으로 가서 식당을 한다. 산티아고에서 운영되는 하숙집도 있었다. 최저 예산으로 다니는 가성비 좋은 여행을 보여 주기도 하고, 패키지 투어와 자유 투어를 비교하는 프로그램도 있다. 버스킹을 하는 한국 가수들의 아름다운 노래 선율이 음악과 함께 떠나는 여행을 선물한다. 이미 그곳을 다녀온 이들에게는 추억을 떠올리게 해 주고, 가 보지 못한 이들은 화면 속 그곳을 동경하게 만든다. '꽃보다 시리즈'로 시작된 여행 예능 프로그램은 여행지와 출연자의 연령대가 다양하게 방송되었다. 여행을 자유롭게 할 수 없는 전 세계의 코로나 팬데믹 상황에서 사람들의 여행에 대한 욕구는 여전하다. 오히려 더 절실히 원하고 있다.

와인 공부를 하면서 유럽 여행이 다시 시작되었다. 이십 대에 유럽 배낭여행에서의 프랑스는 이틀 정도 잠시 지나는 도시 중 한 곳이었다. 삼십 대에 떠난 프랑스 여행은 오로지 와인들을 만나기 위한 여행이었다. 보르도와 부르고뉴, 루아르를 여행했다. 2주간 샤토, 포도밭, 와인 저장고만 보았다. 와인 생산자만 만나고, 와인 이야기만 듣고 말했다. 프랑스 와인과 프랑스 음식만을 먹으며 여행했다. 에펠탑도 이동 중에 잠시 스쳐 지나갈 뿐 관광지 근처는 얼씬도 안 했는데 참으로 꽉 찬 여행이었다. 사십 대가 된 정원희는 또다시 프랑스를 찾았다. 이번에는 두 번에 나누어서 조금 더 한곳에서 오래 머무르는 시간을 가졌다. 매일 아침 다른 방향으로 동네 산책을 하며 골목 곳곳을 누비고 다녔다. 여행이 일상이 되는 순간이었다. 오십 대의 나는 다시 프랑스를 찾아 한 달간 살아 보고 싶다. 에펠탑이 보이는 파리의 아파트가 좋을 것 같다. 주말이면 자동차를 운전해서 포도밭과 와이너리들을 자유롭게 다녀 보고 싶다. 그런 날을 꿈꾸며 프랑스어 공부를 꾸준히 하고 있다.

홍콩은 나에게 매우 친숙한 곳이다. 2019년 홍콩의 사태에도 불구하고, 아시아에서 가장 여행하고 싶은 나라 1위를 차지했다. 아침 비행기를 타고 가서 점심을 먹고 다시 밤 비행기로 돌아올 수 있는 가까운 곳이다. 네 권의 여권에 가장 많은 도장이 찍혀 있는 나라이다. 자주 갔음에도 아직 가 보지 못한 곳이 많고, 또 가고 싶은 곳이 홍콩이다. 공항에서만 3일을 보낸 적이 있다. 콘퍼런스 참석차 홍콩을 갔는데, 행사장이 공항과 연결된 컨벤션 센터였다. 아침 일찍 시작되고, 늦게 끝나는 일정이었기에 호텔도 공항과 연결된 곳으로 정했다. 콘퍼런스 사이에 잠시 쉬는 시간과 식사 시간이 있었지만 연일 계속되는 교육 일정에 집중하느라 다른 곳으로 이동하지는 않고 공항 내에서만 움직였다. 덕분에 두 개의 공항 터미널을 내 집 안방처럼 드나들게 되었다. 나는 홍콩 여행을 다녀온 게 맞을까? 출장으로 해외를 가는 사람들 대부분은 이러한 여행을 할 것이다. 아쉬워서 다시 가고 싶기도 하고, 익숙하니 편해서 다시 가고 싶은 곳일 수도 있을 것이다.

함께해야 하는 여행이 있다. 일 년에 한 번 떠나는 가족 여행은 목적지보다 모두가 함께할 수 있는 시기가 더 중요하다. 농부가 된 남편은 7월과 8월에는 작물을 심지 않는다. 오이를 시설재배하는 남편은 오이가 자라는 동안 단 하루도 쉴 수가 없다. 오이는 주중에만 자라고 주말에는 안 자라는 것이 아니다. 아침에 따고 나면 저녁에 또 자라서 따야 할 오이가 생긴다. 귀농 2년 차였을 때 남편에게 제안했다.

"7월과 8월에는 농사를 쉬는 게 어때? 우리도 프랑스 사람들처럼 일 년에 두 달은 휴식을 해야 할 것 같아."

정말 두 달간 프랑스 사람들처럼 바캉스를 떠나려는 계획은 아니었고, 뜨거운 날씨에 하우스 안에서 일을 하는 것은 큰 효율이 없다는 생각이 들었다. 기계도 쉬어 가면서 가동을 해야 하는데, 하물며 사람은 더욱더 그럴 것이라 생각했다.

"너무 더워서 하우스 안에서 일하는 것이 힘들기도 하고, 오이가 너무 헐값에 팔리니 그게 더 나을 수도 있겠네."

남편도 나의 제안에 동의하고, 우리는 그 해부터 여름에 가족 여행을 가기 시작했다.

아들이 1학년이었던 2015년 여름에는 제주도로 가족 여행을 갔다. 함께 관광지도 돌아보고, 호텔에서 음식 챙겨 먹으며 쉬기도 하였다.

2016년 여름은 남아프리카로 피서를 갔다. 돌아오는 비행기를 놓쳐 하루를 더 머물러야 했던 황당한 사건이 있었다. 우리 가족에게는 잊지 못할 소중한 추억을 만들어 준 여행이었다. 2017년 여름 여행지는 러시아였다. 다른 네 가족과 함께 했다. 모두 함께 시간을 보내기도 하고 가족별로 따로 다니기도 했다. 따로, 또 같이했던 여행이었다. 열흘간의 여행을 마치고 돌아올 때는 모두가 한 가족처럼 가까워져 있었다. 또 다른 가족이 만들어졌던 여행이었다. 2018년의 여행은 두 가지 면에서 새로운 가족 여행이었다. 관광지를 완전히 배제하고 호텔에서만 지내다 오는 '호캉스'를 위해 중국 하이난으로 목적지를 정했다. 호텔에서 머물면서 우리 가족 세 명은 각자의 시간을 원하는 대로 보내 보기도 했다. 아무 곳에도 구경하러 다니지 않고, 호텔에서만 머물렀던 하이난 여행에서 우리 가족은 많은 대화를 나누고, 의미 있는 시간을 보냈다. 함께 떠났다고 해서 반드시 모든 시간을 함께 보내야 하는 것은 아니다. 때로는 각자가 원하는 대로, 원하는 곳에서 원하는 것을 하며 보내 볼 필요가 있다. 또는 아무것도 안 하는 여행도 좋다. 해야 할 일이 너무 많아서 여행을 갈 수 없다던 남편도 이제는 매년 함께 여행할 곳을 찾으며 즐기게 되었다. 초대형 개를 여러 마리 키우는 귀농 생활에서 매해 열흘 이상의 긴 여행을 하는 것은 어렵다. 이제 남편은 개를 돌봐 줄 사람을 구해 두고 가더라도 일 년에 한 번 찾아오는 '여름휴가'를 만끽하고 싶어한다.

혼자만의 여행을 해 보았는가? 목적지에 도착할 때까지 혼자서 비행기 타고, 혼자서 밥 먹고, 혼자서 찾아가야 하는 여행이다. 와인 연수나 이벤트 참석을 위해 떠났던 나의 여행은 항상 혼자였다. 목적지에 도착해서 프로그램이 시작되기 전까지는 혼자만의 시간을 만끽할 수 있다. 가족이나 친구 일행을 의지하며 갔던 여행과는 달리 내가 모든 것을 결정하고 책임져야 한다. 바꿔 말하면 다른 어떤 누구도 신경 쓰지 않고,

오로지 자신만 생각하고 행동하면 된다. '혼자서 떠나는 여행'의 가장 큰 장점일 것이다. 혼자이기 때문에 누구와도 이야기할 수 있고 친구가 될 수 있다는 점도 좋다. 한마디로 혼자 하는 여행이야말로 진정한 자유여행인 것이다. 정해진 것도 무엇이든 바꿀 수 있고, 새로운 것도 무엇이든 할 수 있다.

> 좋은 여행자는 고정된 계획이 없고, 도착이 목적이 아니다.
>
> — 노자

05
누군가의 인생을 바꾸는 여행

키가 2미터는 되어 보였다. 발리에서 쿠알라룸푸르로 가는 비행기의 옆자리에 앉은 청년에게 말을 걸었다. 이름이 '팀'이라고 했다. 비행기를 탈 때마다 옆자리에 앉을 사람에 대한 기대와 설렘이 있다. 말을 걸어 보고 싶은 사람이 있다. 열 시간이 넘도록 인사 한마디 하지 않고 가는 경우도 있다. 나는 대개는 복도 자리를 미리 지정해서 앉는데, 키가 큰 팀은 긴 다리를 접어 안쪽 창가 자리에 앉아 있었다. 서핑을 위해 발리행을 택했다고 한다. 팀은 쿠알라룸푸르에서 다시 비행기를 갈아타고 스리랑카로 갈 예정이라고 했다. '팀'을 통해 '갭이어(Gap Year)'라는 용어를 알게 되었다.

'갭이어'를 사전에서 찾아보면, '1년 또는 한 학기의 시간, 흔히 고등학교를 졸업하고 직업을 가지거나, 대학 생활을 시작하기 전에 색다른 경험을 하면서 보내는 1년'을 의미한다. 의도적으로 본인의 컴포트존(안락한 영역)을 벗어나 다양한 문화의 경험을 하고, 자신의 경험 영역을 보다 확장해 나갈 시간을 가지는 것이 핵심이다.

팀은 독일 대학에서 전공한 언어학으로 취업을 하면 된다고 했다. 진짜 본인이 살고 싶은 삶에 대해 생각하기 위해 사회인이 되기 전에 자신을 찾는 여행을 하는 중이었다. 팀과 이야기를 나누며 한국의 대학생들이 떠올랐다. 대학을 다니는 학기 중에 휴학하는 것이 유행처럼 여겨져서 한 번 또는 여러 번의 휴학을 하는 경우가 있다. 일정 기간의 시간을 가지지만 그 목적과 과정이 판이하다. 졸업하기 전 학생의 신분을 유지하면서 더 많은 자격증을 따거나 어학연수를 할 목적으로 휴학을 하는 경우가 더 많다. 휴학 기간에 더 많은 공부를 하며 바쁘게 보낸다. 물론 이 기간에 드는 비용은 대부분 부모가 부담한다. 그렇게 해서 졸업을 하고 취업이라는 좁은 구멍을 통과하거나 그마저도 안 되면 또다시 학생 신분의 연장을 위해 대학원에 진학한다. 팀이 여전히 자신을 찾는 여행을 하고 있을지, 독일로 돌아가 사회인으로서 생활을 시작했을지 궁금하다. '갭이어'를 가지면서 본인의 인생을 위해 명확한 해답을 찾았을 수도 있고 그렇지 못할 수도 있을 것이다. 독일과 멀리 떨어진 아시아 지역들을 여행하면서 진짜 자신의 모습을 조금씩 알게 되었을지도 모른다. 살아가다가 다시 삶에 대한 의문의 생기거나 어려움이 닥치면 팀은 그 답을 찾으러 또 떠날 수 있을 것이다. 젊은 시절의 시작을 그렇게 한 것처럼.

2016년 1월 미국 올랜도로 네 가족이 함께 여행을 다녀왔다.
올랜도는 유니버설 스튜디오, 디즈니 월드, 씨 월드, 나사까지 아이들이 좋아하는 모든 것이 있는 곳이다. 함께한 가족의 자녀들은 초등학생부터 대학생까지 다양했다. 이자벨 부부는 함께 가지 못해 대학교 1학년인 딸 예리와 고등학생인 아들 철웅이만 나에게 딸려 보냈다. 여행하고 돌아온 몇 개월 후 아이들의 엄마인 이자벨을 만났다.
"도대체 미국에서 무슨 일이 있었던 거예요?"
이자벨이 나에게 물었다.
"왜요? 아이들이 뭐가 힘들었다고 해요?"
나는 놀라서 되물었다.
"철웅이 눈빛이 달라졌어요."

이자벨이 다시 나에게 이야기를 하기 시작했다.

여행을 다녀온 후 아들은 공부를 엄청 열심히 하고 성적도 많이 올랐다는 이야기를 들었다. 엄마가 아들에게 왜 그렇게 공부를 열심히 하느냐고 물었더니 아들이 이렇게 대답을 했단다.

"엄마, 아빠 아직 제가 어떤 직업을 가져야 할지에 대해서는 정확하게 정하지는 않았지만, 뭔가 좀 멋진 사람이 되고 싶어요. 그런데 학생인 내가 지금 할 수 있는 건 공부밖에 없잖아요. 그래서 우선은 공부를 열심히 하면서 생각을 해 보려고요."

함께 여행한 2주간의 시간으로 누군가의 인생을 바꿀 수도 있겠구나 하는 생각이 들었다.

이후 아들은 우수한 성적으로 대학을 갔다. 누나는 교환학생으로 중국에 다녀왔다. 미국 여행 이후에 이자벨 부부는 아이들에게 더 많은 여행의 기회를 주고 있다. 가족 여행도 많이 가고, 남매만 따로 여행을 수시로 보낸다. 여행하는 데에는 어떤 투자도 아끼지 않는다. 아이들도 부모님께 이렇게 이야기한다고 한다.

"엄마, 아빠 덕분에 많은 곳을 다닐 수 있어서 너무 감사합니다. 친구들이 너무 부러워해요. 두 분 덕분이에요."

자녀들에게 부모님의 울타리는 매우 안전한 '컴포트존'이 맞을 것이다. 그 안에서는 위험 없이 보호를 받을 수 있겠지만, 다시 반대로 생각하면 어떠한 일도 일어나지 않는다는 것이다. 새로운 것을 경험하고 도전해 볼 기회는 많지 않을 것이다. '컴포트존'에서 보이는 곳까지만 볼 수 있을 것이다. 많은 부모는 자녀들을 글로벌 인재로 키우고 싶어 한다. 그러면서도 '안정'이라는 자를 가져다 댄다. '우물 안의 개구리'로 살기를 요구하고 있다. 이십 대는 '안정'을 위해 안주해야 할 때가 아니라 낯선 환경에서 모험과 도전을 계속해 나가야 할 때이다. 오늘도 두 아이는 전 세계에서 만난 친구들과 함께 소통하고 있다. 4차 혁명 시대가 시작된 지금, 경험해 본 적 없는 세상의 큰 파도가 밀려온다고 해도 여행으로 다져진 두 아이는 큰 파도를 잘 즐기며 넘을 수 있을 것이다.

지난 5년간 함께 열 번이 넘는 여행을 함께한 친구가 있다. 나이는 나보다 열 살 많지만 우리는 여행으로 맺어진 친구다. 여러 밤을 보내는 여행을 하고 나면 일상에서 만나서 차 마시고, 밥 먹고 이야기하다가 헤어지는 관계들과는 친밀함의 강도가 매우 다르다.

"내가 여행과 당신을 만나지 않았더라면 어쩔 뻔했어! 매장 안의 그 세상이 전부인 줄 알고 살았을 거야."

"나는 정말 욕심이 많은 사람이야. 딸이 나의 그런 모습을 너무 싫어했는데 닮아 가네."

비비는 의류 매장을 20여 년간 운영해 온 사업가이다. 나를 볼 때마다 나에게 자신을 세상 밖으로 꺼내 주었다고 이야기하는 친구다. 비비는 함께 여행하며 세상을 살아가는 우선순위를 조정하게 되었다. 자신의 삶이 가장 중요하다는 것을 알게 되었고, 다른 사람들이 자신을 바라보는 시선에서 자유로워졌다. 원래 비비는 이미 자신의 모습만으로도 빛나는 매우 열정적인 사람이다. 함께 여행하면서 그녀에게서 따뜻함과 친절함을 배운다. 언제나 사람들에게 그렇게 대한다. 나는 그저 이미 비비가 가지고 있는 것들이 얼마나 많은지를 계속 이야기해 준다. 항상 부족하다고 생각하고 더 채우려는 그녀는 이미 가진 것에 감사의 기도를 하는 내면이 꽉 찬 사람으로 바뀌었다. 여행은 '채움'과 '비움'을 균형 있게 잘 실천할 수 있도록 해 준다. 아무리 긴 여행도 하나의 가방에 필요한 물건을 채운다. 여행에서 경험하게 되는 매 순간들을 가방에는 넣을 수 없다. 나의 내면으로 스미듯이 들어와 시나브로 나의 태도를 바꾸어 놓는다.

얼마 전 그녀의 딸과 잠깐 이야기할 기회가 있었다.

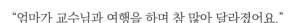

"엄마가 교수님과 여행을 하며 참 많이 달라졌어요."

가족들도 달라진 그녀의 모습을 좋아하고 감사하고 있었다. 내가 그녀에게 무엇을 크게 한 것은 아니다. 일상을 자주 벗어나고 낯선 곳에서 더 많은 사람을 만나면서 세상을 바라보는 관점이 바뀌었다. 우리는 앞으로도 계속 함께 여행할 것이다. 여행을 통해 자신의 성장을 만들어 내는 이들이 더 많아지도록 함께 도울 것이다.

2015년 12월, 중국 북경을 경유해서 호주 애들레이드로 여행을 간 적이 있다. 일행 7명의 짐이 모두 애들레이드 공항에 도착하지 않았다. 애들레이드 공항 관계자는 중국에서의 비행기 연결 시간이 짧아서 실리지 못한 것 같다고 했다. 보통 이런 경우는 다음 편 비행기로 올 수 있기에 우리는 하루 정도를 보내면 짐을 받을 수 있을 거라고 생각했다. 이틀이 지나고 삼 일째가 되는 날 우리는 공항에 가서 짐을 찾아왔다. 일행 중 한 명은 그다음 날에 짐을 받았다. 짐이 없이 일정의 절반을 보내게 된 우리는 매일 꼭 필요한 최소한의 물건들은 구매해서 사용하였다. 그렇게 해도 살 수 있다는 것을 알 수 있는 값진 경험이었다. 가장 마지막에 짐이 도착한 친구는 혈압약을 복용하고 있었다. 하필 도착하지 않은 짐에 약이 다 있어서 큰일 날 뻔했다. 이후 여행을 떠나는 사람들에게 꼭 약은 내가 들고 가는 작은 가방에 넣어야 한다고 이야기해 준다. 캐리어는 내 손을 떠나는 순간 언제든 잃어버릴 수 있는 존재로 생각해야 한다. 무사히 나와 함께 비행기에 실려 내 손에 온 것은 당연한 일이 아니고 감사한 일이다.

긴 여행이든 짧은 여행이든 하나의 캐리어나 배낭에 우리의 모든 짐을 담는다. 여행을 경험하면 할수록 캐리어 안에 담는 물건의 개수와 양은 줄어든다. 여행 때마다 혹시나 하는 마음에 챙기지만 한 번도 사용하지 않고 그대로 가져오는 물건들이 꼭 있기 때문이다. 언젠가 여권과 작은 손가방 하나만 들고 가볍게 여행을 떠나고 싶다. 필요한 옷가지나 물건이 있으면 현지에서 구해서 쓰고, 다시 필요 없어지면 필요한 누군가에게 주고 올 수 있는 여행을 꿈꾼다. 우리가 들고 가는 짐의 무게가 우리에게 주어진 걱정과 고민의 무게라는 생각이 든다.

여행을 많이 하고 자신의 삶의 형태를 여러 번 바꿔 본 사람보다 더 완전한 사람은 없다.

– 시인, 알퐁스 드 라마르틴

06
행복을 위해 떠나는가? 떠나서 행복한가?

'여행의 힘' 밴드의 회원이 600명을 넘어섰다. 밴드의 회원들은 내가 운영하는 여행 클럽의 회원들이거나 여행을 꿈꾸는 회원들의 지인들이다. 새로운 회원들을 만날 때마다 묻는다.

"여행 좋아하세요?"

"여행은 누구나 좋아하죠."

10명 중 9명은 이렇게 대답한다.

여행을 좋아하는 사람들에게는 더 자주 떠날 기회를 만들어 주기 위해, 여행을 좋아하지 않는 사람들에게는 일생의 한 번이라도 일상을 떠날 기회를 주기 위해 여행 클럽에 붙들어 놓는다. 일주일에 한 번 여행클럽 회원들을 만난다. 여행 이야기로 시작해서 여행 이야기로 끝이 난다. 우리는 언제나 놀 궁리를 한다. 어디 가서 무엇을 먹을지, 무엇을 하고 놀지에 대한 경험과 희망 사항을 이야기한다. 모두가 저마다의 이야기를 나누느라 늘 시간이 부족하다.

여행 클럽 회원 중에 아들 친구 엄마가 있다.

"엄마, 우리도 밥 주는 비행기 타요."

그 말에 미셸은 나를 찾아와 여행 클럽 회원이 되었다. 2년 동안 모임에 꾸준히 나오며 다른 사람들의 여행 이야기를 듣고 내공을 쌓아 갔다. 제 작년 겨울에는 해외 첫 가족 여행을 싱가포르에서 출발하는 아시아 크루즈를 다녀왔다.

　여행의 가치를 이미 아는 미쉘이 동생을 우리 여행 클럽에 소개하였다. 에릭은 일 년 달력이 나오면 휴일을 가장 먼저 찾아보는 평범한 직장인이다. 한국의 직장인들은 한 해 평균 15일의 공식적인 휴가를 얻는다. 그것도 직원 수가 많은 대기업의 경우가 그렇다. 에릭은 작은 규모의 회사에서 일하기 때문에 토요일도 매주 쉴 수 없는 형편이었다. 누나가 동생의 그런 상황을 모를 리가 없다. 당장 여행을 떠날 수 있는 형편이 안 되지만 여행 모임에 매주 나가서 사람들도 만나고, 기회가 되면 좋은 사람들과 여행을 다녔으면 하는 마음이었을 것이다. 에릭은 친누나인 미쉘보다 나와 더 자주 얼굴을 보고 밥을 먹는다. 처음 모임에 왔을 때 에릭은 절대 토요일도 매주 쉴 수 없고, 공휴일이 아니면 긴 여행은 엄두도 못 낸다고 했다. 다른 사람들이 앞에 나와서 자신이 다녀온 이야기를 하면 팔짱을 끼고 앉아서 남 일 보듯 했다. 그러던 에릭은 지난해 여행 클럽 회원들과 4번의 여행을 함께 다녀왔다. 한주도 빠지지 않고 여행 클럽 회원들과 함께 시간을 보낸다. 에릭은 이제 혼자 떠나지 않아도 된다. 함께 떠날 수 있는 회원들을 쉽게 만날 수 있다. 에릭은 이미 혼자 여행을 준비하고 떠날 수 있을 정도의 다수의 경험자이다. 여행 클럽에서 운영하는 '길 위의 여행 학교'에서 에릭은 본인의 경험담을 통해 여행 노하우를 나눈다. 누군가에게 도움을 받는 순간보다 내가 나누어 줄 수 있는 순간에 더 많은 기쁨과 행복을 느낀다는 사실을 알고 있을 것이다. 내가 이미 가지고 있는 재능을 알지 못하고 남들이 가진 것만 부러워하면 나는 영원히 행복할 수 없다. 다른 사람들이 가진 것, 모두를 가질 수 있는 순간은 절대 오지 않을 것이다. 내가 이미 가지고 있는 것에 감사할 줄 안다면 우리는 늘 행복하게 살아갈 수 있다. 움켜쥐고 있는 것을 펼쳐서 함께 나누고 다시 새로운 것을 얻으면 된다. 여행은 우리에게 그것을 깨닫게 해 준다.

해가 지면 집으로 돌아가야 하는 친구가 있다. 활동할 수 있는 시간이 길지 않다. 아침부터 움직이면 저녁쯤엔 녹초가 되어 버린다. 20년이 넘는 시간 동안 자신의 일을 잘해 왔다. 열심히 살아온 세월만큼 체력도 많이 고갈되었다. 큰 수술을 몇 번 겪고 나니 회복도 좀처럼 쉽지 않다고 했다. 남은 인생에서 더 많이 아프지 않고 살아가기 위해 하루의 활동량을 줄이고, 자주 충전을 하는 방법을 선택한 것이다. 그렇게 말하던 줄리아와 함께 말레이시아 여행을 계획하게 되었다. 늦은 오후가 되면 의자에 앉아 있는 것조차 힘들어하는 그녀와 함께 덜컥 여행이 정해지니 걱정이 되었다. '다른 일행들과도 잘 속도를 맞추어 일정을 소화할 수 있을까?' 호텔이 시내 중심에 있으니 정 힘들어하면 호텔에서 쉬게 하지, 뭐.' 이런저런 생각이 들었지만 오지 않은 걱정을 접어두기로 했다. 결론부터 말하면 여행지에서의 줄리아는 전혀 다른 모습이었다. 여행 전날까지도 컨디션이 좋지 않아 걱정했는데, 막상 쿠알라룸푸르 공항에 도착하니 얼굴이 화색이 돌았다. 잘 걷고, 잘 먹고, 잘 놀고, 많이 웃고, 이야기하며 우리는 일정을 잘 보냈다. 다시 일상으로 돌아오니 며칠 못 가고 다시 힘들어했다. 이후에도 몇 번 이러기를 반복했다. 줄리아는 여행을 가서 행복했을까? 행복하기 위해 여행을 떠나는 것일까? 무엇이 먼저이든 간에 일상을 벗어나야 몸도 마음도 편안해진다는 것은 부정할 수 없는 사실이다. 몸이 안 좋아 항상 치료와 마사지를 자주 받으러 다니던 줄리아는 이제 운동을 시작했다. 자신의 몸을 누군가에게 의지하여 치료하지 않고, 스스로 몸은 움직여 개선하기 시작했다. 체력이 되어야 여행을 할 수 있고, 여행을 해야 행복해질 수 있다.

백만장자가 되고 나면 어떤 일을 할까? 더 넓은 집을 사거나 좋은 차를 사지 않고, 화려한 삶 대신 소박한 여행을 선택한 가족이 있다. '버킷 리스트 패밀리'의 젊은 아빠 '가렛지'는 2010년 브리검 경영대학 1학년

재학 중 동료들과 함께 앱을 개발했다. 2014년 12월 스냅챗에 5,400만 달러(약 617억 원)에 그 앱을 매각하고 수익을 나눠 가졌다. 그 돈을 쉽게 써 버리고 싶지 않았던 그는 아내 제시카와 여행을 떠나기로 했다.

> "새로운 차와 집을 사는 건 옳은 일 같지 않았다. 우리를 그런 물건들이 필요 없었다. 우리는 젊고 건강하기에 많은 것들이 필요 없다. 그래서 그 돈은 저축한 뒤, 모든 것들을 팔고 세계 여행을 떠나는 게 어떻냐는 농담을 시작했다. 무엇을 팔지, 어디로 갈지, 우리의 버킷리스트에 하나둘 추가를 하다 보니 이는 현실이 됐다."
> **– 2016.01.02. 가렛지, 피플**

스캔 앱을 팔아 번 돈은 모두 저축하고, 여행을 위한 최소한의 짐만 남기고 집, 자동차, 가구 등 모든 것을 팔아 오천백만 원을 마련하였다. 처음에는 6개월간 떠나기로 계획했고, 돈이 다 떨어질 때까지 여행하겠다고 했지만 가족의 여행은 계속되고 있다. 가지고 있는 돈을 오래 쓸 방법들을 찾아가며 여행하고 있다. 딸 도로시와 아들 마닐라와 함께 시작한 네 가족과 여행 중에 태어난 막내아들 칼리까지 이제 다섯 명이 되었다. 그들이 계속해서 여행하는 이유는 인생과 행복에 대해 배울 것이 여전히 많이 남아 있기 때문이다. 가렛지는 스캔의 지분을 스냅챗에 팔았을 때 깨달은 것이 있었다. 자신의 영혼만큼 중요한 어떤 것이라도 스캔처럼 쉽게 사라질 수 있다는 것이다. 눈에 보이지 않지만 절대 사라지지 않고 삶에서 영원토록 남을 긴 기억을 만드는 것을 여행의 목표로 삼았다. 버킷리스트 패밀리는 적은 것으로도 행복을 찾는 방법을 배우고, 더 열린 마음으로 세상을 바라보게 되었다. 3년간 65개의 나라가 넘는 곳을 여행하면서 다른 문화의 사람들은 어디에서 행복을 찾는지도 배우게 되었다. 하와이 해변가의 방갈로를 개조하여 집을 만들어 정착하였다. 가족의 여행이 멈춘 것은 아니다. 가족 모두가 건강하게 성장하면서 더 많은 탐험하기 위한 특별한 장소가 될 것이다. 버킷리스트 패밀리는 남은 삶을 더 좋은 사람으로 살 수 있도록 노력하고 싶다고 했다. 건강한 습관과 전통을 만들어 나가기 위해 이 여행을 계속해 나갈 것이라고 이야기한다.

버킷리스트 패밀리의 홈페이지의 소개 글을 읽으며 감동을 받았다. 가족들의 앞으로의 모습이 더 궁금해진다. 자신이 좋아하고 잘하는 것이 무엇인지 잘 알고 있으며 가족 구성원으로서의 역할도 정확하게 이야기하고 있다. 가렛지는 그의 가족과 함께하는 모험을 특별한 브랜드로 만들었다. 이것은 그들의 삶의 방식을 지속 가능하게 만들어 주고 있다.

'행복'과 '불행'의 원인을 나를 둘러싼 환경으로부터 찾으려 하면 지속 가능할 수 없다. 모든 것은 '나' 자신으로부터 출발해야 한다. 불행한 사람은 그냥 불행한 것이 아니라 몹시 불행해한다고 장석주 시인은 이야기한다. 불행한 이들은 심장이 두근대고 있는 행복한 순간에도 그 행복을 제 것으로 만들지 못하고 다른 사람들의 행복만을 부러워하며 쫓는다. 살그머니 왔다가 살그머니 사라지는 행복의 순간들을 꽉 붙잡기 위해서는 장석주 시인의 충고처럼 '행복'의 '조건'을 따지지 말고 받아들일 줄 아는 '능력'을 키워야 한다.

'능력'을 키우기 위한 방법으로 나는 전적으로 여행을 추천한다. 여행은 부족함과 불편함을 가장 잘 느낄 수 있는 낯선 일상이다. 주변의 많은 시선과 제약으로부터 자유로울 수 있는 시간이다.

> 행복을 찾는 일이 우리 삶을 지배한다면, 여행은 그 어떤 활동보다 그 일을 풍부하게 드러내 준다.
>
> – 알랭 드 보통

07
나에게 여행이란

남편은 집에 들어오면 나의 핸드폰부터 챙긴다. 항상 백 퍼센트로 충전해 놓아야 마음이 놓인단다. 충전을 알리는 막대가 절반 이하로 내려가면 난리가 난다. 빨간색으로 바뀌어도 방전이 될 때까지 계속해서 쓰는 나를 언제나 나무란다. 1%라도 남아 있을 때 콘센트에 연결해야 한다는 것을 안다. 완전히 꺼지고 나면 다시 전원이 켜질 때까지는 시간이 오래 걸린다.

"아는 사람이 왜 방전될 때까지 그렇게 사용하는 거야?"

남편이 나무라는 소리가 귓가에 들리는 듯하다.

핸드폰 배터리를 충전하듯 여행을 다녔다. 직장을 들어가서도 휴일이 이삼일이라도 붙으면 여권을 챙겨 어딘가로 떠났다. 클럽메드에서 일하면서 사귄 친구들이 아시아 곳곳에 있어서 일본, 말레이시아, 태국, 싱가포르 등 어느 곳이듯 갈 수 있었다. 처음 가는 곳도 친구들이 있기에 낯설거나 두렵지 않았다.

결혼을 하고도, 출산을 하고도, 내 삶의 충전을 위한 여행은 멈추지 않았다. 여행은 해도 되고 안 해도 되는 것이 아니다. 나에게 '여행'은 일상을 살아가게 하는 힘이다. 충전할 수 있을 때마다 여행을 하고, 때로는 한 번에 충분히 충전할 수 있는 긴 여행을 떠나기도 한다. 긴 여행은 보조배터리까지 여유롭게 충전시킬 수 있다. 콘센트에 꽂아 놓은 채 일

상을 살 수 있는 한 달간 한곳에서 머물며 살아 보는 여행을 하는 것이
나의 버킷리스트의 하나이기도 하다.

"어떻게 그렇게 여행을 다녀요?"

"일 년에 몇 번이나 여행을 가세요?"

'여행하는 술샘'의 정체성을 가지고 있는 나에게 많은 사람이 묻는다.
떠나고 싶어 하는 이들에게 언제나 함께 가자고 권한다.

"시간이 없어서 안 돼요."

"내가 한국에 없으면 회사가 절대 안 돌아가요."

"남편이랑 아이들 밥 챙겨 줄 사람 없어서 안 돼요."

바쁜 일정 때문에 힘들다고 하는 '김제동'에게 스님이 일주일만 절에
와서 쉬었다 가라고 하셨단다.

"스님, 제가 일주일을 어떻게 비웁니까?"

"일 년에 일주일도 너를 위해 못 쓰면 도대체 너는 누구의 인생을 사는
것이냐?"

호통을 치셨다 한다.

시간이 없어 여행을 못 간다는 지인이 아파서 병원에 입원해 있다는
소식을 듣는다. 일한다고 바빠서 떠나지 못한 그 아까운 시간을 병원에
서 보내게 되었다는 이야기를 들으니 기가 막힌다. 더 강하게 함께 떠나
자고 하지 못한 내가 원망스럽기도 했다. 그래서 지금은 누구든 붙잡고
떠나라고 한다.

'오늘 할 여행을 내일로 미루지 말자.'라는 신조로 모든 이들을 여행으
로 이끈다. 방전되기 전에 떠나자. 아프다는 사람을 만나도, 회사 일이
힘들다는 사람을 만나도, 가족 간의 관계가 힘들다는 사람을 만나도 기
승전결 여행이다.

대학에서 호텔경영학을 전공하고, 외식경영학으로 박사 학위를 받았

다. 내가 배운 것으로 강의한 지 18년째이다. 교과서에서 공부한 내용으로만 수업하지 않는다. 나에게 여행은 현장 학습이다. 무한한 배움과 경험을 위한 기회이다.

"프랑스 사람들은 아침마다 갓 구운 바게트를 사러 나간다고 하더라."

수업에서 이렇게 말하지 않는다.

"지난주에 프랑스 파리에서 지냈어. 겉은 바삭하고 속은 부드러운 갓 구운 바게트를 아침마다 사서 먹었어."

현장의 살아 있는 정보를 배우고 전하는 것이 내가 여행하는 이유다. 그러한 이유로 나의 여행은 언제나 당당하다. 항상 여행 이야기를 하는 나를 '싱글'이라고 오해하는 이들이 종종 있다. 결혼해서 누군가의 아내로, 엄마로 살아가는 이의 일반적인 생활 패턴이 아니기 때문이다. 자유롭게 여행을 다니니 당연히 혼자 사는 사람일 거라고 짐작하는 것이다. 같은 공부를 하면서 만난 남편은 이러한 나를 이해한다. 수시로 떠나야 행복하게 살 수 있는 나를 그대로 받아들인 것이다. 아빠가 이러하니 아이도 엄마의 부재에 불평하지 않는다. 배움을 멈추지 않고, 지속할 수 있도록 배려해 주는 남편과 아이에게 고마운 마음은 항상 잊지 않는다.

25년 전 떠났던 배낭여행에서 나는 이미 '세상은 넓고 다양한 사람들의 삶이 있다.'라는 것을 알게 되었다. 여행의 마지막 도시였던 핀란드 헬싱키의 슈퍼마켓에 간식을 사기 위해 들어갔다. 핀란드는 내가 방문했던 17번째 나라였기에 지갑에는 17개 나라의 동전이 섞여 있었다. 유럽연합이 만들어지기 전이었기에 나라별로 사용하는 화폐가 모두 달랐다. 어떤 동전으로 지불해야 할지가 헷갈렸던 나는 그저 동전은 한 움큼 쥐고 손바닥을 펼쳤다. '알아서 골라 가 주세요.'라는 뜻이었다. 돈을 골라내는 캐셔 유니폼의 이름표가 보였다. 8개의 국기가 있었다. 8개의 언어를 할 수 있다는 표시였다. 영어 하나도 제대로 쓰지 못하던 나에게는 놀라운 일이었다. 언어는 단순히 의사소통의 수단이 아니다. 8가지의 언어를 구사한다는 것은 각 언어를 사용하는 곳의 문화의 다양성을 어느 정도는 이해한다는 의미일 것이다. 이미 문화의 다양성을 받아들이고 각각의 장점들을 잘 받아들여 적용하는 유럽 사람들의 사고를 어떻게 하루아침에 따라갈 수 있겠는가? 당장 내가 받은 영어 시험의 결과를 옆 친구보다 조금 잘하는 것으로 만족할 때가 아니다. 옆자리에 앉은 친구는 함께 성장해야 할 동반자요, 동지이다. 우리가 경쟁하며 배워야 할 상대는 더 멀리서 더 넓은 곳에서 찾아야 할 것이다. 이십 대에 이러한 현실을 깨달을 기회를 얻었다는 것은 참으로 다행스러운 일이다. 몇 해 전 생애 최초의 여행 경험에 대한 연령대별 통계 자료를 본 적이 있다. 오십 대 이상의 세대들이 생애 최초 여행을 사십 대에 와서 경험하게 된 것에 비해 이십 대는 스물한 살에 최초의 해외여행을 경험한다고 한다. 이미 몇 년이 지났으니, 최초의 여행 경험 연령은 더 낮아졌을 것이다. 바람직한 일이다. 나는 여행을 통해 내가 살고 싶은 삶의 방향을 만들었다. 무엇을 우선순위에 놓을 것인지도 알게 되었다. 아이를 키우는 힘도 기를 수 있게 되었고, 소중한 일상을 지키는 방법도 배우게 되었다. 여전히 배우고 수정·보완해야 할 것이 많다. 우리는 다 안다고 생각하며 살아간다. 하지만 무엇을 모르는지 모르기에 다 아는 것이 아니다. 내가 알고 있는 익숙함과 편안함을 벗어나야 미처 몰랐던 것을 배우고 알게 된다. 그러기에 나의 여행은 계속된다.

여행은 누구나 가지고 싶어 하는 선물이다. 20년을 근속한 사원에게는 여행상품권이 선물로 주어진다. 보험 영업을 독려하기 위해 목표 달성 시 여행을 보내 주는 시책을 내걸기도 한다. '선물'은 받으면 좋지만 내가 직접 사기에는 조금 망설여지는 것이 좋다. 여행이 좋은 줄은 알지만, 내 돈과 시간을 내서 선뜻 가지 않으니 선물로 주면 어쩔 수 없이 가게 되고, 그러면 행복해진다. 열심히 살아온 나를 위해 '여행'을 선물하라고 이야기한다. 버킷리스트에만 담아 놓고 언제 떠날지 모르는 그

날을 위해 기다리는 것이 아니다. '버킷리스트'는 죽기 전에 꼭 해 보고 싶은 일들은 적어 놓은 목록이다. 중세 시대에 죄인을 교수형에 처할 때 목에 올가미를 두른 다음 밟고 있던 양동이를 걷어차 죄인이 목을 매도록 형벌을 집행한 데서 유래한 것이다. 2007년 잭 니콜슨과 모건 프리먼이 연기한 「버킷리스트」라는 영화를 통해 이 단어가 본격적으로 유행을 타기 시작했다. 죽음을 앞둔 중년의 두 주인공이 남은 생애에 하고 싶은 목록을 만들고 병원을 뛰쳐나가 하나씩 실천해 나가는 감동적인 스토리를 담고 있는 영화이다. '우리가 인생에서 가장 후회하는 것은 살면서 우리가 한 일보다 하지 않은 일들'이라는 메시지를 담고 있다. 이러한 기성세대들의 삶에 대한 아쉬움을 반영하는 것이 '욜로(YOLO)'이다. 'You Live Only Once, 인생은 한 번뿐이다.' 욜로족들은 현재를 가장 중요하여 소비하는 태도를 가진다. 미래 또는 남을 위해 나의 인생을 희생하지 않고 현재의 라이프 스타일을 위해 소비한다. 내 집 마련, 노후 준비보다는 지금 당장의 삶의 질을 높여줄 수 있는 취미 생활이나 자기 계발을 위해 시간과 돈을 쓴다. 미래를 위해 현재를 희생하는 것을 당연하게 여겨왔던 기성세대들은 이러한 욜로 세대들을 걱정한다.

그러나 욜로는 무조건 즉흥적인 행동으로 살아가려는 태도가 아니다. 자신의 현재 삶을 지키기 위해 몸담고 있는 직장의 일을 중요하게 여기고 감사하게 생각한다. 현재의 행복을 가장 중요하게 여기기 때문에 일상에서도 시간도 의미 있게 잘 만들어 나간다. 여행을 일상의 한 부분으로 생각하고 자기 계발을 위한 도구로 사용한다. 하루, 일주일, 한 달, 일 년간 해볼 수 있는 일들을 적어 본다. 일상에서도 여행을 즐기고, 여행에서도 일상처럼 삶을 만들어 나갈 수 있다. 이러한 트렌드는 여행의 패턴도 바꾸고 있다. 오랜 시간 미루고 어렵게 마련한 시간과 돈을 쓰며 여행하는 기성세대들의 패키지여행에서는 여러 곳을 방문해야 한다. 언제 다시 올지 모르는 곳이기 때문이다. 꼭 필요한 물건이 아니어도 그간 참고 견뎌 온 삶을 보상이라도 받듯 쇼핑에 많은 돈을 쓰기도 한다. 일상의 연장 선상에서 여행하는 욜로족들은 한 지역을 두루 살피는 방식으로 여행을 해 나간다. 이동하는 데 돈과 시간을 쓰기보다는 한 지역에서 여행 중 일상의 또 다른 즐거움을 찾는다. 그리고 마음에 드는 여행지가 있다면 두 번이고 세 번이고 방문하고, 일 년을 살아 볼 계획을 세우기도 한다.

어떠한 형태이든 일상을 벗어날 수 있기에 여행은 누구에게나 선물이다. 선물은 크든 작든 자주, 많이 받으면 좋은 것이다. 누군가가 나에게 선물을 주는 것을 기다리지 말고 열심히 사는 나를 위해 여행을 선물해 보자.

> 여행은 인간을 겸손하게 만든다. 세상에서 인간이 차지하는 영역이 얼마나 작은 것인가를 깨닫게 해 준다.
>
> – 프리드리히 프뢰벨

제2장

여
행
의

기
술

01
여행의 이유를 아는가

    1998년 5월 푸껫에서의 클럽메드의 생활을 마무리하였다. 한국으로 돌아가는 길에 친구들과 함께 방콕을 여행했다. 시즌이 끝나면 각자의 나라로 돌아가는 친구들도 있고, 6개월간 모은 월급으로 여행을 하고 다시 일하러 가는 이들도 있었다. 클럽메드에서 일하면서 받은 지오의 월급은 5백 달러 정도였다. 당시의 환율은 2천 원 가까이 하던 시기였다. 달러로 월급을 받아서 좋았다. 100만 원이 채 안 되는 금액이었지만 그 돈조차 사용할 일이 거의 없었다. 클럽메드는 지오들에게 숙소를 제공한다. 리조트 내 지엠(고객)들이 묵는 건물들 사이에 직원들을 위한 숙소가 있다. 2명씩 쓰는 방을 제공하는데, 하나의 방이지만 문을 열고 들어가면 두 개의 방으로 다시 나누어지는 구조이다. 화장실과 욕실은 룸메이트와 공유하고 침실은 따로 구분되어 있어서 독립적으로 사용할 수 있어 편리했다. 클럽메드는 혼자서 예약하고 오는 싱글족들이 많아서 리조트 내에 이런 구조의 방이 많았다. 리조트 내의 모든 식사도 고객들과 함께 언제든지 즐길 수 있다. 매달 음료를 구매할 수 있는 바카드 또는 바비드를 받기도 했다. 매달 다양한 종류의 유니폼을 받고, 저렴한 가격으로 세탁물을 맡길 수 있었다. 의식주 문제를 해결할 수 있었다. 특별히 술을 많이 마시거나 사치를 하지 않으면 월급으로 받은 돈은 은행 계좌에 거의 그냥 둘 수 있다. 한 시즌 잘 모으면 수백만 원은 되니 여행을 위한 비용으로 쓸 수 있다. 장기간 지오 생활을 한 유럽인들은 이러한 패턴으로 매년 살아간다. 각자의 포지션마다 교대를 하면서 근무를 한다. 부티크에서 일했던 나는 오전에 세 시간, 오후에 세 시간 정도 일하였던 것으로 기억된다. 나머지 시간은 빌리지를 돌아다니면서 지엠들과 바에서 만나 이야기하고, 같이 수영하고, 테니스, 골프 등 여러 가지 스포츠를 함께 즐긴다. 스물네 시간 동안 빌리지 안에서 상주하면서 정해진 시간에 업무별로 근무를 하고, 나머지 시간은 놀면서 보낸다. 놀지 않으면 경고를 받는다. 혼자 놀거나, 지오들끼리만 어울려도 경고를 받는다. 경고가 반복되면 집으로 가는 티켓이 방으로 배달된다. 노는 게 가장 쉬웠고, 신났던 이십 대를 그렇게 보냈다. 아침에 눈을 뜨면 오늘은 누구와 무엇을 하고 어떻게 놀지를 생각하는 행복한 고민으로 하루를 시작하였다. 지금 생각해 보면 좋기만 했던 시간인데, 일 년 남짓한 시간을 보내고 나는 한국으로 돌아가기로 마음을 먹었다. 나도 보편적인 한국 사람들의 삶을 살아야 한다고 생각했다.

'내가 언제까지 여기저기 옮겨 다니며 살 수 있을까?'

'어차피 한국으로 돌아가야 한다면 하루라도 빨리 돌아가서 정착하고 안정된 삶을 사는 것이 더 낫지 않을까?'

즐기며 살고 있는 그들, 아니 나 자신의 모습을 보고 있으면서도 계속해서 이렇게 살 수는 없으니 되도록 빨리 정리하는 게 좋겠다는 결론을 내렸다.

'토박이'와 '뜨내기'는 긍정적, 부정적 뉘앙스를 느낄 수 있는 대표적인 단어이다. 두 단어의 느낌의 차이에서 우리가 '정착을 매우 중요하게 여기는 민족'임을 알 수 있다. 겨우 20년을 살아온 내게도 이러한 생각이 주입되어 있었다. 즐기고 있는 나의 진짜 모습을 부정했다.

방콕 여행 중 태국 친구와 함께 어느 사찰 근처에서 점을 보게 되었다.

"어딘가로 떠나고 있네요."

"네, 며칠 후에 한국에 있는 집으로 돌아갈 거예요."

"아니, 집을 떠나 어딘가로 이동을 합니다."

객지 생활을 정리하고 집으로 돌아가는 내가 다시 집을 떠난다고 하니 엉터리 점술가 정도로 생각했다. 집으로 돌아간 지 정확히 일주일 만에 나는 다시 짐을 싸고 서울에서 생활하게 되었다. 이후에도 가끔 그 점술가의 말이 떠오르는 순간들이 있었다. 그 사람이 이야기한 것처럼 나에게 여행은 운명이었을까? 내가 이미 봐 버린 신세계 때문이었을까? 여행의 이유를 묻는다면 그 질문에 되묻고 싶다.

'여행하지 않을 이유는 무엇인가?'

한 번의 여행으로 인생을 바꿀 만한 엄청난 영감을 기대하고 여행 가지 않는다. 하지만, 무수한 길 위의 날들이 쌓여 지금의 나를 만들고 있다는 것을 부인할 수 없다. 프랑스의 시인 알퐁스 드 라마르틴은 "여행을 많이 하고, 자신의 생각과 삶의 형태를 여러 번 바꿔 본 사람보다 더 완전한 사람은 없다."라고 하였다. 유럽으로 떠났던 배낭여행과 클럽메드 빌리지에서 만났던 유럽 사람들의 모습에서 내 삶의 모델들을 찾았다. 그러나 여행하는 당시에는 그것을 바로 알지 못한다.

2017년 8월 러시아로 가족 여행을 다녀왔다. 비행시간이 열두 시간이고 시차가 있다고 하니 사람들이 놀란다. 러시아를 가까운 이웃 나라쯤으로 생각하고 있었다. 한두 시간에 갈 수 있는 곳. 가깝다고 생각하는 이유는 러시아를 떠올릴 때 블라디보스토크를 가장 먼저 생각하기 때문이다. 블라디보스토크에서 모스크바까지 가려면 기차로도 일주일 이상이 걸린다. 러시아는 북아시아 전체와 동유럽 대부분에 11개의 시간대에 걸쳐져 있는 세계에서 가장 영토가 넓은 국가이다. 상트페테르부르크에서 만난 안나는 시베리아 출신이다.

"고향이 어디예요?"

"시베리아에요."

"우와, 멋있다! 시베리아 횡단 열차 타 봤어요? 낭만적이죠?"

"아니요, 전혀 안 그래요. 일주일 이상 제대로 씻지도 못하고, 기차로 이동해야 하는 건 너무 힘든 일이죠."

서울에서 부산까지 세 시간이면 오갈 수 있는 작은 나라에 사는 사람으로서는 도저히 상상이 안 되는 일이다. 대한민국에서는 어디라도 차나 기차로 하루 안에 도착할 수 있고, 일을 보고 다시 집으로 돌아올 수도 있다.

면적으로 보자면 캐나다와 중국이 러시아의 뒤를 이어 2위, 3위이다. 여행지를 정하면서 중국을 가자고 하면 중국은 가 봤으니 다른 곳을 가자고 한다. 상트페테르부르크에서 5일, 모스크바에서 5일을 보내고 온 우리는 러시아를 가 봤다고 할 수 있을까?

수정 씨는 인스타그램 포스팅을 하면서 가까워진 지인이다. 인스타그램 게시물에 '박물관을 이틀 동안 둘러보았는데도 여전히 아쉬움이 남는다.'라고 올렸더니 내 말에 공감하였다. 수정 씨는 일주일 동안 박물관 앞에 숙소를 잡아 놓고 오갔다고 한다. 잠시라도 둘러보고 왔기에 가히 그 마음이 이해가 된다. 다시 꼭 그렇게 충분히 시간을 두고 다녀오고 싶다. 수정 씨가 올리는 여행 포스팅을 보면서 가 보지 못한 여행지를 상상하기도 한다.

우리는 누군가의 여행 경험에 대한 이야기를 듣거나 텔레비전의 여행 다큐멘터리나 여행 에세이를 읽으며 여행지에 대한 환상을 가지기도 한다. 그렇게 해서 가 보고 싶은 여행지가 정해지고 다녀오지만, 시간과 비용의 한계 때문에 여행은 내 입장에서 제한적으로 이루어질 수밖에 없다. 그래도 우리는 그곳을 '다녀온' 것이다. 내가 이미 다녀온 것의 이야기를 듣고 같은 공감을 가지기도 하고, 나와는 다른 느낌과 경험이 나의 여행에 더해지기도 한다. 가 보았던 그곳을 추억하며 다시 한번 여행할 이유를 찾기도 한다.

이십 대 때부터 지난 25년간 여행을 했다고 하면 어느 여행지가 가장 좋았냐는 질문을 가장 자주 받는다. 어떤 와인을 좋아하냐는 질문만큼이나 대답하기 어려운 질문이다. 그럼에도 불구하고 답을 기다리는 그들에게 나는 무언가라도 이야기해야 한다. 우리는 '여행을 떠난다'는 표현을 자주 쓴다. '무엇'으로부터 떠나고 싶은지를 생각해 보아야 한다. 여행은 일상을 잠시 떠나는 것이기에 일상의 어떤 부분을 해소하고 싶은지를 찾는다면 어디로 가야 할지를 정할 수 있다. 일상에서 나를 힘들게 하는 것, 피할 수 있다면 피하고 싶은 것이 몇 가지 있다. 하루 평균 200km 이상 운전하는 것, 요리와 식사를 마친 뒤 해야 하는 설거지, 화장실 청소와 침실 정리 등 이러한 것으로부터의 벗어나는 것이 나에게는 여행이다. 여행의 이유이다. 그렇기에 여행지에서 차를 빌려 운전을 하고 다니면서 먼 곳까지 가는 경우는 없다. 꼭 멀리 가야 한다면 차와 기사를 모두 알아본다.

2019년 여름은 푸껫의 한 빌라에서 보냈다. 에어비앤비를 통해 얻은 집이었다. 만족스러웠다. 아침 여덟 시에 빌라의 집사 제이슨이 아침 인사를 하며 출근한다. 밤새 불편함이 없었는지 물어보며 일상적인 이야기를 나눈다. 30분쯤 지나고 니나가 도착하여 아침 준비를 한다. 4개의 방에서 각각 잠이 깨어 나온 사람들은 밤새 올라온 인터넷 기사를 보거나 책을 읽는다. 아들은 마당의 수영장에서 아침을 시작한다. 아침 시간의 여유로움이 낯설어서 이곳저곳을 서성인다. 어쩌면 아무 할 일 없이 귀한 아침 시간을 흘려보내는 상황이 견디기 어려울 수 있을 것이다. 아주 오랫동안 아침 시간은 매우 정신없고 바쁜 시간이었을 테니까. 나 역시도 일상에서는 그렇다. 1분 1초가 아깝고, 아들은 5분을 더 자 보려고 안간힘을 쓴다. 여유로운 아침 시간이 흘러가고 니나가 만들어 준 태국식 볶음요리 '팟타이'가 식탁에 차려진다. 식사가 끝나고, 니나는 부엌을 치운 뒤 본격적인 집 청소에 나선다. 방 청소를 돕기 위해 자리를 피하고 동네 산책을 나서는 커플이 있다. 거실에 앉아서 오후에 어디를 나가 볼까 살펴보기도 한다. 나는 잠시 노트북을 펴고 간단한 업무를 한다. 열한 시경이 되니 정원을 정리하는 사람들이 오고, 잠시 후 수영장 소독을 하는 이가 들어온다. 수영장과 멋진 정원, 인테리어가 멋진 집에서 머물러서 푸껫의 휴가가 만족스러웠던 것이 아니었다. '하고 싶지 않은 것을 하지 않아도 되는 자유'를 만끽했기 때문에 우리는 행복했던 것이다. 5일간 그곳에 머무는 우리가 그 순간만큼은 집주인보다 행복하지 않았을까?

　열심히 맞벌이로 살아가는 한 부부의 이야기가 떠오른다. 부부는 아침 일찍부터 출근해서 밤늦게까지 일을 해서 번 돈으로 강남에 아파트를 장만하였다. 고급 커피 머신, 오디오 시스템, 고급 소파를 갖춘 멋진 아파트에 살고 있었다. 그리고 더 많은 것을 누리기 위해 그날도 아침 일찍 일을 하러 간 것이다. 출근했던 남편이 집에 두고 온 서류를 가지러 집에 가서는 깜짝 놀라고 말았다. 남편은 무엇을 본 것일까? 집 청소를 해 주러 온 가사도우미가 소파에 앉아 음악을 들으며 커피를 여유롭게 마시고 있는 게 아닌가! "뭣이 중헌디?" 갑자기 영화의 대사가 생각난다. 무엇을 지키고 무엇을 얻으려는 것일까? 여행에서 내가 얻고자 하는 것은 무엇이고, 지키고자 하는 것은 무엇인지 '본질'을 잘 생각해 봐야 할 것이다. 적어도 일상을 떠나는 것을 여행으로 규정한다면 일상에서 나를 힘들게 하는 것들은 뒤로 미루어 두고 나를 즐겁게 하는 일들만 찾아서 하나씩 해 보는 건 어떨까?

여행을 떠날 각오가 되어 있는 사람만이 자기를 묶고 있는 속박에서 벗어날 수 있다.

– 헤르만헤세

02
여행의 목적을 확인하자

여행의 목적은 목적지로부터 정해지는가? 목적지는 여행마다 다르겠지만, 여행의 출발점은 언제나 우리의 '일상'이다. '일상'을 벗어나 어딘가로 가는 것이 여행의 가장 본질적인 목적이다. 여행을 함께 하는 구성원에 따라 여행이 많이 다르다고들 한다. 룸메이트를 잘못 만나 밤마다 나이트메어를 경험한다고도 이야기하고, 여행에서 둘도 없는 친구가 되어 소중한 인연을 이어가는 이들도 있다.

연애 시절 인도네시아 자카르타에 사는 친구 수미를 만나러 가는 여행에 남편과 동행하였다. 그때부터 남편과 나의 긴 여행은 시작되었다. 대학원 선후배로 만나 하루 이틀 학회나 엠티를 가서 같이 시간을 보낸 적은 있어도 비행기를 타고 며칠씩 멀리 가는 것은 처음이었다. 자카르타 현지 회사에서 근무하고 있던 친구는 편의시설이 잘 갖추어진 아파트에 살고 있었다. 덕분에 우리는 친구 아파트에서 편하게 수영하고, 운동하고, 산책도 하며 여유로운 시간을 보냈다. 친구가 보내 준 차를 타고 주변 관광지를 돌아보기도 했다.
친구 집에서 며칠을 쉬다가, 우리는 자카르타에서 가까운 작은 섬의 휴양지로 놀러 갔다. 섬에는 우리를 포함해 손님이 열 명 정도였다. 직원들의 수가 더 많았던 것 같기도 하다. 2002년 월드컵 경기가 한창이

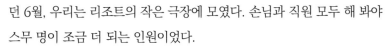

던 6월, 우리는 리조트의 작은 극장에 모였다. 손님과 직원 모두 해 봐야 스무 명이 조금 더 되는 인원이었다.

"대~~한민국!"

"대~~한민국!"

함께 외치며 응원을 하였다. 남편은 재미있는 사람이다. 유머 감각이 남달라서 누구와도 편하게 친구가 된다. 영어를 잘하지 못해도 해외에 가서 나보다 이야기를 더 많이 한다. 서로가 잘 알아듣고 있는지는 모르겠지만 시종일관 웃음을 터트린다.

월드컵 응원하다가 정이 들어서 그해 12월에 우리는 결혼을 하였다. 월드컵이 맺어 준 커플이라고 이야기하는데, 사실 첫 여행에서 우리의 취향은 잘 맞았던 것 같다. 다른 모습을 맞추려고 애쓰지 않고, 그냥 그대로 봐 주었던 것이다. 신혼여행을 가서도 우리의 모습은 첫 여행과 크게 다르지 않았다. 함께 아침 먹고, 남편은 운동하러 가고, 나는 수영장에서 책 읽으며 뒹굴뒹굴하며 보냈다. 보통 함께 여행을 가면 꼭 모든 일정을 같이해야 한다고 생각하는데 남편과 나는 그렇지 않았다. 그렇다 보니, 신혼부부가 맞냐는 질문을 몇 번 받기도 했다. 손미나의 책 『파리에서는 그대가 꽃이다』에서 읽은 프랑스의 한 노부부의 이야기에 공감한다. 부부로 살아가는 이들에게 들려주고 싶은 나의 메시지이기도 하다. 은퇴 후 오너 셰프로 레스토랑을 운영하는 할아버지와 긴 세월 부부로 잘 살아올 수 있었던 비법에 대해 이야기한다. 부부에게는 남편의 삶, 아내의 삶, 우리의 삶이 모두 존재해야만 지속 가능한 부부생활이 유지될 수 있다고 했다. 가족 내에서도 물론이고, 어느 조직에서도 내 것만을 주장하면서 살아갈 수는 없다. '우리'라는 울타리 안에 내 것이라고 생각하는 것을 너무 많이 가두고 있는 것은 아닌지 자주 생각한다.

같은 일상으로부터의 출발이었고, 목적지가 같다 하더라도 각자의 느낌과 감동으로 여행의 시간은 만들어져야 할 것이다. 결혼한 이후에도 와인 공부를 하러 가야 할 일들이 있어서 일 년에 한두 번 정도는 혼자서 여행을 하였다. 좋은 곳을 보고, 맛있는 것을 보면 남편과 함께하지 못한 시간이 너무 아쉬우면서도 나는 혼자만의 시간을 매우 즐겼다. 남편도 아내가 없는 다른 일상을 잘 즐겼을 것이다.

위기와 기회는 언제나 같이 온다고 했던가? 직장 생활을 하며 학업을 병행하고 있던 우리 부부는 여행을 함께 떠날 시간을 맞추기가 어려웠다. 게다가 남편이 고기 전문점을 오픈하면서 하루도 쉬는 날이 없이 일하게 되었다. 대학에서 조리와 외식을 가르치던 강사로 출강을 하고 있었던 우리 부부는 이론과 현실의 벽에서 갈등하다가 일 년 만에 식당을 정리하기로 마음을 먹고 가게를 내놓았다. 아이 없이 5년간 살았던 우리에게 아이가 선물처럼 찾아왔고, 가게도 쉽게 팔렸다. 모든 비용을 정리하고 나니 1억 5천의 빚은 그대로 남아 있는데, 우리 손에 남은 건 800만 원 정도의 돈이었다. 호주행 비행기표를 예매했고, 남편과 함께 여행을 떠났다. 시드니에 이민을 가서 살고 있는 지연 선배 가족이 있어서, 큰 계획 없이 무작정 호주로 떠나게 되었다. 호주로 이민 간 지 일 년 정도밖에 되지 않아 선배네 가족도 적응하는 중이라 그리 사정이 여유롭지는 않았을 것이다. 하지만, 사업에 실패하고 빚잔치를 하고 온 우리 부부를 따뜻하게 맞아 주었다. 임신 5개월째를 맞고 있는 내 몸은 매우 안정적인 상태였다. 시드니를 마음껏 누비고 다녔다. 시드니의 버스, 전철, 페리 등의 교통편을 자유롭게 이용할 수 있는 '마이멀티' 패스를 이용했다.

"너희 부부처럼 알뜰하게 패스를 이용하는 사람들은 없을 거야."

라고 말한 지연 선배는 우리를 따라다니다가 피곤해서 입이 부르틀 정도였다. 주말에는 선배의 차를 타고 북쪽으로 두 시간 거리에 있는 포트 스테판에 가서 돌고래도 보고 헌터밸리 와이너리도 방문하였다. 와이너리의 로지에서 맞이한 낯선 아침은 내 생애 최고의 순간이었다. 배 속

아이의 첫 번째 발길질로 잠을 깼다. 어쩌면 한국에서 식당을 정리하고 가장 힘든 순간을 보내고 있었을지도 모르는 시간이었다. 남편과 나는 그 어려움에서 멀리 떨어진 헌터밸리에 있었다. 모든 것이 새롭게 리셋되는 것 같았다. 2007년 가을 호주에서의 시간은 우리 부부에게 소중한 추억이 되었다.

여행을 시작한 것은 사업 실패라는 상황에서 탈출하기 위해서였다. 우리가 여행을 하지 않았다면 아이가 우리에게 온 축복받은 현실을 충분히 감사할 수 없었을지도 모른다. 여행을 마치고 일상으로 돌아온 우리는 새로운 직장에서 다시 시작했다. 하루하루를 감사하며 행복하게 보낼 힘을 얻었다. 여행을 마치고 나니 우리 부부는 새로 태어날 아이를 맞이하기 위한 가족 여행을 계획하게 되었다.

많은 부부가 출산을 앞두고 여행을 떠난다. '태교 여행'을 '신혼여행'가듯이 유행처럼 너도나도 떠나고 있다. 원래 태교 여행의 취지는 산모의 스트레스를 완화하고, 심신의 안정을 위한 것이라고 한다. 앞으로 맞닥뜨리게 될 육아에 대한 마음의 준비를 위함이라고 한다. 예비 엄마의 마지막 자유시간이라고도 한다. 출산용품을 준비하러 가는 여행으로 왜곡되기도 한다. 내가 생각하는 임신기의 여행은 새로운 가족의 일원을 맞이하는 '가족 여행'이다. 부부가 된 이들이 처음으로 아이를 출산하기 전에 가는 여행이라면 '부모'가 된다는 것에 대하여도 충분히 나눌 수 있으면 좋겠다. 이미 첫째가 있는 경우라면 형제가 생기는 것에 첫째 아이와 이야기를 나누고 동생이 태어나도 첫째 아이가 소외되지 않도록 함께 준비하는 여행을 하는 것이다. 의도했던 바는 아니지만 임신기에 남편과 함께 여유로운 시간을 보내고 오게 되었다. 출산에 대한 두려움이나 걱정보다는 진심으로 아이가 세상에 나오기를 기다리는 마음으로 나머지 임신 기간을 잘 보낼 수 있었다.

2019년은 해외여행 자유화 30년이 되는 해였다. 30년 전만 해도 해외여행은 특권이었고, 관광 목적으로는 여권을 내 주지 않았다. 시간이 있거나 돈이 많다고 누구나 갈 수 있는 것은 아니었다. 1988년 올림픽의 성공적 개최 후 1989년 1월 1일 전 국민의 해외여행 자유화가 시작되었다. 2005년에는 해외여행자 수가 1천만 명을 돌파하고, 2016년에는 2천만을 넘었고, 2019년에는 3천만 명에 육박하는 수가 해외여행을 다녀왔다. 이제 해외여행의 일상화 시대를 맞이하고 있다. 2001년 인천공항의 개항으로 장거리 여행이 늘었는가 하면, 2000년 중반 즈음 대기업의 주5일근무제의 도입으로 주말을 이용하여 근교를 다녀오는 2박 3일, 1박 3일 등의 여행 상품들이 인기를 끌었다.

　　93학번인 나는 배낭여행의 1세대이다. 여행사에서 주는 정보나, 번역된 책으로 보는 것이 여행지에 대한 정보의 전부였다. 책에 적힌 대로 기차 시간표를 보고 가서 타지 못한 경우도 있었다. 지도를 보며 낯선 목적지를 찾아다녀야 했기 때문에 자유 여행보다는 많은 사람이 현지에 인솔자가 있는 패키지여행을 선호했다.

　　2010년 이후 해외여행은 개별 자유 여행(FIT)으로 급속하게 바뀌고 있다. 인터넷과 스마트폰 보급의 영향이 컸다. 아고다, 익스피디아 등 미국의 대형 온라인 여행사의 등장으로 여행사에 전화하거나 방문하지 않고 직접 항공이나 숙소를 예약한다. 해외 출장을 가는 무역회사 직원, 국가의 공무를 수행하기 위해 가는 공무원, 공부를 위해 떠나는 학생, 국가대표급 운동선수나 예능인들만 해외여행을 가는 시대가 아니다. 전 세계 입국신고서의 방문 목적란에는 출장, 공부, 공무, 관광, 고용, 거주 등 획일적인 목적 중 하나를 표기하도록 되어 있다. 관광을 선택하는 우리는 이제는 관광지 수집 식의 여행 행태에서 벗어나 개인의 취향에 따르는 다양한 여행을 원하고 있다. 여행사가 주도하는 패키지여행보다는 스스로 일정을 짜고 만들어서 자신만의 여행을 만들어 여행할 수 있게 되었다.

이제 여행객들은 '장소'보다는 '무엇'을 할 수 있을지에 더 관심을 가진다. 사람들은 획일적인 여행을 하지 않으려고 한다. 여행의 목적은 세분되고 다양해지고 있다. '인도네시아 발리에 가서 서핑을 배우겠다.', '스페인 발렌시아에 가서 빠에야 요리 수업을 듣겠다.', '유럽 도시의 도서관을 돌아보겠다.' 같은 개인의 관심사에 따라 여행의 목적지와 목적이 달라진다. SNS를 통해 실시간으로 올라오는 여행 정보들은 새로운 여행으로의 훌륭한 안내서가 되기도 한다. 스마트폰 안에 여행을 도와줄 수 있는 애플리케이션들이 많이 들어왔다. 사람들은 나만의 스타일로 여행하기를 원하게 될 것이다. 누구나 다 알고 가는 관광지보다는 SNS 친구들이 알려 주는 숨은 명소를 찾을 것이다. 자주 떠나는 일상 같은 여행을 통해 삶의 만족도를 높여 갈 수 있을 것이다.

> 사람이 여행을 하는 것은 도착하기 위해서가 아니라 여행하기 위해서이다.
>
> – 괴테

03
발목 잡는 여행공포증

    여행을 가기 전날 여권을 두고 가는 꿈을 꾼다. 지난 25년 동안 거의 한 번도 빼지 않고 같은 꿈을 꾸었다. 해외여행을 갈 때 없으면 절대 안 되는 것은 여권이 유일하다. 다른 물건들은 없으면 불편한 것이지만 여권 없이는 여행이 불가능하다. 그럼에도 불구하고 여권이 훼손되거나 여권을 잃어버리는 일은 일어날 수 있다. 대처 방법을 알면 된다. 또는 알고 있는 사람에게 물어보면 된다. 여행하면서 단 한 가지 기억할 것은 어떤 일이든 일어날 수 있고, 어떤 일이든 끝은 있다는 것이다.

    여러 사람과 함께 여행을 다니다 보면 혼자 있을 때마다 더 많은 일을 경험하게 된다. 한 번에 더 많은 것을 배울 수 있으니 좋은 일이다. 여행을 계획하는 순간부터 집으로 다시 돌아올 때까지 수없이 가슴이 철렁했다가 다시 가슴을 쓸어내린다.

    비행기 예약을 하면서 하는 실수는 비일비재하다. 남녀 성별을 다르게 입력하거나, 성과 이름의 순서를 바꿔서 기재하거나 영문 철자를 틀리는 것은 아주 작은 실수다. 탑승 전에 이를 발견하면 항공사나 예약 에이전시에 문의하면 수정이 가능하다. 항공사마다 규정이 달라서 비용을 지불해야 하는 경우도 있고, 비용 없이 무료로 처리되는 경우도 있다.

    멕시코 크루즈를 가기 위해 LA행 비행기를 예약하면서 문제가 생겼다. 여러 명의 여권을 한 번에 보면서 예약을 하다 보니 한 사람을 두 번 예약했다. 다른 한 사람의 비행기표를 예약하지 않은 것을 출발 전날 알게 되었다. 비행기표를 알아보니 이미 만석이었다. 모든 일행의 항공은 싱가포르 항공으로 예약을 한 상태이고 한 커플의 남편만 비행기표가 없는 상태였다. 남의 남편의 여권을 보며 예약하다 보니 착각하여 한 사람을 두 집에다 같이 붙여 커플로 예약을 해 버렸다. 항공권은 양도가 되지 않는다. 내가 한 자리를 취소한다고 해도 나에게 그 좌석이 돌아온다는 보장을 할 수 없다. 비상사태였다. 당사자에게는 이야기도 못 하고 이리저리 머리를 써가며 고민을 하고 있었다. 본인에게 이야기하고 다른 항공의 일정으로 예약을 해야겠다고 생각했다. 마지막으로 다시 한 번 항공사 사이트를 들어가니 비즈니스 좌석 한 자리가 나와 있었다. 이코노미 좌석의 4배 정도의 가격이었지만 망설일 겨를 없이 예약하였다. 일단 같은 비행기를 타는 것이 중요하였다. 출발하는 날 그분에게 자초지종을 설명했다. 탑승까지는 각자의 좌석으로 가고 이륙 후에 나와 자리를 바꾸기로 하였다. 뜻하지 않게 비즈니스 좌석을 타고 미국을 가게 되었다. 이 또한 나에게 온 기회이니 다가올 비행기표의 할부 금액은 잠시 잊고 비즈니스의 서비스를 잘 누리기로 마음을 먹었다. 내면의 평화가 찾아왔다. 나의 부주의로 빚어진 에피소드는 나쁘기만 한 것은 아니었다. 정상 가격으로 처음 구매해 본 싱가포르 항공의 비즈니스 서비스를 제대로 경험해 볼 수 있었다.

비즈니스 클래스를 이용한다는 것은 편안한 좌석으로 여행을 한다는 것 이상의 의미가 있다. 좌석에 안내를 받고 착석하면 담당 스튜어디스가 정해진다. 웰컴 드링크로 샴페인을 가져다준다. 제공되는 식사 메뉴를 고르고 식사 시간이 되면 넓은 테이블에 테이블보가 깔린다. 플라스틱이 아니라 은 식기가 준비된다. 연어요리를 애피타이저로 시작했다. 다 먹은 접시가 치워지고 따듯하게 데워진 그릇에 담긴 갈비찜이 제공된다. 와인들을 리스트에서 골라서 함께 즐긴다. 연어를 먹으면서는 뉴

질랜드 소비뇽 블랑을, 갈비찜을 위해서는 론 지역의 시라 와인을 선택했다. 비즈니스 클래스를 이용하는 것은 하늘 위 고급 레스토랑을 경험하는 것이다.

같은 시간, 이코노미 좌석에서는 뒤로 젖혀진 의자를 세우고 식판을 펼쳐 스스로 식사 준비를 마친다. 접시를 덮은 포일을 벗겨내고, 곧 터질 것 같은 김치 봉지를 조심스럽게 뜯는다. 이코노미 좌석에 앉아 있던 아들이 내 자리를 오가며 기웃거렸다. 잠시나마 엄마 자리에 앉아서 비즈니스와 이코노미 좌석 서비스의 차이를 확실히 느끼고 갔다. 따로 요구하지 않아도 수시고 친절하게 스낵과 음료를 가져다준다. 불편한 것이 없는지 물어본다. 편히 누울 수 있는 넓은 자리이다. 졸리다고 하니 침대로 만들고 이불도 준비해서 잠자리를 봐 준다. 잠시지만 커튼 하나 사이를 두고 다른 세계가 있다는 것을 알게 되었다. 그리고 또 하나, 비즈니스 앞쪽의 커튼 너머에는 무엇이 있는지 궁금해한다. 퍼스트 클래스가 있다고 알려 주었다. 여행이 끝나고 아들이 유튜브에서 영상 하나를 찾아서 내게 보여 주었다. 세계에서 가장 비싼 일등석 좌석 1위에서 10위까지를 보여 주는 영상이었다.

"엄마, 다다미방으로 만들어 주는 좌석도 있대."

"엄마, 에티하드 항공 일등석은 샤워시설도 이용할 수 있대."

신이 나서 영상을 보며 이야기한다. 예전에 읽었던 기사가 생각이 나서 아들에게 이야기해 주고 자료를 함께 찾아보았다. 비행기 일등석을 공짜로 타며 연봉 1억을 받는 영국의 21살 청년 알렉스 마체라스의 이야기이다. 어린 시절 비행기에 관심이 많았던 그는 여러 자료를 찾아보고 분석하며 정리한 자료를 SNS에 올리게 된다. 알렉스가 14살일 때, 방송국에서 비행기 전문가로 섭외를 하여 출연을 하게 된다. 이후 각 항공사의 새롭게 제작된 항공기를 테스트하는 아르바이트를 한다. 일등석을 포함해 전 좌석에 앉아 보고, 음식은 물론 기내 서비스와 상태를 점

검하는 일이다. 엄마의 실수로 인해 어쩔 수 없었던 비즈니스 좌석의 구매가 나는 물론이고 아들에게도 좋은 기회가 되었다. 최대한 많이 자주 낯선 환경에 노출되는 것이, 해 보지 않은 것에 대한 두려움을 없앨 수 있는 최선의 방법이다. 두려움을 넘어서서 즐기게 될 수 있는 가장 좋은 방법이다.

공포는 실체를 경험하고 나면 두려움이 약해지거나 없어지게 된다. 사소한 걱정들이 모이면 눈덩이처럼 커져 공포를 느끼게 되는 건 아닐까? 비행기표를 잘못 예약한 것이 나의 트라우마가 될 수도 있었지만 오히려 그로 인해 찾아온 뜻밖의 배움과 경험은 감사함의 대상이다. 실수가 일어날 때마다 그것을 고통의 순간으로 기억하지 않는다. 잘 마무리된 결과를 생각하며 위안으로 삼는다.

여행을 떠나며 만나게 되는 첫 번째 관문이 공항이다. 공항의 항공사 체크인 카운터에서 아무 문제 없이 수화물을 보내고 보딩패스를 발권받고 나면 한 단계 무사히 패스다. 그리고 입국장으로 들어갈 수 있다. 항공사 카운터에서 나의 발목을 잡는 것은 무엇일까? 2019년 3월 미국을 경유해서 페루 마추픽추로 여행을 가는 팀들이 김해공항에서 다급한 목소리로 전화가 왔다.

"비자가 없어서 발권이 안 된다고 하네요."

"페루는 비자 발급이 필요 없는 걸로 알고 있어요."

"미국 경유를 하는 경우 미국 비자가 필요하다고 하네요."

아뿔싸!!! 최종 목적지인 페루만 생각하고 미국 경유를 따로 알아보지 못했다. 여행을 하면서 많은 나라를 경유하며 목적지까지 갔지만 경유를 하는 나라의 비자가 필요한 경우는 없었다. 그러나 미국의 경우는 달랐다. 미국의 땅을 밟는 모든 사람이 비자가 있어야 한다는 사실을 뒤늦게 확인을 했다. 설령 공항 밖으로 나가지 않고 경유를 하는 경우에도 비자가 필요한 것이었다. 비자가 없는 상태에서는 미국행 비행기표를 발권받을 수 없었다. 어쩔 수 없이 항공을 취소했다. 미국 온라인 비자를 신청하고 승인이 나기를 기다렸다. 저녁쯤 비자 승인이 날 것으로 예상을 하고 다음 날 비행편을 알아보았다. 저녁 늦게 일행 모두의 비자가 발급이 되고 다음 날 아침 인천에서 뉴욕을 거쳐 페루 리마로 가는 비행 기표를 다시 구매하였다. 늦은 밤 인천으로 향하는 리무진에 일행들은 몸을 실었다. 집 떠난 지 스물네 시간이 지난 후 미국행 비행기는 출발하였다. 뉴욕을 경유해서 가는 비행편 덕분에 뉴욕을 잠시 구경을 하는 기회도 가지게 되었다. 일행 모두 페루에 무사히 도착했다는 소식을 전해 받고 마음을 놓을 수가 있었다.

여행 클럽을 운영하면서 많은 이들의 여행을 함께 준비하고 떠나보낸다. 여행을 보내 놓고 전화벨이 울리면 심장이 덜컥, 불안한 마음이 든다. 보통 여행이 너무 좋아서 여행 중에 전화하는 일은 거의 없다. 대개는 문제가 생겼을 때 연락이 온다. 전화벨이 울리는 순간 마음을 다스리며 전화를 받는다. 놀라움과 당황스러움은 뒤로하고 지금 이 순간 해결할 수 있는 최선의 방법을 찾으려고 노력하고 선택한다. 나의 이런 모습을 가장 힘겹게 바라보는 사람은 늘 곁에서 함께 여행하고 그 루틴을 가장 잘 아는 아들이다. 워낙 걱정이 많고 소심한 성격이었던 아들은 이제 '괜찮아.'라는 말을 자주 쓰게 되었다. 엄마와 여행하며 비행기도 놓쳐 보고, 일행이 기차를 못 타서 헤어지기도 하고, 비행기에서 수화물이 도착하지 않거나 물건을 잃어버리는 경우는 수도 없이 경험하였다. 이제는 어지간한 일에는 놀라지도 않는다. 어떤 일이 생기면 우선 나의 답을 기다린다. 어떤 종류의 일인지 같이 파악하고 엄마가 어떤 선택을 할지 지켜본 뒤 본인의 역할을 찾는다. 이미 벌어진 일에 대해서는 '이럴 걸, 저럴걸' 하는 후회는 필요 없다. 누군가를 탓하고 원망하며 화를 내도 소용이 없다. 현재 시점으로부터 실마리를 찾아야 한다.

지난 25년간 나의 여행을 통해 그리고 누군가의 여행을 통해 나는 '괜

찮다'를 배우게 되었다. 여행은 물론이고 일상에서도 나는 항상 생각한
다. 어떤 일이든 일어날 수 있고 어떻게든 해결의 끝은 있다.

어디로 가는지 알지 못할 때만큼 멀리 갈 때는 없다.

－탐험가, 크리스토퍼 콜럼버스

04
두려워하지 않으면 참여행

여행은 나에게 관대해지는 시간을 선물한다. 일상에서 자신의 일을 완벽하게 해내는 이들도, 하루 종일 '빨리빨리'를 외치며 바쁘게 살아가는 이들도 느슨하게 긴장을 풀어도 된다. 길을 잃고 실수를 해도 되는 것은 여행자의 특권이다. 여행자로서 누리는 이러한 시간이 좋아 매번 떠나기를 계획한다.

베니스는 여유로웠던 시간으로 기억된다. 인천에서 아부다비를 경유하여 베니스에 도착하는 에티하드 항공을 이용하였다. 직항으로 가지 않고 환승으로 가면서 경유지를 여행하는 것은 여행 일정 중에 받게 되는 덤이다. 비용을 더 지불하지 않아도 된다. 짐을 찾지 않아도 되니 가볍게 동네에 산책가는 기분으로 다녀올 수 있다. 거기에다 가격까지 착하다면 금상첨화가 아닌가? 환승하는 비행기는 무조건 싸고 직항으로 가는 비행기는 무조건 비싼 것은 아니다. 많은 사람은 직항을 선호한다. 한국에서 비행기로 한 번에 갈 수 있는 도시는 그리 많지 않다. 출발지에서 목적지에 이르는 방법은 무수하게 많기에 여러 가지 상황을 고려하여 최선의 선택을 하면 된다.

과거에는 항공사나 여행사를 통해서만 항공권을 살 수 있었다. 항공사에서 사는 항공권은 대개는 제값을 모두 지불해야만 살 수 있었다. 여행사에서는 토파즈와 같은 예약 조회 프로그램을 사용하였다. 일반인에게 항공 가격이 개별적으로 공개되지 않았다. 패키지여행을 가는 경우에는 항공권이 포함된 전체 가격으로 여행을 예약했다. 나는 항공권을 보다 싸게 살 수 있는 '탑 항공'과 같은 항공 판매 전문 여행사를 자주 이용했다. 인터넷 시대가 열리면서는 '땡처리닷컴'에서 항공권을 구매했다. 요즈음은 스마트폰 앱에서 전 세계 항공권의 가격을 실시간으로 비교·검색하고, 구매할 수 있다. 여행업 1세대 항공권 판매 전문 여행사인 탑 항공은 2018년 결국 폐업 신고를 하고 말았다.

함께 여행을 떠나는 여행객끼리 항공을 얼마에 구매했는지 이야기하는 것을 금기시하고 있다. 출발과 도착 일정이 같고, 출발지와 목적지가 같아도 항공권 가격이 다를 수 있다는 점을 대부분의 사람은 모른다. 다른 사람보다 조금이라도 높은 가격에 산 사람들은 기분이 좋을 리 없다.

항공기의 이코노미 좌석이 200석이라고 한다면 좌석의 가격이 모두 다를 수 있다. 항공사의 수익은 단순히 탑승객의 수로 정해지지 않는다. 수익경영(Revenue Management)을 한다. 수익경영이란 양(Quantity)뿐만이 아니라 질(Quality), 즉 고객이 느끼는 가치에 따라 가격을 정해 경영하는 방식이다. 비행기의 좌석은 표면적으로는 이코노미 클래스, 비즈니스 클래스, 퍼스트 클래스로 나누어지지만, 내부적인 운임코드는 20개 이상으로 다시 세분되어 운영된다. 좌석 지정에 따른 부가 요금의 유무, 항공사 마일리지 적립의 유무, 좌석 업그레이드 가능 여부, 그리고 환불 또는 변경 시의 조건이 모두 다르게 적용된다. 항공권을 검색하고 구매할 때는 이러한 내용이 적용된다는 것을 알고 내가 원하는 목적에 맞게 선택하면 된다. 모든 정보는 구매 전에 알아볼 수 있도록 공개되어 있다. 검색하며 발품을 얼마나 더 많이 파느냐에 따라 구매하는 가격은 달라질 수 있다. 검색하면서 여행사나 항공사에서 내놓은 특가를 잡는 행운을 누리기도 한다.

2016년 3월 베니스로 가는 길에 아부다비를 경유하는 일정을 선택한 중요한 이유는 가격 때문이었다. 인천에서 출발해서 아부다비에서 열아홉 시간을 체류하고 베니스로 가는 왕복 항공권이 67만 원이었다. 싱가포르나 인도네시아 등의 아시아 지역을 오가는 데도 70만 원 정도 지불해야 했다. 유럽 왕복 항공권으로 67만 원은 너무나 매력적인 가격이었다.

항공권을 구매하고 나면 일정에 따른 여러 가지 아이디어가 떠오른다. 백번을 넘게 해외를 드나들고, 50개국 가까이 여행을 해 왔다. 다녀온 곳을 또 간다 하더라도, 봄에 다녀왔다면 겨울의 그곳은 또 다른 새로움으로 다가온다. 비행기로 도시를 찾았다면 기차로 다시 찾아가는 그곳에는 역시 또 다른 낯섦이 있다. 일상을 떠난다는 것은 익숙하지 않은 것을 만나는 것이다. 새로운 세상을 볼 수 있는 기회라고 생각하면 걱정과 두려움은 잠시 잊을 수 있다. 여행을 가서도 일상과 다르지 않다면 긴 비행시간과 비용을 써서 여행을 떠나지 않을 것이다. 책이나 영상으로만 접했던 풍경을 직접 눈으로 보고, 느끼고, 경험하게 된다. 생각한 것보다 더 좋을지 기대에 못 미쳐 실망하게 될지는 내가 직접 떠나 보지 않으면 모르는 것이다.

아부다비 여행은 새벽 이른 시간에 도착하여 자정이 지난 다음 날 새벽에 다시 베니스로 출발하는 일정이었다. 하루를 오롯이 아부다비에서 보낼 수 있는 기회였다. 새벽 여섯 시에 아부다비 공항 도착해 현지의 여행사 직원을 만났다. 한국에서 아부다비에서의 하루 여행을 계획하는 것도 새로운 시도의 연속이다. 현지에 지인이 있거나 이미 한 번 이상의 방문을 통해 연결하고 있는 현지인이 있다면 그들과 소통하며 계획하면 된다.

처음으로 가는 곳이고 도움을 청할 곳이 없다면 여행 플랫폼 앱에서 제공하는 정보를 먼저 검색한다. 현지에서 할 수 있는 활동들이나 관광지 프로그램을 알아볼 수 있다. 이미 여행을 다녀온 사람들의 후기들도 참고할 만하다. 자주 사용하는 앱으로는 마이리얼트립(Myrealtrip), 클룩(Klook), 겟유어가이드(Getyourguide) 등이 있다. 한 가지 앱만을 고집하지는 않는다. 여행지에 따라 신뢰하는 정보와 내용들이 조금씩 다르다. 쏟아지는 정보 속에 진짜를 구분할 줄 아는 능력이 진정 필요하다. 지름길은 없다. 많이 찾아보는 것이다. 플랫폼 서비스에서 어느 정도 정보를 수집했다면, 원하는 스타일에 맞게 여행을 디자인해 나간다. 단순히 입장권을 사는 것이라면 가격과 취소·변경 규정을 고려해 구입하면 된다. 프라이빗 가이드 투어를 원한다면 반드시 진행하는 사람과 대화를 나누어 볼 필요가 있다. 문자 채팅도 하고 가능하다면 결정의 마지막 단계에서 직접 통화를 해 보는 것으로 최종 결정을 한다.

개인적으로 떠날 뿐만 아니라 여행 클럽 회원들과도 함께 자주 여행한다. 적게는 10명에서 100명에 이르기까지 대규모로 그룹 여행을 떠나는 경우도 있다. 이러한 과정에서 내가 지키는 대원칙 중 하나는 현지인들의 의견을 존중한다는 것이다. 현지인은 추천하는 일정은 언제나 큰 만족감을 준다. 또 다른 원칙 하나는 여행의 예산 범위 내에서 가이드의 비용은 되도록 제안하는 금액으로 수락한다. 가이드 비용을 깎으면 여행의 퀄리티는 떨어질 수밖에 없다.

여행의 준비는 여유 있게 6개월 전부터 시작한다. 여행지가 결정되면 목적지를 키워드로 해서 인터넷 검색을 하고, 관련 동영상과 책들을 하나씩 살펴본다. 모든 자료를 꼼꼼하게 살피지는 않는 것이 많은 정보를 볼 수 있는 요령이기도 하다. 시험을 보는 학생처럼 암기할 자료를 수집하는 것이 아니기에 유독 눈이 가거나 흥미가 생기는 자료는 따로 구분하여 다시 한번 보면서 정리한다. 스마트폰 메모장을 마련하여 관련 자료들의 링크를 모아 둔다. 노트의 한 부분을 할애하여 해당 여행에 관한 메모를 시작한다. 세 달에 두 번 정도 여행을 꾸리다 보니 한 번에 두 개 이상의 여행을 준비하기도 한다. 내가 직접 떠나는 여행이 아니더라도 함께 준비한다. 처음부터 정리해 나가면서 준비를 하는 일은 중요하다. 한두 번 경험하게 되면 어떤 여행도 그 과정으로 준비할 수 있다. 어디라도 두려움 없이 목적지를 정하고 떠날 수 있다. 와인을 골라 주기보다는 본인에게 맞는 와인을 고르는 방법을 알려 주는 편이 낫다. 여행 경험을 나누며, 본인이 원하는 여행을 계획하고 떠날 수 있게 해 주는 것이 나의 사명이라고 생각한다.

아부다비 체류 시간은 열아홉 시간이었다. 이른 아침부터 늦은 저녁까지 아부다비에서 보내고, 베니스행 비행기를 타고 밤을 보냈다. 일반적인 지상 여행이라면 이틀에 걸쳐서 해야 할 정도의 일정들로 꽉 채워졌다. 공항에서 출발하여 아부다비 시티로 들어갔다. 각기 다른 모양의 높은 빌딩들을 구경했다. 1999년 두바이 베니건스의 오프닝 팀으로 일을 하러 갔을 때, 아랍에미리트 곳곳에서 이러한 건물들이 올라가고 있었다. 자연 경관을 보러 가는 여행이 아니라면 이른 아침에 입장이 가능한 곳이 별로 없다. 에미리트 팰리스 호텔은 투숙객이거나 금 커피를 위해 미리 카페 예약한 손님에 한해서만 입장이 가능하다. 금가루를 소복하게 올리고 궁전을 그린 카푸치노로 럭셔리하게 아부다비에서의 아침을 시작하였다.

무수한 시간의 걱정과 설렘으로 여행을 준비해 오던 나는 막상 여행이 시작되면 완전히 무장해제가 된다. 내가 준비하고 대비할 수 있는 시간은 이미 과거가 되어 있다. 여행지에서 만나게 되는 모든 상황은 아무리 좋은 시나리오를 가지고 있다고 하더라도 당면하지 않은 것에 대해서는 알 수 없기 때문이다. 아부다비 여행을 위해 충분히 많은 시간을 보내며 노력했고, 현지에서 우리를 안내해 줄 사람을 만났으니 이제는 그 사람을 믿고 따르면 된다. 최선을 다해 현재를 즐기는 것이 여행자의 몫이다. 여행 학교를 진행하면서 여행에 관한 많은 에피소드를 나눈다. 일어날 수 있는 모든 사례를 다루려고 하지 않는다. 여러 경험담을 통해 여행 중에는 어떤 일이든 일어날 수 있다는 것을 알게 된다. 또한, 어떤 일이든 해결의 끝은 있다는 것도 알게 된다. 잘못된 선택이 만들어 낸 결과도 겸허하게 받아들일 수 있는 마음의 평화도 가지게 된다. 일을 그르

치기 위해 일부러 실수하는 일은 없다. 누구든 마찬가지다. 이미 지나간 과거에 대한 원망도 질책도 없이 현재의 시점에서 미래를 바라보는 태도가 여행지에서는 정말 필요하다. 일어나지도 않을 대부분의 일을 걱정하고 준비하느라 현재를 즐기지 못하는 어리석음은 없어야 한다. 여행 중에 일어나는 어떠한 상황도 일상을 떠난 시간의 일부로 받아들일 수 있는 용기가 있다면 여행에 대한 두려움은 조금씩 사라질 것이다. 두려움은 언제 어디서든 존재하겠지만 그조차 받아들이고 인정한다면 그것은 여행에서만 얻을 수 있는 큰 즐거움으로 바뀔 것이다.

> 두렵거나 당황하거나 마음에 상처를 입지 않는다면 결코 모험을 할 수 없다.
>
> —소설가, 줄리아 소렐

05
여행이 직업이 된다면

'여행하는 술샘'입니다. 라고 나를 소개하면 모두 "와~아!"하는 환호성을 보낸다. 나를 부러워한다. 여행을 떠나면 떠날수록 더 자주 길게 여행을 하고 싶은 마음이 생긴다. 한 번도 안 가 본 사람보다 한 번이라도 가 본 사람이 더더욱 가고 싶은 것이다. 집으로 돌아오는 비행기 안에서 벌써 또 어딘가로 떠나고 싶다는 생각이 든다. 공항의 출발하는 곳과 도착하는 곳의 층수가 다른 곳에 있는 것은 참으로 다행스러운 일이다. 어딘가로 떠나는 이들을 본다면 도착과 동시에 다시 출발을 하러 갈지도 모른다.

일 년에 두 번 정도를 다니다가 계절마다 한두 번에 가게 되어도 여행에 대한 갈증이 해소되지가 않는다. 클럽메드에 일하던 시절 6개월에 한 번씩 계약했기에 근무지를 옮길 수 있었다. 6개월이 지나면 같은 리조트에서 한 시즌을 연장하거나 다른 곳으로 발령을 받는다. 항상 여행하는 기분으로 지낼 수 있었다.

클럽메드에서의 생활을 마치고 한국에서 처음으로 일을 시작한 곳은 베니건스였다. 주5일 근무를 기본으로 하고 출퇴근 시간도 3교대로 하였다. 3일 정도의 날짜를 연결해서 여행을 다닐 수 있었다. 아침 일찍 출근하는 날엔 퇴근 후 바로 공항으로 가서 일본이나 인도네시아에 있는 친구들을 만나러 갔다. 며칠 놀다가 아침 비행기로 다시 돌아와 마감 조로 근무하곤 했다.

직장 생활이 무료해질 즈음 해외 파견 근무를 할 기회가 생겼다. 두바이에서 한 달간 일하는 것이었다. 두바이 베니건스 매장의 직원들 오프닝 교육을 하러 갔다. 한국을 떠날 절호의 기회였다. 회사가 모든 비용을 지불하고, 한국과 미국에서 주는 월급도 모두 받을 수 있는 조건이었다. 한국과 미국의 인터뷰를 거쳐 선발되었다. 1999년 처음으로 중동 땅을 밟게 되었다. 당시 중동 지역에 일하러 가는 사람의 대부분은 건설 현장에 파견되는 건설회사 직원들이었다. 중동으로 여행을 다녀온 사람도 많이 없었다. 광화문에 있는 교보문고에서 영어로 된 『Shocking Middle East』라는 책 하나를 겨우 한 권 구해 읽었다. 기대와 설레는 마음으로 가방을 챙겼다. 한 달간 호텔에서 출퇴근하며 주말에는 인근 여행을 했다. 여행은 자유로움이다. 식사를 내 손으로 챙기지 않아도 되는 자유로움, 청소와 정리정돈을 내 손으로 하지 않아도 되는 자유로움, 빨래를 직접 하지 않아도 되는 자유로움이 나에게 기쁨을 준다. 자취 생활을 하고 있던 나에게 일상을 떠나는 기쁨은 그런 것이었을 것이다. 하고 싶지 않은 일은 하지 않아도 되는 일상이다. 새로운 곳을 탐험하고, 그 지역만의 식문화를 경험하고, 처음으로 해 보는 여러 가지를 경험하는 것이다. 현재 두바이의 모습을 만들고 있는 스카이 라인들은 1999년부터 시작이 되었다. 당시 미국의 프랜차이즈 레스토랑들이 오픈하고 있었다. 중동의 기름 부자들이 글로벌 브랜드를 몇 개씩 가지는 것이 유행인 것 같았다. 두바이 베니건스 오너도 미국 외식 브랜드 대부분을 소유하고 있었다. 한 달간 두바이 부자가 준비한 혜택을 마음껏 누렸다.

미국과 필리핀, 한국에서 도착한 팀을 위한 두바이 도우 디너 크루즈 환영 파티가 있었다. 레스토랑 오너가 소유한 브랜드의 레스토랑들을 자유롭게 이용할 수 있는 패스카드가 지급되었다. 주말이면 사막으로 사파리를 갔다. 베두인 캠프에서 별을 보며 밤을 보내기도 했다. 술이 귀한 곳이었지만 오너의 프라이빗 바에서 마음껏 마시고 즐겼다. 친구들과 클럽에 가서 마가리타를 피처로 마시고 취하기도 했다. 한 달간의 두바이 살이 후 한국으로 돌아와 잠시 역마살을 잠재우며 지낼 수 있었다.

일 년 후 2000년에는 카타르 도하에서 다시 트레이너로 일할 기회가 생겼다. 이번에는 좀 더 길게 한 달 반의 시간을 도하에서 지내는 일정이었다. 두바이에서 함께 일했던 팀 대부분이 다시 함께 만나 일하게 되었다. 두 번의 만남으로 우리는 이미 가까운 친구들이 되었다. 클럽메드에서 일하며 유럽인들이 즐기는 휴가의 모습을 보았다. 두바이와 도하에서는 멋지게 즐기며 사는 미국인의 모습을 보았다. 업무를 하는 주중에는 각자 자신의 분야에서 최선을 다해 일하고, 금요일 저녁이 되면 미친 듯이 논다. 함께 일했던 친구들이 미국에 와서 일해 보는 것이 어떠냐고 제안을 했다. 솔깃했다. 원하는 시간만큼 일하고, 현장에서 일하는 서비스직이기에 잘하면 팁으로도 생활이 가능할 정도라 했다. 당시 나는 한국에서 베테랑 직원으로 인정받고 있었다. 매니저 승진을 위한 과정에 있었다. 미국에서의 서비스업은 현장직과 관리직이 구분되어 운영된다. 레스토랑에서 베테랑으로 일하며 더 많은 손님을 서비스할 수 있게 되면 기본 급여보다 팁으로 버는 돈이 더 많다. 관리직으로 근무를 하면 현장직보다는 기본 급여는 높으나 그에 따른 책임과 의무도 상대적으로 높다. 미국 친구들의 제안에 솔깃했다. 고민이 되었다. 한국 베니건스에서는 나를 한국에 머물도록 권유했다. 결국, 미국은 가지 않게 되었다. 일상의 무료함을 해소하기 위해 직장 생활 3년 차에 석사 과정을 시작하였다. 여행의 지속 가능함을 꿈꾸고 있던 나에게 '정착'이라는 단어는 어울리지 않았다. 그래도 몇 년간의 연속된 직장 생활을 할 수 있었던 이유는 해외 오픈 트레이너로 일할 수 있었던 기회 덕분이었다. 한국 내에서도 의도적으로 여행할 수 있는 방법을 찾았다. 새롭게 오픈하는 매장으로 업무를 지원하고 거주지도 옮겼다. 새로운 환경이 주는 낯섦이 가슴을 뛰게 한다. 더 이상 내 가슴이 뛰지 않는다면 나는 또 새로움을 만나러 가야 하는 시간이라는 것을 안다.

매 순간 새로움을 선사하는 여행은 일상을 지킬 수 있도록 도와준다. 떠났다가 오면 늘 새로운 일상이 기다리기 때문이다.

이십 대에 이미 내가 본 세상들을 찾아갈 순간들을 호시탐탐 노리며 한국에서 일해 왔다. 와인 공부를 본격적으로 시작하면서 공부를 이유로 다시 여행하기 시작하였다. 와인을 공부하는 친구들과 함께 프랑스, 남아공을 여행했다. 이른 아침부터 늦은 저녁까지 와인 시음을 하고, 현지 와인에 대한 수업을 들으며 시간을 보냈다. 포도밭이 있는 시골을 주로 다녔다. 관광지를 보고 올 기회는 없었다. 와인과 관련한 교육을 받고 인증시험을 보기 위해서 떠나는 여행도 있었다. 그렇게 삼십 대의 시간을 보내면서 와인 교육가가 되었다. 이제는 와인 공부를 위해 다녀온 그곳들을 나의 학생들과 함께 여행한다.

22살부터 시작된 나의 여행은 25년간 계속되고 있다. 나의 여행은 멈추지 않는다. 일상과 여행의 경계가 모호해지도록 머물기와 떠나기를 반복하는 일상을 꿈꾼다. 여행이 직업이 될 수 있다는 것은 물리적인 자유를 누린다는 것이다. 누구나 물리적인 자유를 꿈꾼다. 꿈만 꿀 수밖에 없는 가장 큰 이유는 그 시간에 정해진 곳에서 돈을 벌어야 하기 때문이다. 시간과 공간의 자유 그리고 경제적인 자유까지 해결되어야 여행이 직업일 수 있다.

5년 전 망막박리로 응급수술을 하고 회복을 위해 한 달간 엎드려 지냈다. 엎드려서 밥 먹고, 엎드려서 자고, 엎드려서 책을 보아야 했던 시간이었다. 인생의 중요한 전환점이 되었다. 언제든 떠날 수 있고, 여행할 정도의 돈은 항상 벌 수 있다고 생각했다. 한 달의 시간 외부 활동을 할 수 없는 상태였다. 만약 내가 그러한 상태가 더 길어진다면, 영원히 일어날 수 없게 된다면 나는 무엇을 할 수 있고, 어떻게 살아갈 수 있을지를 생각했다. 명쾌한 해답을 찾을 수는 없었다.

시력을 회복하고 난 후 나의 고민은 계속되었다. 그러던 중 지인에게 한 여행 클럽을 소개받았다. 여행이 직업이 될 수 있겠다는 확신과 함께 나의 시스템을 천천히 만들어 가고 있다. 좋아하고 잘하는 일로 돈도 벌 수 있다는 것은 참으로 감사하고 행복한 일이다. 누구나 여행을 꿈꾸기는 하지만 누구나 여행을 떠나지는 못한다. 여행을 떠날 수 없는 수많은 이유가 있음에도 불구하고 갈 수만 있다면 떠나고자 하는 게 또 여행이다.

여행을 즐기는 사람들을 위한 직업들은 다양하다. 여행 상품 개발자, 행사 기획자, 항공 승무원, 투어 컨덕터, 여행 작가 등 다양하게 안내되고 있다. 여행과 관련한 분야에 종사하고 있다면 다른 일보다는 여행의 기회가 더 많아질 수는 있을 것이다. 나의 여행을 즐기기보다는 다른 사람들을 위한 여행 준비의 시간이 더 길 수 있다. 여행과 가까워질 수는 있지만 물리적인 자유를 가질 수는 없다. 여행 작가가 된다는 것은 꽤 멋있게 들리기는 하나 수입이 바로 창출되기는 현실적으로 어렵다. 지금보다 노동 시간이 더 줄어들고, 현재 내가 하는 일들의 많은 부분을 인공지능 로봇에게 내주어야 하는 시기를 맞이하고 있다. 여유로운 일상을 여행처럼 즐길 수 있도록 노는 방법을 익혀야 한다. 시간 부자가 되는 그날이 되면 지금보다 쉽게 여행을 떠날 수 있을 테니 놀 돈을 마련해야 한다. 여행 시장의 잠재력이 크다고 해서 지금 여행사를 차리는 것은 무모하다. 이미 여행의 많은 부분이 스마트폰 앱에서 준비되고 실행되고 있음을 인식해야 한다. 나 스스로가 모든 것을 준비하고 실행할 수 있는 여행자로서의 기술을 익힐 필요가 있다고 생각해서 여행 학교를 만들었다. 여행 학교의 목표는 혼자 떠날 수 있는 여행자가 되는 것이다. 여행이 필요한 기술을 익힐 수 있는 커리큘럼으로 구성했다. 혼자만의 여행을 준비하고, 누군가의 여행도 도와줄 수 있다면 여행 비즈니스 스쿨에서 시스템을 만드는 방법을 배울 수 있다. 여행 학교는 나의 여행을 제대로 만들고 즐기려는 여행자를 위한 학교이다. 여행 비즈니스 스쿨은 여행을 직업으로 만들고, 나만의 사업 시스템을 구축할 수 있도록 배우고 함께 준비하는 과정이다. 한 우물을 파던 시대는 이미 지났다. 우리는 N잡러의 시대를 살고 있다. 두 번째, 세 번째의 일을 선택함에 있어 중요한 것은 현재 하는 일과 성질이 다른 일들을 해야 한다는 것이다. 현재 하는 일이 오프라인 중심으로 하는 것이라면 다른 하나의 일은 온라인에서 이루어져야 한다. 현재 내가 하고 있는 일이 돈을 벌기 위해 하는 일이라면, 새로 시작하는 다른 한 가지는 좋아하는 것으로부터 시작해야 한다. 어딘가에 고용되어 급여를 받는 형태의 일과 나만의 시스템을 구축하는 일을 함께하여야 한다. 여행이 직업이 된다는 것은 자유로워진다는 것이다.

> 여행을 떠날 각오가 되어 있는 사람만이 자기를 묶고 있는 속박에서 벗어날 수 있다.
>
> – 시인, 헤르만헤세

06
전 세계 어디에도 내 집이 있다

"전 세계 어디를 여행 가더라도 집 걱정은 하지 않는다."

라고 이야기를 하면,

"전 세계에 집이 있어? 전국도 아니고?"

"응, 언제든 이야기해. 네가 머물 수 있는 곳도 얼마든지 구해 줄게."

친구들은 나에게 외친다. "구해 줘 홈스!"

서울에서 몇 년을 기다려 입주한 새 아파트에 1년 남짓 살았다. 마산 대학교 교수로 내려오면서 아파트를 다른 사람에게 세를 주고 나도 전세로 다른 집을 얻어 살게 되었다. 실제로 서울 아파트에 거주한 세입자가 5년을 살았으니 실제 사용한 사람들이 서류만 주인이었던 우리보다 그 집을 잘 쓴 것이다. 스물세 평짜리 아파트를 처분하고, 10배가 넘는 마당이 있는 집을 창녕에 샀다. 전원생활을 하게 되었다.

2011년 타임지가 '세계를 바꿀 10대 아이디어'로 '공유'를 선정하면서 공유 경제가 촉발되었다고 한다. 2008년에는 숙박을 위한 공유 플랫폼, '에어비앤비'가 시작되었다. 2009년에는 공유 플랫폼 교통수단인 '우버'가 생겼다. 서울로 일을 보러 올라갈 때면 주로 일을 보는 지역 근처에 공유 플랫폼을 통해 숙소를 구했다.

여행에서 가장 중요한 부분 중 하나가 어디에 머무를 것인가이다. 보통은 위치나 시설이 좋은 호텔을 이용한다. 일정이 긴 여행을 할 경우에는 일부 일정을 현지인처럼 살아 볼 수 있도록 계획한다. 짧은 살아 보기를 실현해 본다. 에어비앤비는 최대한 현지인의 삶을 경험할 수 있는 곳을 선택한다.

2017년 여름, 러시아로 여행을 떠났다. 여름에 떠나는 여행은 항상 가족이 함께하는 여행이다. 여행은 누구와 함께 가느냐가 중요하다고 이야기한다. 보통 나는 혼자 여행을 다니거나 아들과 함께 여행한다. 일 년에 한 번 농부인 남편과 함께 떠나는 여행에는 다른 가족들과 함께하는 경우가 많다. 러시아 여행에는 모두 다섯 가족이 함께했다. 딸과 함께한 희선 씨 부부, 두 아들과 함께 온 영숙 씨, 서화 님 부부, 엄마와 늘 함께 여행하는 구원 씨, 그리고 순희 씨와 규리 씨가 함께했는데, 이 두 아가씨는 가족이 아니면서도 가족들과 함께하는 여행에 너무나 잘 어울려서 감사했다.

에어비앤비로 숙소를 정할 때 인원이 많아서 이로운 점은 큰 집을 구할 수 있다는 것이다. 큰 집을 구하면, 잠을 자는 방 이외의 부대 공간들을 활용하기에 좋다. 여행지 숙소의 침대는 내 방의 침대보다 조금 더 좋고, 먹는 음식은 일상에서 먹는 것과는 달라야 한다는 것이 나의 생각이다. 잘 먹고, 잘 자면 여행에서 오는 두려움과 불편함은 거의 해소가 된다.

상트페테르부르크에서 사 일을 보내고 기차로 모스크바로 가서 사 일을 보내는 일정으로 여행을 계획하였다. 호텔과 에어비앤비의 순서를 정할 수 있는 상황이라면, 나는 에어비앤비를 일정 앞에 배치하는 편이다. 현지인을 만나고 현지인의 집에서 내 집과 같은 느낌으로 현지 적응을 하고 난 후 호텔로 옮긴다. 뒷 일정을 호텔에서 머물며, 호텔이 주는 편리함과 세련됨에 조금 더 만족할 수 있다. 서로 모르는 사람들끼리 여행할 때는 각자 방을 쓰는 호텔 일정을 먼저 한다. 서로가 조금씩 알아갈 시간을 며칠 보낸 후에 한집에서 지내는 것을 선택하는 게 좋다.

러시아 여행의 경우 가족 단위로 떠난 여행이었다. 이미 여행을 하는 사람들과 서로 친분이 있기에 처음부터 한집에서 같이 생활하는 것은 문제가 없었다. 다섯 가족이 독립적으로 지낼 수 있는 방이 최소 5개가 있는 집이 필요했다. 여러 명이 함께 지낸다면 화장실도 여러 개 있어야 한다. 호텔의 경우 룸에서 화장실을 쓰지 않더라도 공용 공간에 샤워실이나 화장실이 있어서 필요에 따라서 이용이 가능하다. 대가족이 함께 사는 집에 화장실이 부족하여 이리저리 뛰어다니는 모습을 생각해 보면 이해가 될 것이다. 가족 단위로 각자 방을 쓰고 함께 모여 이야기하며 놀 수 있는 공용 공간도 중요하다. 집을 전체로 빌리는 경우 마당이 있거나 테라스가 있는 곳을 선호한다. 위치는 시내와 주변 관광지까지 걸어서 갈 수 있는 곳으로 정한다. 이러한 조건을 만족하는 집을 고르고 나면 가격을 살펴보는데, 사성급 이상의 호텔에서 지내는 정도의 수준을 선택한다. 사이트에 올라온 사진보다 실제로는 더 안 좋을 거라고 생각하는 것이 좋다. 그래야 현지에 가서 실망하지 않는다. 이용자들의 후기도 꼼꼼하게 읽어 보면 도움이 된다. 상트페테르부르크의 집은 넵스키 대로에 있었다. 넵스키 대로는 도시의 가장 중심이 되는 도로다. 에르미타주 박물관, 돔크니키 서점, 옐리세예프 상점, 아니피코프 다리, 카잔 대성당 등 도시의 모든 것이 도보 거리에 있다. 위치가 좋으면 가격이 조금 높기 마련이다. 낯선 도시를 대중교통이나 택시로 다니느라 시간과 돈을 쓰느니 중심가로 집을 정하는 것이 훨씬 낫다.

  위치 다음으로 중요하게 생각하는 것이 집이 가지고 있는 고유한 스토리다. 다섯 가족이 함께한 러시아 여행에서 우리가 머문 집은 1900년대 초, 구소련 시대 지어진 건물의 제일 꼭대기 층을 개조해서 만든 곳이었다. 도로에서 큰 문을 열고 들어가면 다시 여러 개의 건물이 나온다. 건물 사이에는 주차장과 놀이터, 작은 공원이 있다. 건물의 꼭대기 층으로 올라가기 위해 1층의 문을 통과해야 하고, 두 명 남짓 탈 수 있는 엘리베이터를 타고 꼭대기 6층으로 올라가야 했다. 캐리어들을 옮겨야 했기에 엘리베이터에는 짐만 싣고 대부분 우리는 걸어 다녔다. 100년 전 과거로 돌아가서 생활하는 것이니 그 정도의 불편함은 당연히 감소할 수 있었다. 유럽 대부분의 도심 속 호텔들도 사정은 비슷하다. 특히 문화재로 등록되어 있는 지역의 건물들은 마음대로 고칠 수 없기 때문에 최대한 건물을 훼손하지 않는 범위 내에서 개조·보수를 한다. 사 일간 러시아 집에서 머물면서 1900년대의 소련의 모습을 잠깐이나마 상상할 수 있었다. 며칠 지내다 보니 골목골목이 익숙해졌고 우리 동네처럼 아침 산책을 다니고, 밤이면 백야를 보기 위해 광장으로 나가기도 했다. 어느새 일행들은 그 집을 우리 집으로 부르고 있었다.

수영장이 딸린 저택을 꿈꿔 본 적이 있는가? 꽃과 나무가 가득한 정원이 있는 집은 어떤가? 많은 이가 그런 집들에 대한 로망을 가지고 있다. 전원에서의 삶을 꿈꾸며 귀촌을 하는 사람들도 비슷할 것이다. 그러한 집에 산다면 우리에게 꼭 필요한 사람들이 있다. 수영장을 정기적으로 청소하고 소독해 줄 전담 직원이 필요하다. 나무와 꽃들을 수시로 가꿔 줄 사람도 필요하다. 넓은 집을 청소하고 아침밥을 차려 줄 사람도 있으면 좋겠다. 2019년 여름휴가는 푸껫으로 정했다. 풀이 딸린 집을 구하기로 했다. 네 가족이 함께하는 여행이니 방 4개가 있는 집으로 찾아보았다. 푸껫에서는 집을 구하면서 위치를 크게 고려하지는 않았다. 여러 관광 중심의 여행이 아니고 휴식을 위한 여행이었기 때문이다. 이동이 필요하면 개인택시를 불러서 쓸 수 있다. 기사가 딸린 렌터카인 셈이다. 여행지에 가서 무리하게 운전하지 않는다. 낯선 도로를 직접 운전할 필요 없이 기사와 차를 잘 섭외해서 쓰는 것이 안전하고 효율적이다.

집을 고를 때 아침 식사를 제공하는 집을 검색했다. 여행하는 네 가족의 철저한 휴식을 위한 조건이었다. 시설 좋은 부엌이 있기에 음식을 해 먹기에 좋은 환경이기는 하나, 휴가는 일상과 달라야 한다. 집에 도착하니 푸껫 집의 집사 제이슨이 우리를 맞아 주었다. 원래 빌라의 주인은 중국에 사는 아다라는 여성이었다. 푸껫에 빌라와 아파트 몇 채를 가지고 있다고 했다. 제이슨이 집 안 곳곳을 보여 주며 안내를 해 주었다. 다음 날 아침 여덟 시가 되자 제이슨이 왔고 그 뒤를 이어 니나가 왔다. 니나는 아침을 준비해서 차려 주었다. 아침 식사를 마치고 부엌을 정리하더니 방 청소를 시작한다고 했다. 사람들은 아무것도 하지 않고 오로지 자신만을 위해 보내는 시간을 낯설어했다. 두 번째 날에도 마찬가지로 아침은 제이슨의 등장으로 시작되었다. 오후가 되니 수영장 청소를 한다고 두 사람이 다녀갔다. 다시 연이어 조경을 관리하는 이들이 세 명 다녀갔다. 제이슨은 다른 아파트를 관리하러 간다고 떠나면서 필요한 것이 있으면 언제든 문자나 전화를 하라고 했다. 오후에 마사지를 받으러 마을로 나갈까 하다가 제이슨에게 문의했다. 가격을 알아봐 주고, 집으로 마사지하는 사람을 보내 주었다. 다음 날도 집에서 편하게 마사지를 받고 쉴 수 있었다. 그렇게 4일간 푸껫 집에서 힐링하며 지냈다. 식사 준비, 청소, 정리정돈 이러한 노동이 동반되는 좋은 시설의 집에서의 휴식은 진정한 휴식이 아닐지도 모른다. 휴가를 휴가답게 노동 없이 보내기 위한 집들은 전 세계 어디라도 있다. 일 년에 며칠을 사용하기 위해 여기저기 별장을 소유할 필요가 없다.

일 년에 한두 번은 와이너리가 있는 지역으로 여행을 떠난다. 와인을 만드는 농장을 방문하고, 양조 과정을 견학한다. 포도밭, 양조시설, 와인의 숙성시설을 함께 갖춘 곳을 와이너리라 한다. 레스토랑이나 호텔을 함께 운영하는 와이너리들도 많이 있다. 그리스 크레타의 부타리 와이너리를 방문했을 때, 와인 창고들을 개조한 부티크 호텔에서 하룻밤을 보냈다. 10명 정도의 인원만 머물 수 있는 작은 시설이었다. 포도밭의 가장 높은 언덕에 있었다. 언덕의 이름을 딴 호텔, '스칼라니 힐스'에서의 만난 낯선 아침은 과거로의 시간 여행 같았다. 산토리니로 떠나는 페리를 타기 위해 이른 아침잠을 깼을 때, 창밖 새벽어둠 속에 분주히 움직이는 한 사람이 보였다. 와이너리의 음식을 담당하고 있는 아나였다. 아침 산책을 마치고 돌아오니 그리스 전통음식들이 호텔 마당의 테이블에 가득했다. 갓 구운 빵, 과일의 입자와 풍미가 그대로 살아 있는 잼들, 와인너리에서 키운 채소들에 그리스의 페타 치즈를 듬뿍 얹은 그릭 샐러드 등 음식 하나하나에 아나의 정성이 느껴졌다.

부르고뉴의 와인너리 루뒤몽의 '쉐레아(Chez Lea)'에서의 경험도 매우 특별했다. 이곳은 외부 호텔 사이트에서 예약해서 이용할 수 있는 곳이 아니었다. 루뒤몽 와인너리의 오너인 박재화 선생님께 특별히 부탁했다. 선생님 댁은 부르고뉴의 유명한 포도 마을 지브리 샹베르펭에 있다. 마당 아래에는 와인 저장고가 있었다. 그 집에 머물면서 여유롭게 즐겼던 베럴 테이스팅은 값을 매길 수 없는 귀한 경험이었다.

여행하면서 무수한 밤을 보냈던 곳들 하나하나를 다시 찾아가고 싶다. 전 세계를 다니면서 만난 감동적인 장소들을 잘 기억해서 완유당도 꼭 그런 곳으로 만들고 싶다. 완유당은 '천천히 놀다 가는 집'이라는 의미로 김단아 선생님이 우리 집에 붙여 주신 이름이다. 귀농해서 8년째 전원생활을 누리고 있다. 누구나 시골의 전원생활을 꿈꾸지만, 그렇게 결단을 내리기는 쉽지 않다. 나의 지인들을 위한 힐링캠프로 만들고 싶다. 세계를 여행하며 만난 친구들이 한국을 찾을 때 편히 쉬어 갈 수 있는 한국의 집이 될 수 있으면 좋겠다. 여행하기 힘든 호호 할머니가 되었을 때, 전 세계에서 찾아오는 친구들을 통해 완유당에서 세계 여행을 하는 것이 나의 꿈이다.

여행은 도시와 시간을 이어 주는 일이다. 그러나 내게 가장 아름답고 철학적인 여행은 그렇게 머무는 사이 생겨나는 틈에 있다.

-시인, 폴 발레리

제3장

성공적인 여행은 발견하는 것이다

01
25년 동안 100번 이상

　지난 25년간의 여행에서의 가장 큰 배움은 '당연한 것은 없다.'라는 것이다. 예능 프로그램 「어서와 한국은 처음이지」에 출연한 르완다에서 온친구들이 상상 속에만 있던 눈을 만나러 갔다. 사진으로 보고 설명을 들어도 내가 보고 느끼지 못한 것에 대한 것에 대한 막연함이 있었으리라 생각한다. 하얀 비가 하늘에서 내리는 거라고 생각했던 친구는 눈을 직접 만져 보고는 눈의 느낌을 알게 되었다. 운동 신경이 좋으니 눈 위에서 스키를 거뜬히 탈 수 있다고 자신했던 친구는 계속해서 미끄러졌다.

　1996년 유럽으로 배낭여행을 떠났다. 호텔과 도시 간 이동 일정만 정하고, 나머지는 자유롭게 다니도록 계획했다. 호텔패키지 상품이었다. 호텔과 항공권, 유레일패스 등을 건네받는 오리엔테이션에 참석했다.
　"영국에서 프랑스로 가는 기차를 탈 때 꼭 정해진 열차 칸에 타야 합니다. 다른 칸을 타면 절대로 안 됩니다."
　오리엔테이션을 진행하는 여행사 직원은 우리에게 몇 번이나 설명했다.
　'일단 기차를 타기만 하면 될 텐데, 왜 그렇게 강조하면서 몇 번이나 이야기하는 거지?'
　당시에는 잘 이해가 되지 않았다. 여행사 직원이 알려준 대로 우리는 영국에서 티켓에 적힌 대로 기차 칸을 잘 찾아서 탔다. 얼마간 기차를 타고 달리다가 기차가 멈추어 섰다. 사람들은 내리지 않고, 열차 밖에서는 분주한 움직임이 느껴졌다. 우리가 탔던 열차 칸이 다른 칸과 분리작업 중이었다. 분리된 기차 칸이 배에 실렸다. 기차에 그대로 탄 채로 배에 실려서 바다를 건너가는 것이었다. '아하 그거였구나! 다른 칸에 탔다면 우리는 도버해협을 건너갈 수 없는 거였네!' 도버해협을 건너는 동안 잠시 기차에서 내려서 페리 안을 돌아볼 수 있었다. 지금은 시속 300km로 달리는 고속열차를 타고 도버해협을 해저터널로 건너올 수 있다. 빠르고 편리하게 여행할 수 있게 되었다. 상상도 할 수 없었던 색다른 경험이었다. 국내도 경부선이나 호남선이 구간 중 복합열차로 운행되고 있다. 국내에서 이러한 시스템이 시작되고도 많은 해프닝들이 있었다고 한다.

경험해 보지 않은 것은 늘 낯설고 불편하다. 여행에서는 내가 모르던 것을 알 수 있게 된다. 늘 당연하게 여겨왔던 것이 그렇지 않을 수 있다는 것을 깨닫게 해 준다. 이탈리아 대륙과 시칠리아 사이에는 10km 정도의 메시나 해협이 있다. 로마에서 기차로 시칠리아까지 이동이 가능하다. 불편하지만 다리를 연결하지 않고 있다. 옛날 방식을 그대로 유지하고 있다. 기술이 부족해서가 아니라 조금의 불편함을 감수하고 옛 방식을 그대로 지켜 가고자 하는 노력이라고 생각한다.

가족과의 여행은 참 좋다. 너무나도 사랑하는 내 가족이니까 서로를 잘 알고 있으니 원하는 것만 하면 된다. 여행 클럽 회원들과 함께 여행을 갈 때는 늘 긴장을 한다. 가족 여행에서는 그러지 않아도 되니 좋은 것이다. 2016년 남아공에서의 가족 여행을 마치고 친구의 배웅을 받으며 출국 수속을 마쳤다. 출국심사를 마치고 나면 보딩패스에 기재된 탑승 게이트를 찾아서 가야 한다. 함께 여행하는 사람들에게 귀에 못이 박힐 정도로 이야기한다. 공항에 따라 탑승구까지 가는데 시간이 많이 걸리는 경우가 있기 때문에 반드시 탑승구 확인 후에 여유 시간을 보내야 한다. 그것을 너무나도 잘 아는 내가 한국으로 출발하는 비행기를 놓치고 말았다. 시간을 확인하고 부랴부랴 탑승구로 뛰어갔을 때는 이미 문이 닫힌 상태였다. 잠시 눈앞이 깜깜했다. 남편도 화가 나서 펄펄 뛰었다. 처음 겪는 일이라 어떻게 해야 하는지 방법을 몰랐다. 보통 장거리 노선은 하루에 한 편만 운영하는 경우들이 많다. 다음 비행기를 탄다는 건 불가능할 거라는 정도만 판단이 되었다. 다음 날 비행기를 다시 타야하니, 도착 때와 마찬가지로 다시 입국심사를 하고 공항 밖으로 나가야 한다고 했다. 직원들이 알려 주는 대로 긴 시간 다시 줄을 서서 입국심사를 받았다. 흥분했던 남편도 좀 진정한 듯했다. 흥분하는 아빠를 오히려 진정시키는 건 여덟살짜리 아들이었다.

"아빠, 괜찮아. 어차피 비행기는 떠났잖아. 내일 다시 타면 되지, 엄마?"

엄마를 따라다니면서 워낙 많은 일을 겪어서인지 의젓했다. 놀란 마음을 가라앉히고 해야 할 일을 생각했다. 우선 비행기에 보낸 수화물의 행방을 확인해야 한다. 승객이 타지 않으면 짐도 실을 수 없다. 그 사실을 몰랐을 때는 우리 짐만 가고, 우리는 못 탄 것이라 생각했다. 행여나 폭발물이 실렸을 수도 있으니 주인 없는 짐은 절대 비행기에 실릴 수 없다는 것을 알게 되었다. 비행기에 실었던 짐은, 다시 수화물을 찾는 곳으로 가서 찾으면 된다. 수화물 서비스 카운터에 가서 비행기를 놓쳤다고 하면 친절하게 우리의 수화물을 찾아줄 것이다. 짐을 찾았다면 항공권을 다시 발급받아야 한다. 항공사에서 직접 구매한 경우에는 공항에 있는 항공사 카운터에 문의를 하면 된다. 경우에 따라 조건은 다를 수 있다. 최상의 상황은 별도의 추가 비용 없이 다음 비행기 탑승을 위한 티켓을 받는 것이다. 일정 비용을 지불하거나, 항공 가격에 차이가 있다면 차액까지 지불해야 할 수도 있다. 여행사를 통해 구매한 경우에는 해당 여행사에 문의하면 된다. 하루를 더 남아공에서 지내게 된 우리는 그저 그 시간을 잘 즐기기로 했다. 우리를 배웅해 주고 돌아갔던 친구가 급히 다시 공항으로 우리를 데리러 오는 웃지 못할 상황이 생겼다. 이후 아직까지는 다시 비행기를 놓치는 일은 없다. 공항을 생각하면 즐겁다, 여행의 시작을 위한 공항이라면 떠난다는 설렘이 있다. 집으로 돌아오기 위한 길이라면 기다리고 있을 일상에 대한 감사함으로 기쁠 것이다. 공항은 잠시 머물렀다가 떠나야 하는 장소이다. 공항에 오래 머무르는 일은 힘이 든다.

2019년 6월 프랑스 부르고뉴와 루아르 지역으로 식문화 여행을 다녀왔다. 일정 내내 큰 사건, 사고 없이 무사하게 잘 지낸 여행이었다고 생각하고 있었다. 마지막 관문인 공항에서의 집으로 가는 비행기를 잘 타기만 하면 되었는데… 게이트 앞에서 출발 30분 전에 출발 지연 안내 소식이 들려왔다. 에어컨에 문제가 생겨서 잠시 수리 중이라고 했다. 그 이후에 또 한 시간이 더 지연된다는 안내 방송이 나왔다. 지연 시간이 세 시간에 접어드니 식사 쿠폰을 나눠 주기 시작했다. 네 시간이 넘어가면서 항공사의 직원이 나와 우리를 어딘가로 안내하기 시작했다. 자세한 설명은 없었지만 300명 가까운 인원은 직원을 따라갔다. 다시 입국심사를 마치고 출국장 밖으로 나가는 것이었다. 남아공에서 비행기를 놓쳤을 때의 기억이 났다. '아, 오늘 이 비행기 못 타는구나.'라는 생각이 들었다. 비행기에서 내린 짐을 찾고 우리는 다시 모였다. 파리에서 하노이를 경유해서 가는 비행기였기 때문에 최종 목적지가 각기 달랐다. 당장 한국으로 돌아가서 바로 출근을 해야 하는 사람들이 가장 문제였다. 별 해결 방법이 보이지는 않았다. 비행기를 고쳐서 늦게라도 출발할 거라고 방송은 했다. 정오에 출발하기로 했던 비행기는 이미 열 시간 이상 지연되고 있었다. 카운터로 오라는 안내방송을 들었다. 호텔 바우처와 택시를 불러 주는 것이 아닌가? 모두 내 얼굴만 바라보았다. 나도 이런 경우는 처음이었다. 한국에서 여행사를 운영하는 친구에게 전화했다. 다른 항공사의 항공편을 알아봐 주는 경우도 있다고 했다. 대부분의 항공사는 비용 때문에라도 자사의 항공을 이용하기를 권유한다고 한다. 항공사의 규정을 자세히 보기 위해 한국 사무소에 전화해 보기도 하였다. 항공사는 규정대로 식사 시간에 맞추어 식사 쿠폰을 제공했다. 하루를 넘겨야 하는 상황이 되니 호텔 바우처를 제공했다. 결함이 있는 비행기를 타게 하는 것보다 당연히 옳은 처사였다. 원래 파리에 거주지가 있는 사람들은 자기 집으로 돌아갔다. 나머지 200명이 넘는 인원들은 호텔을 배정받기 위해 또 몇 시간을 기다려야 했다. 공항에 온 지 열두 시간이 지나서야 공항을 빠져나와 호텔로 갈 수 있었다. 너무 피곤해서 잠도 잘 오지 않았다. 다음 날 아침 여덟 시에 공항에 다시 모였다. 공항에 가 보니 바로 출발할 수 있는 상황은 아니었다, 다시 오전의 시간이 지나고 점심 식사 쿠폰을 나눠 주기 시작했다. 시간은 지나 다시 늦은 오후가 되고 있었다.

'이럴 줄 알았으면 파리 관광이라도 하고 오는 건데.' 한국으로 가는 다른 비행기를 알아봐 달라고 요청했다. 급한 사람들이 먼저 가기로 하고 순서를 정하려고 했다. 나머지 사람들은 다시 하룻밤을 파리에서 보내야 할지도 모르는 상황이었다. 위기의 상황이 되면 그 사람의 행동을 보며 감동을 받기도 하고, 실망하기도 한다. 다른 항공사의 비행기 자리는 두 자리밖에 없었다. 모두 각자의 입장에서 먼저 가야 한다고 주장하고 있었다. 누가 가야 할지 정할 수가 없어 고민하고 있을 때였다. 방송이 들렸다. 비행기가 고쳐져서 모두 함께 파리를 떠나 하노이로 갈 수 있다는 것이었다. 기다리던 사람들이 일제히 환호성을 질렀다. 그렇게 해서 이틀간의 파리공항에서의 힘든 시간을 끝을 내고 비행기를 탈 수 있었다. 경유를 위해 하노이에 도착하니 항공사 직원이 나와 우리 일행을 시내 호텔에서 잠시 쉬어갈 수 있도록 차편을 마련하고 있었다. 제공받은 차량으로 호텔로 가서 샤워도 하고 마사지도 받으면서 피로를 풀었다. 저녁까지 제공받고, 지난 이틀간의 힘든 시간의 흥분은 많이 누그러지고 편안하게 휴식을 취하며 한국으로 가는 비행기를 탔다.

파리공항에서 흥분해서 화를 내고 소리를 지르는 것을 보고, 어떤 유럽인 아저씨가 이렇게 이야기를 해 주었다.

"지금 화내고 소리 질러 봤자 소용없어요. 지금은 항공사에서 안내하는 대로 잘 협조해야 합니다. 무사히 목적지까지 도착하는 것이 중요하지요. 그 후에 꼭 불편했던 사항을 꼼꼼하게 적어서 피해에 대한 보상을 요구해야 합니다."

클럽메드에서 일할 때도, 한국 고객들이 리셉션에서 컴플레인을 하면 잠시 그 순간을 모면하려고 숨었다가 오는 이탈리아 직원이 있었다. 한국 사람들이 흥분을 잘 하지만 정에 약해서 그 순간이 지나면 그럴 수도 있지 하고 마음을 푼다. 반면 일본 고객은 무서워한다고 했다. 보통은 현장에서는 다 괜찮다고 해 놓고, 돌아가서는 엄청난 컴플레인을 한다고. 항상 그런 것을 아니지만 일리가 있는 말이다.

항공사가 상황에 대처를 잘했기에 우리 일행들도 마음이 많이 누그러진 상태였다. 그래도 유럽 아저씨의 조언대로 한국으로 돌아온 후 항공사에 이틀간의 불편함에 대해 자세히 이메일을 보냈다. 첫 편지에서는 면책 사유에 해당하기 때문에 해 줄 수 없다고 하였다. 다시 편지를 썼다. 비행기의 지연 때문에 겪었던 불편함은 물론이고, 한국에서의 업무 피해가 있었던 내용을 모두 포함하여 다시 이메일을 보냈다. 결국, 항공권의 80% 정도에 해당하는 비용을 환불해 주겠다는 내용으로 답변을 받았다. 한 달 정도 후에 정리가 되었다. 같이 갔던 일행들이 모두 같은 내용을 보상을 받았다. 내가 보상을 받은 금액과 대우는 비슷한 경우를 경험한 친구의 이야기를 들어 보니, 굉장히 예외적으로 잘 보상을 받았다고 하였다. 앞으로도 이런 일이 생긴다면 최대한 자세하게 어필하고 문의해 볼 생각이다.

일 년 중 한 번은 당신이 단 한 번도 가 보지 못한 곳에 가 보아라.

– 달라이 라마

02
술샘이 되다

　나는 '학생'이다. '배워서 남 주자.' 내가 공부하는 이유이다. "공부가 제일 재미있어요." 내가 이런 말을 하게 될 줄이야. 고등학교를 졸업할 때까지 특별히 공부를 잘하거나 많은 책을 읽지도 않았다. 심지어 20세 이전의 내 삶에 대해 별로 떠오르는 게 없다. 학교에서 말썽 안 부리고 적당히 공부해서 외국어를 전공하는 전문대학에 들어갔다. 나는 학력고사 마지막 세대이다. 새로운 시스템으로 다시 공부하는 게 싫어서 재수하지 않았다. 성적 맞추어 선택했던 전공이 불어였다. 학교를 졸업한 지 25년이 지난 지금 나는 와인 교육가로 일하고 있다. 마치 지금 이 자리에 있기 위해 불어 공부를 운명적으로 시작하게 되었을까? 알 수 없지만, 그때 배운 불어 덕분에 와인 라벨을 읽을 수 있고 프랑스를 오가는 데 불편함이 없다. 불어를 전공하며 들었던 교양과목 수업에서 관광, 호텔 분야에 관심을 갖게 되었다. 편입을 준비하였다. 편입하면서 진짜 내 삶이 시작되었다. 일도 공부도 나의 선택이었다. 그저 나의 결정을 믿고 응원해 주신 부모님께 감사할 따름이다.

　1990년 초 한국에 해외 프랜차이즈 레스토랑이 본격적으로 들어오기 시작했다. 미국의 프랜차이즈 레스토랑인 T.G.I.F 티지아이에프가 전국적으로 매장을 오픈하였다. 그 뒤를 이어 베니건스, 아웃백 등의 미국

브랜드 레스토랑들이 많이 생기게 되었다. 대구 범어동에 티지아이에프 레스토랑이 오픈하면서 주말 아르바이트를 시작하게 되었다. 한국에 미국 시스템의 레스토랑이 막 시작되던 시점이었다. 운영을 돕기 위해 새롭게 오픈하는 레스토랑에 미국의 트레이너팀이 파견되어 교육하고 있었다. 현장에서 직접 보여 주면서 교육하고 있는 미국의 트레이너들이 멋졌다. 재미있는 농담을 건네고, 게임하듯이 교육을 해 주는 모습이 낯설었지만 흥미로웠다. 그들처럼 되고 싶었다. 분명 그들은 일을 하고 있는데 노는 것처럼 보였다. 주말이 기다려졌다. 경주와 대구를 매주 오가던 시간은 신나는 소풍이었다. 아르바이트로 버는 돈이 교통비나 숙박비로 다 쓰고도 부족했다.

새로운 것을 배우는 것이 즐거웠다. 배움을 위해 쓰는 시간과 돈은 언제든 아깝지 않게 쓸 수 있다. 티지아이에프는 패밀리 레스토랑 중에서도 바텐더의 활약이 두드러지는 레스토랑이었다. 멋지게 플레어를 하고, 어떤 칵테일이든 맛있게 만들어 내는 바텐더가 멋있었다. 바텐더가 되기로 하였다.

바텐더는 칵테일의 재료로 쓰이는 모든 술에 대해서 알아야 한다. 칵테일을 만들기 위해 수백 개의 레시피를 외워야 한다. 학교에서 전공 수업으로도 배우고 실습도 했다. 대학 축제에서는 후배들을 가르치면서 함께 칵테일을 만들어 판매하는 주점을 운영하기도 했다. 관련 자격증을 위한 공부도 했다. 바텐더와 관련한 국내 자격증으로는 조주기능사가 있었다, 당시에는 일 년에 한 번만 시행되었다. 난도가 높은 시험은 아니었다. 다만, 한 번에 합격하지 못하면 일 년을 또 기다려야 했기에 한 번에 합격하려고 열심히 했다. 3학년 겨울 방학에 부산 부모님 집에 머물면서 준비를 했다. 시험에 필요한 술을 모두 사서 준비하기에는 너무 비용이 부담스러웠다. 서면에 있던 바를 찾아가 사장님을 만났다.

"앞으로 두 달간 주말에만 아르바이트를 하고 싶습니다. 아르바이트비 대신 내가 만들고 싶은 칵테일을 만들어 손님들께 제공할 수 있게 해 주세요."

나의 사정을 들은 사장님은 흔쾌히 나의 조건을 받아 주었다. 두 달간 마음껏 연습할 수 있었다. 바를 사이에 두고 손님들과 이야기를 나누고 서비스를 하는 일이 매우 재미있었다. 외국인들도 오는 바라서 영어를 써 보기에도 좋은 환경이었다. 소통의 어려움이 있었기에 영어 회화 공부를 더 열심히 하게 되었다. 나를 위한 좋은 자극이었다, 바에서 일하는 것은 즐거웠지만 두 달만 다니고 마무리했다. 자격증 시험도 합격했고 학기도 다시 시작되었기 때문이었다.

나는 배우기 시작하면서 동시에 배운 것을 사용해 볼 기회를 같이 만든다. 배운 만큼, 아는 만큼 나누어야 내가 정확히 아는 것과 잘 모르는 것을 알 수 있다. 소모형 학습보다는 생산형 학습을 좋아한다. 현장에서 배우는 경험은 돈으로는 환산할 수 없는 큰 가치가 있다. 나는 '일'에 대한 세 가지의 관점을 가진다. 첫 번째는 '돈'을 받지 않는 일이다. 두 번째는 시간과 노력에 비해 충분하지는 않지만 배움과 경력을 위해 하는 일이다. 세 번째 일은 '돈'이나 '경력'을 위함은 아니지만 '내가 꼭 해야 한다.'는 사명감을 가지는 일이다. N잡러로 살고 있는 나는 동시에 세 가지 종류의 일을 하고 있다.

호텔경영학을 전공한 학생들은 대부분 호텔 취업을 선호하였다. 호텔에도 여러 파트가 있다. 나는 고객 응대의 일선에 있는 식음료 부서가 좋았다. 호텔 레스토랑은 특별하고 고급스러운 음식들을 맛볼 수 있는 장소였다. 1998년은 한국의 외식 산업 붐이 막 시작될 때였다. 호텔 레스토랑에서만 맛볼 수 있었던 음식들을 호텔 밖에서도 경험할 수 있는 곳들이 늘어나고 있었다. 새로운 산업이 시작되고 있는 곳에서 일을 하기로 선택했다. 그중에서도 관심이 있었던 음료 분야에서의 일을 시작하게 되었다. 바텐더가 되었다. 술과 관련한 책은 모두 찾아 읽고 정리했다. 아버지는 술과 음식에 대한 신문기사를 스크랩해 두었다가 부산에 가면 챙겨 주곤 하셨다. 자료가 차곡차곡 쌓여 갔다. 공부한 것을 누군가와 나눌 시간이 되었다. 바텐더들끼리 매일 모여 공부했다. 후배들을 교육하고, 문제를 만들어 테스트도 했다. 퇴근 후면 함께 바를 찾아다니며 공부한 술들을 마시며 음주 생활을 했다.

술 공부를 하면서 새로운 나라와 도시를 알게 되었다. 술과 관련한 역사와 지리, 문화를 배웠다. 여행을 하면서 책에서만 보았던 술들은 직접 만나면 언제나 반가웠다. 위스키를 공부하면서, 영국의 스코틀랜드, 아일랜드, 미국의 테네시를 여행했다. 테킬라로 멕시코를 갔다. 보드카는 러시아와 북유럽의 여러 나라의 문화를 배웠다.

2000년대 초반이 되면서 한국에서는 와인이 유행하기 시작했다. 레스토랑과 바의 메뉴에도 와인 리스트의 수가 조금씩 늘기 시작했다. 와인을 알아가는 과정은 다른 술보다 복잡하고 어려웠다. 원료의 생산지, 와인의 생산과정, 생산자의 철학, 그리고 숙성의 정도에 따라 달라지는 와인의 맛까지 전체를 알아야 했다. 와인은 도저히 혼자 공부할 수 있는 대상이 아니었다.

2003년 중앙대학교 와인 과정에 입학하였다. 본격적인 와인 공부를 시작하였다. 1년간 와인 공부를 했다. 와인을 공부하는 과정 중에 와인을 전문으로 하는 곳으로 바로 직장을 옮겼다. 일반 레스토랑보다 더 다양한 와인들을 접할 수 있는 환경에서 일하고 싶었다. 새롭게 배운 와인들을 고객들에게 추천하고 시음하였다. 이론 공부와 경험의 시간이 더해지면서 점점 더 와인이 좋아지게 되었다.

2005년 처음으로 와인을 주제로 한 여행을 떠났다. 보르도, 부르고뉴, 루아르의 와인 산지를 돌아보는 일정이었다. 와인 공부를 하는 사람들과 함께 떠난 여행이었다. 와인을 배우는 것에만 집중할 수 있었다. 현지에서 하루나 반나절 정도 수업을 받고, 와이너리를 다니면서 포도밭도 보고, 와인 시음도 했다. 그렇게 나의 와인 여행은 시작되었다.

소믈리에로 일하면서 얻는 가장 큰 혜택은 전 세계의 와인 생산자들과 다양한 와인들을 만나는 것이다. 특별 행사에 초청을 받을 수 있다. 새벽까지 바에서 근무한 다음 날 아침에도 와인 세미나와 시음회에 참석하는 것은 즐거웠다. 한국을 방문한 생산자들과의 인연은 현지 여행으로 이어지는 경우들도 많았다.

와인 바에서 일을 시작하면서 세종대학교에서 외식경영 박사과정을 시작하였다. 바의 근무 시간은 저녁 다섯 시부터 새벽 두 시까지이다. 낮 동안은 공부하면서 보낼 수 있었다.

30살이 되면서 강사가 되었다. 아르바이트, 인턴 경력까지 서비스업에서의 경력이 7년 차, 대학원에서 공부를 시작한 지 3년 만의 일이다. 학문의 깊이는 여전히 부족했지만, 현장 대학 외식 전공 학생들에게 현장의 경험을 살려 음료에 관한 수업을 했다. 와인 공부를 시작한 지 3년 차가 되면서 와인 수업도 시작하게 되었다. 대학의 전공 학생들뿐만 아니라, 일반인의 와인에 관한 관심이 높아지면서 기업 강사로 초청받아 강의하는 기회도 많아졌다. 와인바에서 근무를 하고, 박사과정의 공부를 하는 동안은 해외 와이너리를 자주 갈 여유가 없었다. 국내에서 할 수 있는 와인 자격증 공부를 했다. 와인 시음을 할 수 있는 곳이라면 어디라도 마다하지 않았다. 배우고, 배우고, 또 배웠다. 배움과 동시에 다시 그것을 풀어낼 수 있는 강의를 할 수 있어서 신이 났다. 새롭게 알게 된 와인 지식은 와인 바를 찾아 주는 고객들을 위해 바로 사용했다.

박사 학위를 받고 마산대학교 소믈리에과 교수로 임용이 되었다. 와인 공부만을 원 없이 할 기회였다. 소믈리에가 되고 싶은 학생들이 전국에서 모였다. 학생들을 국제 규격의 자격을 가질 수 있도록 도와주기 위해 내가 먼저 공부하였다. 프랑스, 스페인, 일본, 홍콩을 오가며 와인 공부를 하고 시험을 보았다. 자격을 얻을 수 있는 기회가 있는 곳이면 어디든 달려가서 공부하였다.

　해외에서 열리는 인증 강사나 앰버서더 일정은 대개는 일정에 필요한 숙박 및 비용 일체를 지불해 준다. 항공권은 자비로 부담해서 교육이 열리는 곳까지 가는 조건으로 초대를 받는다. 초대 자격은 국내 선발을 통하기도 하고, 이미 자격을 얻은 교육자의 추천으로 이루어지기도 한다.

　보르도 인증 강사 교육을 위해 보르도를 찾아가던 기억이 난다. 일정에 맞게 항공권을 예약하고, 기차를 알아보았다. 정해진 호텔까지 찾아가는 교통편을 이메일로 예약했다. 목적지에 도착하기 전 내가 할 수 있는 준비는 여기까지였다. 혼자 하는 여행은 자유롭다. 맞든 틀리든 자유와 책임이 모두 내 몫이다. 공식 일정이 시작되기 전에 카오르에서 말벡데이 세미나가 열리는 것을 알게 되었다. 보르도에 있던 김장범 씨의 도움 덕분에 말벡데이 세미나 초청 명단에 들어갈 수 있었다. 참가자들은 카오르 행사장 근처에 있는 호텔에 랜덤으로 숙소를 배정받았다. 운이 좋게도 미쉐린 가이드에도 오른 프랑스 전통적인 비앤비에 머물렀다. 프랑스 스타일의 앤틱 가구와 침구류로 잘 꾸며진 저택이었다. 아침마다 새 소리를 들으며 창밖 정원을 바라보는 시간이 좋았다. 빵 냄새를 따라 식당으로 내려가면 주인이 아침상을 푸짐하게 차려 주었다. 빵, 잼, 요거트 하나하나에 대한 스토리를 듣느라 아침 세미나에 늦을 뻔하기도 했다. 이른 아침 여덟 시부터 저녁까지 릴레이로 이어진 와인 세미나에서 수백 가지의 와인을 시음했다. 든든하게 먹고 나온 아침 덕분에 와인 시음에 집중할 수 있었다. 카오르의 구불구불한 강을 따라 포도밭을 돌아보았다. 열기구를 타기 위해 해가 뜨지도 않은 이른 새벽길에 나서기도 했다 생전 처음 열기구를 타고 하늘 위에서 카오르의 포도밭들을 돌아보았다. 전 세계에서 온 와인 교육자들과 와인만 보고, 와인만 마시고, 와인 이야기만 나누었던 행복했던 시간이었다.

　카오르에서의 일정을 마치고 기차를 타고 보르도로 갔다. 한국에서 온

다른 와인 교육자들이 이미 도착해 있었다. 오전에는 보르도 협회가 있는 건물의 강의실에서 수업을 들었다. 오후에는 샤토에 방문하여 생산자와 이야기 나누고 시음하였다. 저녁이 되면 프랑스 요리와 함께 와인을 마셨다. 호텔로 돌아와서는 그날 배운 내용을 정리하며 새벽까지 공부했다. 5일간의 강행군 마지막 날 시험을 치르고 다시 일상으로 돌아왔다.

방문했던 수많은 와이너리들, 수백 종의 시음 와인, 최고급 프랑스 요리들은 나의 여행의 일상을 채웠던 것들이다. 공부를 위한 여행에서 채워지는 것은 비단 지식만이 아니다. 전 세계에서 온 와인 교육가들과 산지에서 만나는 와인 생산자들의 열정적인 모습을 보고 배우는 것이 더 크다. 교육의 기회가 있을 때마다 그곳에 있으려고 했다.

스페인의 안달루시아 지방에는 과거로부터 현재까지 이어지는 쉐리라는 특별한 와인이 있다. 안달루시아의 나의 기억은 헤레즈의 쉐리이다. 스텔렌보쉬는 유럽보다 더 유럽다운 모습을 간직한 와이너리들이 많다. 호주는 일 년에 세 번을 다녀왔어도 궁금한 와인 산지가 여전히 많다.

2009년 경상북도 술 품평회를 위한 양조장 심사위원으로 참여할 기회가 생겼다. 경상북도 지역의 양조장을 돌아보며 허시명 선생님과 함께 여행할 수 있는 기회였다. 여행이 끝나고 난 후 한국 술에 대한 나의 생각이 많이 달라졌다. 막걸리 학교에서 한국 술 공부를 하기 시작하였다. 매주 서울을 오가며 맛보고, 만들어 보면서 술의 영역이 넓어지게 되었다. 김단아 선생님의 자연 발효 공간인 연효재에서는 다양한 한국 술을 맛보는 수업을 진행할 수 있게 되었다. 한국 술을 이용하여 칵테일을 만드는 수업도 한다.

그렇게 내 술의 여행은 시작되었다. 바텐더, 소믈리에로 현장에서 근무하며 소개했던 전 세계의 음료들의 근원을 찾아 떠나는 여행이다.

다름이 무궁무진하다는 사실을 알고 배우는 세상은 언제나 흥미롭다.

여전히 모르는 게 많다는 것은 나를 여행하게 만든다. 술샘은 책에서 만나고, 일상에서 만나고, 또 그 생산지에서 그 술을 만나는 여행을 계속할 것이다.

> 현실은 문과 같다. 우리는 이 문을 통해 현실에서 나와, 꿈처럼 보이는 다른 현실, 우리가 아직 탐험하지 않은 다른 현실 속으로 파고들어가는 것이다.
>
> – 소설가, 기 드 모파상

03
와인 산지에 가다

　보이고 들리는 것이 전부라면 여행을 떠날 필요가 없다. 여행을 준비하면서 이미 여행이 시작된다. 여행지에 가서 다니는 시간보다 더 많이 보고, 듣고, 배우는 시간이 여행을 준비하는 시간이다. 인터넷에서 검색하면, 원하는 곳의 건물, 풍경의 이미지를 쉽게 찾을 수 있다. 3D로 촬영된 자료에서는 건물 내부를 들여다볼 수도 있다. 드론으로 촬영된 영상에서는 직접 가서 보는 풍경보다 훨씬 더 뛰어나게 그곳의 모습을 보여 준다. 오히려 영상 속의 멋진 풍경만을 상상하고 여행지에 가서 실망할지도 모른다.

　다른 사람이 올려 준 멋진 사진에는 여행의 과정이 없다. 여행지에서 만나게 되는 사람, 잘못 찾아든 길, 맛있는 냄새를 따라 들어간 식당은 내가 가 보아야만 느낄 수 있다. 그래서 여행을 떠나는 것이다.

　와인 공부를 시작하면서 중학생용 사회과 부도를 구매했다. 이원복의 『먼나라 이웃나라』를 읽으며 역사와 지리 공부를 다시 시작하였다. 와인 생산지의 지도들은 눈을 감고도 그릴 수 있을 정도로 그리고 또 그렸다. 와인 산지를 찾아다니는 여행은 그 나라의 수도를 중심으로 하는 대도시 여행이 아니다. 와인 산지 중심의 시골 여행이다.

　지도를 펼쳐 놓고 포도밭들과 생산되는 와인들을 암기과목처럼 외우며 공부했다. 해양성 기후, 지중해성 기후, 대륙성 기후에 따른 산지의 특성을 공부했다. 자갈, 점토의 구성분에 따른 와인의 맛을 보며 토양과의 상관관계를 이해하려고 했다.

와인을 마시고 공부하는 사람이라면 와인의 대표 산지인 보르도 여행을 꿈꾼다. 2005년 7월 처음으로 보르도를 가게 되었다. 첫 번째로 방문한 와이너리는 그랑크뤼 클라세 1등급 와인인 무통 로쉴드였다. 1등급 와인들을 생산 연도별로 테이스팅을 했다. 와인들이 저장된 셀러에도 들어가 보았다. 최고의 와인답게 규모와 화려함이 대단했다. 일행 중 한 사람이 첫 샤토에서 2000년 빈티지의 매그넘 한 병을 샀다. 유난히 더웠던 2005년 보르도의 여름 더위 덕분에 일정 내내 그 와인을 신줏단지 모시듯 했다. 와이너리를 방문하는 동안 와인이 펄펄 끓어 넘치게 그냥 버스에 둘 수가 없어서였다. 버스를 내릴 때마다 안고 내렸다가 버스를 다시 타면 에어컨이 가장 잘 나오는 곳에 와인을 다시 보관했다. 와인 산지에서 좋은 와인들을 구매해 오는 것은 국내에서 구매하는 것보다 훨씬 경제적이다. 면세 범위가 1리터짜리 한 병이지만, 한국에서 구할 수 없거나 꼭 사고 싶은 와인이 있다면 구매하면 된다. 면세 대상의 와인으로 신고를 하는 경우, 가장 비싼 와인을 1병을 인정받고 나머지 와인들은 신고하고 세금을 납부하면 된다. 최고의 빈티지로 기억되고 있는 그 와인은 그 사람의 와인셀러에 잘 보관되고 있을지 궁금하다.

대서양에 접해 있는 보르도는 여름이 그렇게 뜨거운 지역은 아니다. 콜라를 시켜도 얼음 한두 개 동동 띄워 준다. 에어컨이 없는 옛 건물의 호텔들도 많다. 추워서 얇은 겉옷을 걸쳐야 할 정도의 냉방 버스를 기대하면 오산이다. 2005년 이후로 보르도도 지구 온난화의 영향으로 계속 이상기온을 보이고 있다. 너무나 뜨거웠던 2005년의 여름, 보르도에서 와인 여행을 하며 콜라와 아이스크림을 사 먹는데 엄청난 비용을 지불해야 했던 한 친구가 생각난다.

처음으로 떠난 나의 와인 여행의 기억은 그렇게 많지 않다. 열흘의 일정 동안 보르도, 루아르, 부르고뉴, 프랑스 와인 산지 3곳을 방문했다. 매일매일 굉장히 바쁘게 3곳 이상의 와이너리를 다녔다. 마치 다시는 그곳에 오지 않을 것처럼. 유럽 여행을 처음 하는 사람들이 교회, 박물관, 광장들을 찍고 가듯이 이 나라 저 나라 옮겨 다니듯 여행을 한 것 같다.

아침에 일어나 포도밭 사이를 산책하면 좋겠다고 생각했다. 저녁이 되면 골목의 바에 들어가 와인을 즐기는 사람들과 함께 이야기를 나누며 수다를 떨어 보고 싶기도 했다. 와인을 천천히 맛보며, 생산자와도 많은 이야기를 나누고 싶었다.

밀린 숙제를 하듯이 아침부터 저녁까지 일정을 꽉 채워 와인 산지를 돌아다니는 여행은 그만해야겠다는 생각이 들었다.

2016년에는 호주를 세 번이나 갔다. 3월에는 서호주 퍼스로 와인 여행을 다녀왔다. 같은 해 9월에는 시드니에 갔다. 12월에 애들레이드로 여행을 가자고 하니 왜 다녀온 호주를 또 가느냐고 묻는다. 호주는 한국 면적의 40배가 넘는 곳이다. 중국, 러시아, 미국, 캐나다 같은 나라는 동서를 오가는데 비행기로는 다섯 시간 이상이 걸린다. 자동차와 기차로 여행을 하려고 하면 삼사일에서 일주일은 걸려야 이동이 가능하다. 하루 생활권에 사는 우리로서는 상상 속의 이야기일 수 있다.

호주라는 이름만으로 전체 지역을 다 알 수 없다. 서호주 퍼스, 남호주 애들레이드, 동쪽의 시드니, 도시마다 풍경과 느낌이 다르다. 와인 공부를 하며 먼저 만나 본 다양한 식생들은 충분히 다를 것이라는 생각이 들게 한다. 지도를 보며 지역을 들여다보면 다름을 확실히 잘 알 수 있다.

와인 산지 탐험으로부터 시작된 새로운 곳의 탐색은 항상 지도로부터 시작된다. 지명을 구글 지도에서 검색하면 바로 그곳으로 순간이동을 하게 된다. 지도를 넓혔다 좁혔다 하면서 주변을 살펴본다.

와인 산지를 여행하는 일이 즐거운 이유는 그곳에 있는 사람들을 만나기 때문이다. 유명한 건물을 찾아가서 돌아보고 사진을 찍는 일이 여행의 중요한 부분으로 여겨진다. 수없이 많은 성당을 지나고 박물관과 미술관을 지난다. 건물 하나하나를 기억하는 일은 어렵다. 하지만 낯선 곳에서 누군가를 만나고 이야기를 나누고, 그들이 만든 술을 함께 맛보았던 경험들은 평생을 갈 수 있는 기억이다.

남아공 스텔렌보쉬 포도밭에 있는 게스트하우스에 머물면서 바비큐파티를 함께 했다. 한국의 바비큐 문화에 대한 이야기도 하고, 남아공 와인과 한국 음식에 대한 이야기도 나누었다. 준비한 와인을 다 마셔갈무렵 와이너리 주인을 따라 먼지 가득한 지하 셀러로 갔다. 와인을 나누며 친해지면 귀한 와인이 오픈되는 행운이 있기도 한다.

터키의 와이너리의 호텔에 묵었을 때는 비행기 출발 시간 때문에 이른 아침부터 10가지 와인을 시음하였다. 당초 계획은 전날 늦은 오후에와이너리에 도착하여 포도밭을 둘러보고 석양을 바라보면서 시음과 저녁 식사를 하는 것이었다. 아침에 이스탄불에서 출발이 조금 늦어지고이동하는 시간이 예상보다 오래 걸렸다. 일행들 모두가 지쳐 저녁 일정을 최대한 간단하게 하고 아침으로 시음을 미루었다. 충분한 시간을 보내지 못한 부카라 와이너리는 꼭 다시 찾아가 보아야 할 곳으로 리스트되어있다. 비행기 시간 때문에 서두르는 우리에게 하나라도 더 보여 주고 설명해 주려고 애쓰던 매니저의 모습이 인상적이었다. 여러 방향에서 사진을 찍어 주었다. 지난밤 긴 여정으로 많이 피곤하고 짜증스러웠던 우리의 마음은 아침이 되어 다시 떠나기 싫은 아쉬움으로 바뀌었다.

와이너리 여행은 술을 위한 여행만은 아니다. 그곳에서 생산되는 와인 때문에 중요하게 여겨지는 산지가 있기는 하지만, 반드시 와인이 있다고 해서 그곳으로 여행하지는 않는다. 세계 어디라도 먹고 마시는 것이 존재하지 않는 곳은 없다. 알코올음료가 금지된 곳이라면 커피와 차가 있을 것이다. 목적지를 먼저 정하든, 와인이 있는 곳을 따라 목적지가 정해지든 찾아가는 것은 모두 같다. 그곳의 사람을 만나러 가는 것이다. 내가 잘 모르는 곳의 사람들을 만나 잠시라도 그들처럼 마시고 먹으며 지내다 오는 것이다.

　많은 사람이 가 봤으니 가 보지 않은 곳을 가고 싶다고 한다. 내가 다녀온 계절이 다르고, 만나는 사람들이 다르기에 다시 그곳을 찾아가 보라고 이야기한다. 내가 본 것이 전부가 아니고, 새롭게 보이고 들리는 것이 반드시 있을 것이다. 와이너리 여행은 나에게 이러한 여유를 주는 여행이다. 자연을 만나게 해 준다. 자연에 순응하며 와인을 만드는 사람들을 만나게 해 준다.

단지 도착만을 하기 위한 여행이라면 그 여행은 불쌍한 여행이다.

－ 소설가, 아서 콜턴

04
이것이 참여행이지

"여행의 힘을 믿습니까?"

"믿습니다."

여행에는 강력한 힘이 있다. 일 년 내내 여행에 대한 준비와 고민을 한다. 누군가를 보내기 위해 고민한다. 내가 떠나기 위해 고민한다. 함께 떠나기 위해 고민한다.

내가 사람들에게 전하고 함께 나누는 이야기에는 나의 경험이 담겨 있다. '하더라', '카더라'는 없다. 본 것, 들은 것, 느끼고 깨달은 것을 이야기한다. 내가 알지도 못하는 사람들의 이야기로 아까운 시간을 보내 버릴 수는 없다. 여행은 삶의 중심을 나로 만들어 준다.

사람들을 만날 때마다 떠나라고 한다. 어떤 아픔과 고통스러움에도 처방전은 같다. 잠시 벗어나는 것이다.

"여행 좋아하세요?"

"여행을 안 좋아하는 사람도 있나요!"

언제나 같은 질문에 같은 답변이다. 당장 떠날 수 있는 사람도 있고, 떠나지 못하는 수만 가지의 장애물이 있는 사람들도 있다.

여행지가 정해지면 그 나라에 관해 소개된 책을 하나 고른다. 특히 유럽의 역사와 지리적 배경을 먼저 아는 것이 중요하다. 땅따먹기를 심하게 해 온 유럽의 나라들은 과거를 보면 다른 나라의 땅이었던 경우가 많다. 국경 지역은 그 나라가 아니라 국경을 맞대고 있는 나라의 특성을 가지고 있기도 하다. 학창 시절에 이렇게 역사와 지리 공부를 했더라면 얼마나 재미있었을까? 위치가 어디인지도 모르고 마구잡이로 지명을 외우려고만 했으니 외워질 리가 없었다.

책을 고를 때는 현지인이거나 최소 몇 년간은 그곳에 머물렀던 사람의 것을 선호한다. 배경이 된 곳의 영화를 찾아보며 그곳을 상상하기도 한다. 책과 영화를 통해서 상상 속의 여행이 그려지면 사람들과 공유하기 시작한다. 사진을 보여 주고 영상을 보여 주면서 함께 상상 속 여행을 떠난다. 내가 들려주는 이야기로 여행에 대한 동경이 시작된다.

여행 안에서 만났던 낯선 나의 모습에 대해 이야기한다. 여행이었기에 가질 수 있었던 용기에 대해 이야기한다. 여행이었기에 용서할 수 있었던 나의 실수에 대해서도 이야기한다. 여행이 주는 자유로움 속으로 사람들을 이끈다. 상상만으로도 행복할 수 있는 것이 여행이다. 참여행은 누군가를 떠나게 만드는 힘이다.

29살에 결혼은 하고, 35살에 엄마가 되었다. 결혼한다고 해서 바로 좋은 아내가 되지는 않는다. 엄마가 처음이기에 어떤 것이 좋은 엄마인지도 알 수 없었다. 2002년 월드컵 응원을 함께 하고 그해 12월 결혼을 하였다. 서로가 너무나도 다른 우리를 보고 주변인들이 말이 많았다.

"너희 아직도 만나니?"

"저 커플 얼마 못 가 헤어질 거야."

다른 점이 많아서 더 좋았던 것일까? 다름은 그냥 다른 것이다. 옳고 그름이 아니다. 여행을 통해서 수많은 다름을 경험했다. 다르다기보다는 지금까지 내가 경험해 보지 못한 것이었다. 내가 알고 있는 것이 전부라고 생각하면 비교를 하게 된다. 경험을 통해 배우고 알게 된 사실들에 빗대어 생각할 수밖에 없다. 다름에 당황하지 않기 위해서는 내가 할 수 있는 한 최대로 많은 경험을 해 보는 것이다. 여행은 일상을 떠나 안전하지 않은 세상으로 발을 내딛는 것이다. 이미 내가 익숙하게 여기는 것과는 다른 것이 많다.

한국과 운전대 방향이 다른 나라에 가서 그것을 틀렸다고 말하지 않는다. 다르다는 것을 알게 되고 그런 사실을 알게 된 것을 재미있게 여긴다. 한국에서는 식사하고 난 뒤 팁을 주지 않아도 미국에서는 꼭 주어야 한다는 것을 안다. 서비스에 만족하지 못하더라도 그렇게 정해져 있다는 것을 인정한다. 유럽 여행을 하다 보면 같은 나라에 살지만 다른 언어를 쓰고, 눈동자 색, 머리 모양, 다양한 외모의 가진 사람들을 많이 만났다.

결혼해서 누군가의 아내가 되고 엄마가 되는 것은 처음이었지만, 여행으로 배운 지혜가 나를 아내로 그리고 엄마로 살 수 있게 만들어 주고 있다. 많이 다른 남편을 만난 것이 재미있다. 이미 내가 다 알고 있는 시간을 나와 똑같은 사람과 살아가는 것이라면 무엇이 재미있겠는가? 결혼은 길게 멀리 떠나는 여행이다. 계획을 세운다고 계획대로 되지 않는 여행이다. 힘든 길이 나오면 쉬었다 가도 되고 돌아가도 된다. 힘을 합쳐서 잘 헤쳐 나갈 수도 있다. 혼자 여행을 해 본 사람은 안다. 같은 방향으로 가는 친구 하나만 있어도 얼마나 위안이 되는지. 내가 시작한 여행이니 잘 마치고 싶다는 바람은 있지만, 반드시 처음에 정한 길로 가야만 한다는 의무감은 없이 결혼 생활을 해 나가고 있다.

여행이 아니었더라면 알 수 없었던 많은 일이 있다. 한 번의 여행이 인생을 바꿀 수도 있다고 한다. 또 누군가는 그래서 여행을 다녀왔는데 바뀐 것이 별로 없는 것 같다고도 한다. 여행 학교 수업을 하면서 여행이 인생을 바꿀 수 있는 비법이라고 이야기하지 않는다. 지난 25년간 내가 떠났던 여행의 시간을 그저 나눌 뿐이다.

지금의 내 모습은 그렇게 만들어진 것이고, 앞으로도 수많은 여행을 만들어 나갈 것이다. 여행을 통해 알게 될 세상이 궁금하다면 떠날 것이다. 여행을 다녀온 후 조금 달라진 자신의 모습을 기대하는 사람도 떠날 것이다. 참여행은 누군가를 떠나게 만드는 힘을 가진 여행이다.

　남편과의 긴 여정 속에 같이 가야 할 길이 하나 더 생겼다. 엄마가 되었다. 남남이 만나 떠나는 여정은 하나하나 배워 가면서 떠나 보리라 마음을 정했었다. 엄마가 된다고 생각하니 아내의 자리보다는 좀 더 잘해 보고 싶은 생각이 들었다. 아무 준비 없이 현장에 가서 부딪히며 해결하는 여행도 있고, 가기 전에 열권도 넘는 책을 읽고 가는 여행지도 있다. 엄마라는 여정은 나에게 미리 알아보고 철저히 준비하고픈 여정이었다. '엄마'와 관련한 책들을 열권 넘게 읽었다. 법륜스님의 『엄마수업』이라는 책은 나를 안심시켜 주었다.

　아들이 한글을 읽을 수 있게 되었을 때, 책장에 꽂힌 책들을 보며 물어봤다.

　"엄마, 왜 엄마라고 쓰인 책이 저렇게 많아?"

　"응, 엄마가 처음이라서 여러 책을 읽었어. 좋은 엄마가 되고 싶어서."

　"응, 그랬구나."

　책에 대한 더 이상의 대화는 더 이상 이어지지 않았다. 남남으로 만난 남편과의 여정은 힘들 수도 있고, 계획과 다른 여정이 될 수 있을 거라고 늘 생각해 왔다. 열 달 동안 배 속에서 키운 내 아들은 마치 내 것인 것처럼 다 알고 있다고 생각하기에 더 힘이 들고 상실감이 생기는 것이 아닐까? 엄마가 되기 위해 읽은 책에는 참고할 만한 모범답안들이 많이 있었다. 나에게 남편과의 여행은 이미 예정된 험난함을 알고 떠나는 여행이었다. 엄마와 아이가 떠나는 여행은 아직 아무도 가지 않은 길을 하나씩 헤쳐 나가는 여행과도 같다. 부부들에게 다시 태어나고 남편과 아내로 만나 결혼을 하겠냐는 질문을 가끔 해 보면 아내 말고 남편의 엄마가 되고 싶다는 답변을 종종 듣는다.

　아이가 세상에 나와서 가장 처음 만나는 사람이 엄마이다. 엄마의 생각과 행동이 당연히 첫 번째 잣대가 될 수밖에 없다. 그렇다고 해서 계속 엄마의 기준에 맞추어서 살아진다는 이야기는 아니다. 내가 낳은 자식이지만, 아빠와 엄마의 성향이 섞인 전혀 다른 사람이 태어나는 것이다.

지방의 대학교수로 내려오면서 3년간 남편과 떨어져 살았다. 아들과 둘이 떠나는 여행은 서울에 있는 아빠를 만나러 가는 것으로 시작되었다. 이후 7살이 되면서 많은 해외여행을 함께 다녔다. 아들과 함께한 여행들은 서로 알아가는 데 소중한 시간이었다. 무엇을 좋아하는지 무엇을 싫어하는지, 무서워하는 것이 무엇인지, 먹지 못하는 음식이 무엇인지. 아이도 엄마도 서로를 알아갈 시간이 필요한데 그 시간을 잘 보내왔다. 엄마가 좋아하는 색깔, 풍경, 무늬……. 여행에서 만난 매 순간 서로가 어떻게 반응을 했는지 보고 배우게 되었다. 서로가 중요하게 생각하는 것이 무엇인지도 알고 있다. 삶을 살아가면서 최대한 고정관념과 선입관을 덜 가지며 살아갈 수 있다면 좋겠다. 여행은 내 아이를 키우는 힘이다.

지혜란 받는 것이 아니다. 우리는 그 누구도 대신 해 줄 수 없는 여행을 한 후, 스스로 지혜를 발견해야 한다.

– 마르셀 프루스트

05
크루즈 여행

"나이 들어서 가는 것이다."

"긴 일정이 필요하다."

"비용이 많이 드는 고급여행이다."

많은 사람이 크루즈 여행 이야기를 꺼내면 이런 이유로 나중에 기회가 되면 가겠다고 한다. 나도 그렇게 생각한 사람 중 하나였다. 2015년 서부 지중해 크루즈 여행을 하면서 크루즈 여행의 홍보대사가 되었다. 이후에 119일 동안 세계 일주를 하는 크루즈를 버킷리스트에 담았다.

크루즈 여행을 위해 미리 정해야 할 사항들이 있다. 선호하는 선사가 있다면 선사를 정하고, 여행할 지역을 정한다. 선사를 반드시 첫 번째로 정해야 하는 것은 아니다. 반복적으로 같은 선사를 이용하면 상용 고객들에게 제공되는 우대 혜택들을 받을 수 있다. 온보드(크루즈) 카드의 색상을 다르게 제공하여 차등대우한다.

선사를 고르고 난 후 살펴볼 것은 배의 종류이다. 언제 만들어진 배인지 선내 시설물들의 내용은 어떤지에 따라 여행의 콘셉트가 달라질 수 있다. 다음은 여행 기간이다. 일주일을 기본으로 하는 크루즈 상품들이 제일 많다. 2박 3일, 4박 5일의 짧은 일정으로도 크루즈는 얼마든지 즐길 수 있다. 반면 100일 이상 크루즈를 타고 대륙을 넘나드는 일정들도 있다. 여행 기간을 정하고 나면 해당 일정에 정박지가 어디인지 알아본

다. 같은 지역을 도는 크루즈라 하더라도 출발일에 따라 정박지가 달라
질 수 있다.

이렇게 해서 원하는 일정의 크루즈 상품을 고르고 나면 마지막으로 캐
빈을 선택한다. '캐빈'은 크루즈에서 '방'을 부르는 말이다. 크루즈의 방
은 호텔에 비해 작은 편이다. 방의 크기는 동일하고 창문의 유무, 발코
니의 유무에 따라 타입이 다르다. 방과 거실이 분리된 스위트 캐빈도 물
론 있다. 선택한 방의 타입이나 크기에 따라 무료로 사용할 수 있는 시
설과 제공되는 서비스들의 차이가 있다. 출발일로부터 예약이 빠를수록
좋은 가격으로 더 나은 서비스를 받으며 여행할 수 있으니 서둘러 준비
하는 것이 좋다.

내 생애 첫 크루즈는 스페인 바르셀로나에서 출발하여, 이탈리아 서
부, 프랑스 남부를 돌아 다시 바르셀로나로 돌아오는 일주일짜리 크루
즈였다. 이탈리아를 기준으로 서쪽의 나라들의 여행하는 노선을 서부
지중해 크루즈라고 한다. 베니스에서 출발하여, 크로아티아, 그리스 등
을 돌아오는 크루즈를 동부 지중해 크루즈라 한다. 첫 크루즈에서는 그
저 지중해 크루즈를 탄다고만 알고 갔다. 이후 크루즈 여행을 하면서 지
중해, 아드리아해, 에게해 등의 여러 바다를 직접 만나게 되었다. 한 번
씩 들어는 봤지만, 위치와 바다의 이름이 매칭되지 않는 것은 나만의 무
지는 아닐 것이다. 여행하면서 지도를 많이 보게 되고 역사와 지리는 단
순히 암기 대상이 아니라 알고 싶은 호기심이 대상이 되고 있다.

첫 번째 크루즈에 동행한 사람은 일흔 되시는 엄마와 일곱 살이 되는
아들이었다. 엄마와의 첫 해외여행이기도 했고, 엄마의 첫 유럽 여행이
기도 했다. 뜨거운 칠월에 떠난 여행이라 염려되는 점들이 많았다. 하지
만 즐겁게 여행을 준비했다. 여행 클럽 회원전용 상품이어서 가격도 좋
았고, 크루즈 내에서 쓸 온보드 크레딧도 넉넉하게 받았다. 캐빈은 보통
2인 1실로 예약을 하는데, 세 명이 함께 방을 쓰는 경우 약간의 비용이

절약되기도 한다. 크루즈 선실은 네 명까지 사용할 수 있다. 어린아이를 동반하는 4인 가족인 경우는 추천할 만하다.

친구들끼리 가는 경우는 절대 3인 이상 방을 쓰는 것을 권하지 않는다. 여자들끼리의 경우는 특히 더 그러하다. 크루즈는 짐을 싸지 않고 지역을 옮겨갈 수 있다는 것이 가장 큰 장점이다. 기항지마다 관광은 물론이고 크루즈 내에서 스물네 시간 내내 즐길 수 있는 것들이 많이 있다. 그렇기에 일주일간 내 집처럼 짐을 모두 꺼내어 옷장과 서랍에 넣고 편히 사용할 수 있다. 여성 3명이 사용하는 경우는 여유의 공간이 부족해서 여행하는 내내 불편함을 느낄 수 있다. 비용을 조금 아끼자고 무리하게 예약을 하지 않는 것이 좋다.

경험이 전혀 없이 떠난 첫 번째 크루즈 여행에서의 배움이 가장 크고 이후의 크루즈 여행에도 많은 도움이 되었다.

크루즈 여행은 스페인 바르셀로나에서 시작했다. 이탈리아의 샤르데냐, 나폴리, 로마, 피렌체, 프랑스의 칸느로 돌아 다시 바르셀로나로 돌아오는 일정이었다. 한국과 바르셀로나를 왕복하는 비행기를 예약했다. 모스크바를 경유하는 에어로플로트 항공사를 이용했다. 지방에 사는 이들이 인천으로 가서 비행기를 타는 것은 또 한 번의 경유를 하는 것이다. 부산에서 출발해서 가는 항공편이 있으면 선호하는 편이다. 여행길에 만나는 경유지는 덤으로 얻는 선물과도 같다. 바르셀로나로 가는 비행기는 연결 시간이 짧아서 공항에서 잠시 머물렀다. 공항과 시내의 거리에 따라 잠시 경유지 투어도 가능하다.

크루즈 출발 이틀 전에 바르셀로나에 도착했다. 크루즈 출발 전에 바르셀로나에서 여행을 하고 싶었다. 크루즈가 출발과 도착하는 도시는 바르셀로나가 맞지만, 크루즈를 타 버리면 막상 그곳을 돌아볼 시간은 없다. 크루즈의 출발지가 정해지면 크루즈 여행 전이나 후에 여유롭게 며칠 더 머물러 보는 것도 좋다. 알래스카 크루즈를 갈 때는 시애틀 여행했다. 멕시코 크루즈 후에는 로스앤젤레스 여행을 했다. 크루즈의 승선 시간은 보통 이른 경우 열한 시, 열두 시부터 네 시간 정도이다. 이른 새벽에 출발지에 도착하는 항공 일정이 아니라면 하루 전날 도착하는 것이 안전하다. 항공이 지연되거나 입국 시에 생길지 모르는 상황을 고려한다면 당일에 도착하는 것은 조금 불안하다. 여행 일정을 크루즈 일정보다 조금 더 길게 가질 수 있다면 크루즈 출발 이삼일 전으로 잡는 것도 좋다. 크루즈가 출발하기 전날의 호텔비는 매우 많이 든다. 크루즈 하선은 보통 오전 열 시 이전에 모두 마무리가 된다. 하선 후에 도시 여행을 계획해 보는 것도 좋다. 하선하는 날은 대부분 사람이 바로 공항으로 가기 때문에 호텔 비용면에서도 도움이 된다.

천 명에서 수천 명을 태우는 크루즈의 승선 시간을 절약하기 위해 사전 체크인이 필수이다. 사전 체크인을 하면 방 번호가 기재된 짐표를 미리 준비할 수 있다.

사전 체크인을 하고 서두르면 열두 시면 크루즈에 승선할 수 있다. 크루즈를 일단 타면 음식, 시설, 공연 등을 모두 즐길 수 있다. 최대한 서둘러서 승선하는 것이 좋다. 고층 아파트 두세 동이 연결되어 있는 규모의 크루즈는 신세계였다. 크루즈에서의 첫 번째 도전은 방을 잘 찾아가는 것이다. 층별 레이아웃을 보고 내 방과 최대한 가까운 엘리베이터를 찾아서 기억한다. 익숙해질 만하면 집에 가야 한다. 크루즈 승선 첫날은 배 전체를 투어하며 설명해 주는 프로그램이 있다. 오리엔테이션에 참가하면 일주일간 머물게 될 배의 시설에 대해 미리 익힐 수 있다.

크루즈에서 승선 후 점심 식사부터 첫 식사가 시작된다. 바르셀로나 항구의 풍경을 즐기며 15층의 식당에서 점심 뷔페를 즐긴다. 여행이 시작될 때 사람들의 얼굴에는 웃음이 넘치고 밝다. 이것저것 가져다 먹는 발걸음이 가볍다. 거의 하루 종일 식사가 가능한 뷔페 식당이 있어 크루즈를 타면 밥걱정이 없다. 여행 중 매 끼니를 고르고 선택하는 일만 줄어도 큰 짐을 덜 수 있다. 저녁은 매일 다른 종류의 코스요리를 주문할 수 있는 정찬 식당으로 간다. 정찬 식당은 드레스 코드를 지켜야 입장이 가능하다. 여성은 원피스나 스카프로 엘레강스하게 준비하면 좋다. 남성은 셔츠, 바지 그리고 구두가 필요하다. 반바지를 입거나 슬리퍼를 신으면 입장할 수 없다.

크루즈 여행은 일상을 사는 여행이다. 아침 운동으로 시작해서 기항지 관광, 식사, 댄스 클래스에서 공연 관람까지 할 거리가 넘치는 만큼 옷을 여러 번 갈아입기도 한다. 가방을 매번 풀었다, 쌌다를 반복하지 않아도 되니 넉넉하게 옷을 챙겨가는 것도 좋다. 기항지에 내려 현지 느낌이 나는 옷으로 하나씩 사 보는 것도 여행의 묘미일 것 같다.

점심 식사를 하고 방으로 가서 짐 정리를 하고 있는데 사이렌이 울린다. '뭐지?' 크루즈의 첫 번째 공식행사인 비상훈련이었다. 승선카드에 적힌 대로 안내를 받아 해당 장소로 이동한다. 훈련하기 싫어서 숨어 있어도 소용없다. 모두가 참여해야 하는 훈련이니만큼 직원들의 방문을 받고 나가지 말고 자발적으로 순순히 나가는 것이 좋다.

크루즈 여행의 가이드라인은 선상 신문이다. 선상 신문에는 매일매일 크루즈에서 일어나는 일정들이 세세하게 시간별로 잘 정리되어 있다. 전날 밤에 방으로 배달되는 선상 신문을 읽어 보면 다음 날 무엇을 하고 놀지를 계획할 수 있다. 크루즈마다 즐길 수 있는 시설들이 다르기 때문에 내가 타는 배에 대한 시설 정보는 미리 보고 가는 것이 좋다. 선상 신문에는 프로그램의 운영 시간과 장소가 상세하게 나와 있다. 시간에 맞추어 해당 장소로 가기만 하면 누구든지 자유롭게 즐길 수 있다. 방을 찾아오는 법만 익히면 어디를 가든 자유롭게 시간을 보낼 수 있는 것이 크루즈 여행이다. 같이 여행을 했던 일흔의 어머니도 댄스 클래스도 가고 쇼핑도 하면서 혼자서 잘 다니셨다. 식당에 식사하는 곳의 섹션을 정해 두면 각자 시간을 보내다가 식당에서 만나 같이 식사를 해도 좋다.

크루즈를 떠올리면 멋진 이브닝드레스와 턱시도를 입은 남녀의 모습이 멋지게 그려진다. 매일매일 선상 신문에 그날의 드레스 코드가 기재된다. 꼭 지켜야 하는 것은 아니지만 엘레강스 데이에는 멋진 이브닝드레스를 입고 화이트데이에는 모두가 흰색 옷을 입고 파티를 한다. 상황에 맞게 옷을 챙겨 입는다는 것은 서양의 문화에서 매우 중요하다. 클럽메드에서 많은 유럽인과 함께 일하여 확실하게 배울 수 있었다. 한국 사람들은 낮에 진한 화장을 하고 멋지게 차려입고 저녁에 되면 편한 반바지를 입고 헐렁한 슬리퍼를 신은 채로 시간을 보낸다. 서양의 문화에서는 완전히 반대이다. 일할 때나 놀 때는 되도록 편안한 복장을 하고 저녁 시간이 되면 가장 멋지고 화려하게 차려입고 나타난다. 리조트에서 일할 때 한번은 시간이 없어서 낮에 입었던 옷을 그대로 입고 저녁 식사 시간에 나갔더니 나를 이상한 눈으로 바라보았다. 어떤 모임이든 파티이든 내용에 맞는 드레스 코드가 반드시 있고 호스트는 사전에 드레스코드를 알려 주는 것이 기본이다. 서양문화를 배우고 즐기러 간다면 샤랄라한 원피스 하나쯤은 꼭 챙겨서 그들과 함께 즐겨 볼 필요가 있다.

일주일간 크루즈를 타면 여러 개의 도시를 옮겨 다닌다. 바다로 이 나라 저 나라의 국경을 넘기도 한다. 짐을 싸지 않고, 잠자는 동안 다른 곳으로 옮겨 갈 수 있는 편리함이 크루즈 여행의 가장 큰 장점 중 하나일 것이다. 크루즈 여행에서 기항지 관광은 여행의 덤과도 같다. 잠시 들렀다 가는 곳이다. 크루즈 일정에 따라 짧게는 네 시간에서 길게는 하룻밤까지 정박하고 보내기도 한다. 배 밖으로 나간다는 의미만 있는 곳도 있고 한 지역을 돌아볼 충분한 시간을 확보할 수 있는 곳도 있다. 지중해 크루즈에서는 기항지에서 너무 많은 시간과 에너지를 썼다. 관광을 마치고 배로 돌아와서는 정찬이나 공연도 제대로 즐기지 못한 채 바로 잠들고 다음 날 또 새벽같이 일어나 관광을 나갔다. 매시간 이벤트가 있는 크루즈의 진짜 여행을 하지 못한 것이 아쉬웠으나 제대로 즐기는 방법을 배우게 되었다.

크루즈 여행은 종합 선물 세트이다. 취향에 따라 여러 가지를 골라 즐길 수 있다. 지역마다, 크루즈마다 내용이 다르니 하나하나씩 재미있게 즐겨 보자.

> 인생은 짧고, 세상은 넓다. 그러므로 세상 탐험은 빨리 시작하는 것이 좋다.
>
> – 사이먼 레이븐

06
진짜를 맛보는 여행

　서양의 음식, '양식'이라는 범주로 음식을 단정 짓기에는 너무나 많은
종류의 것이 있다. 10년간의 대학, 석·박사 과정을 밟는 동안 매일 음식
과 관련된 책을 보았다. 일과 공부로 만난 사람들 덕분에 다양한 음식들
을 맛볼 기회도 많았다. 책과 영화에 등장하는 음식들을 보면서 그들의
식문화를 상상했다. 최고의 음식은 '지산지소'라 했다. 재료의 원산지에
서 요리한 음식을 먹는 것을 좋아한다. 꼬막 철이 되면 벌교의 꼬막을
주문한다. 시간이 허락한다면 몇 시간을 투자해서라도 벌교에 가서 벌
교 사람이 하는 음식을 먹는다. 그 맛이 진짜이기 때문이다. 음식을 공
부하고 교육하는 사람에게 여행은 진짜를 확인하고 오는 과정이다.

　새벽 비행기로 도착한 파리의 어느 아침, 호텔에 짐만 얼른 맡기고 길
을 나섰다. 무작정 걸어서 동네를 산책했다. 빵 냄새를 따라 걷다가 골
목의 빵집 앞에서 멈추었다. 빵을 사기 위해 줄을 선 사람들 사이에 나
도 섰다. 차례를 기다리는 내내 냄새만으로도 이미 맛을 알 수 있을 것
같았다. 바게트 사이에 치즈와 하몽을 넣기 위해 반쪽으로 가르는 소리
에 바삭함이 그대로 느껴졌다. 샌드위치를 한입 베어 물고 나니 '아, 지
금 나는 파리에 와 있구나.'라는 생각이 비로소 들었다. 그동안 수차례
먹었던 그 어떤 바게트와도 비교할 수 없이 빵의 속살이 부드러웠다. 책

과 영화에서만 보던 그들의 음식과 식문화를 만나고 경험하러 가는 것이 여행의 이유가 되었다. '그렇다고 하더라'가 아니라 내가 파리에서 맛본 바게트의 바삭함을 학생들에게 전하기 위해 나는 먹으러 떠났다.

프렌치 어니언 수프는 한국에서 만난 프랑스였다. 양파를 갈색이 나도록 볶으면서 소금과 후추를 넣어 간을 한다. 양파의 달콤한 향이 날 때쯤 닭 육수를 넣어 끓인다. 뜨거운 수프 국물에 딱딱한 홀랜드 러스크 한 조각을 넣고 두 장의 프로볼론 치즈를 올려 수프 볼을 감싸 덮고 오븐에 그라탱하면 맛있는 프렌치 어니언 수프가 된다.

바텐더로 근무하던 시절 아침에 해장을 위해 이 수프를 주문하는 외국인이 종종 있었다. 콩나물국이나 북엇국이라면 모를까, 달콤함과 느끼함이 가득한 치즈의 맛이 어떻게 간밤의 술로 힘들어진 속을 풀어낼까 하는 의문이 들었다. 나도 그들처럼 한번 해 보았다. 꼭 해장을 위해서가 아니더라도 비 오는 날 아침 으스스한 몸을 풀기 위해 딱이었다. 프랑스 사람도 아닌 나에게 프렌치 어니언 수프는 이미 소울 푸드가 되었다. 이후에도 한국에 새롭게 문을 열었다는 프렌치 레스토랑에 가면 꼭 이 양파 수프를 먼저 시켜 속을 푸는 습관이 생겼다. 2년 전 늦가을 파리의 노트르담 성당 앞의 카페 테라스에 앉아 프렌치 어니언 수프를 주문했다. 프랑스에서는 처음으로 먹어 본 프렌치 어니언 수프였다. 프랑스를 떠올리게 했던 음식을 마주하니 파리는 내게 낯선 도시가 아니었다.

요리를 본격적으로 배운 사람도 아니면서 전 세계의 음식들을 손쉽게 만들어 내는 편이다. 먹어 본 맛의 기억으로 가능하다. 태국의 팟타이는 아들이 좋아하는 엄마의 대표 메뉴이다. 한국의 태국음식점보다 맛이 좋다는 칭찬을 종종 듣는다. 여행지에 가서 시장 구경을 하고 현지의 향신료나 소스를 사 오는 것을 좋아한다. 요즈음은 한국에서도 해외 식재료를 손쉽게 구할 수 있으니 여행 가방에 가득 싣고 오지 않아도 되기는 한다. 재료를 구하고 요리법대로 따라 만들어 먹으며 잠시 여행을 추억할 수 있다. 하지만, 재료도 그곳에 있고 조리법도 그곳에 있어야 진짜 음식이다. 그래서 먹으러 떠난다.

멕시코에 한 번도 가 본 적 없었지만, 용설란으로 만든 테킬라를 알고 있었다. 용설란의 잎을 모두 떼어내고 남은 파인애플 모양의 파이나스를 조각내어 끓인 뒤 발효한 술은 폴케이다. 멕시코 사람들이 즐기는 전통술이다. 폴케를 증류하면 테킬라가 된다. 테킬라를 만드는 재료를 직접 본 적도 없고, 만드는 과정은 겨우 책과 영상에서 보았을 뿐이다. 하지만 나는 멕시코의 술 테킬라를 잘 알고 있었다.

클럽메드에서 지오들과 나이트클럽에서 테킬라 원샷 릴레이를 하며 밤을 보낸 적이 있다. 다음 날 아침, 머릿속이 하얀 도화지처럼 깨끗하게 비어 있음을 경험했다. 두바이에서 함께 일했던 텍사스 온 퍼실라는 나에게 마가리타를 제대로 마시는 방법을 알려 준 친구이다. 금요일 저녁 일을 끝내고 우리가 바에서 마신 마가리타 칵테일의 피쳐들이 테이블을 가득 채웠던 것이 그날 밤 나의 마지막 기억이다. 그리고 다시 다음 날 나는 하얀 도화지가 된 나를 만났다. 마가리타는 여전히 내가 가장 좋아하는 테킬라 칵테일이다.

2017년 1월 멕시코 카보산 루카스, 테킬라 마을에서 진짜 테킬라를 만났다. 테킬라의 병을 열어 잔에 따르는 순간 기쁨과 동시에 엄청난 배신감이 밀려왔다. 내가 맛본 테킬라는 예전에 알고 있던 그 맛이 아니었다. 지금까지 내가 마신 것은 무엇이었지? 해외로 수출되는 살균막걸리를 맛보았던 사람들이 한국에 와서 생막걸리를 맛보았을 때 느끼는 다름이 이것과 비슷하지 않을까? 집에 돌아가는 가방 무게 걱정은 잠시 잊고 두꺼운 유리병에 담긴 테킬라 세 병을 구매하고 주섬주섬 가방에 담았다.

해외여행 시 주류를 구매할 경우, 면세 범위를 초과하는 경우는 주세를 납부해야 한다. 면세의 허용 범위는 400달러 이하, 1리터, 한 병에 한한다. 초과할 경우, 반입이 불가한 것이 아니기에 현지에서 기호에 맞는 와인이나 귀한 술들을 만나면 한두 병 사 올 것을 권한다. 멕시코에서 만난 테킬라는 한국에서 아무리 비싼 가격을 투자하더라도 구할 수 없는 술임을 알기에 150%가 넘는 주세를 내야함에도 불구하고 기꺼이 쇼핑리스트에 담는 것이다. 와인의 경우는 68%로 낮은 편이니 여행지에서 식사하다가 만나는 좋은 테이블와인이 있으면 편하게 몇 병 구매해 오는 것도 좋을 것이다. 이제 겨우 반병 남짓 남은 테킬라를 아껴 마시면서 술의 바닥이 드러나기 전에 다시 멕시코로 테킬라를 사러 갈 날을 기약해 본다.

티라미수는 이탈리아 베네토 지방에서 유래한 커피 향과 맛이 나는 부드러운 케이크이다. 마스카포네 치즈, 생크림, 커피, 코코아 가루가 주로 들어가는 티라미수는 집마다 각기 다른 레시피를 가지고 있다. 2016년 3월 베니스에 갔을 때 5일간 머물면서 티라미수를 하루에 세 번 이상 먹었다. 레스토랑 고유의 레시피대로 만들어진 티라미수는 가는 곳마다 기대와 설렘을 안겨 준다. 베니스 골목길을 헤매다가 길을 잃고 다리가 아프면 구석진 카페에 들어가서 커피 한 잔과 티라미수 한 조각을 시켰다. 코코아 가루와 함께 부드럽게 입안으로 넘어오는 촉촉한 티라미수는 피로를 말끔하게 물리치고 지친 다리를 충전하기에 충분했다. 한국에서도 티라미수를 직접 만들어 파는 카페나 레스토랑의 메뉴가 있는 곳이면 언제든 주문한다. 베니스에서 맛보았던 그것과는 당연히 다르다. 하지만 조금씩 다른 맛과 모양을 가지는 것이 티라미수 특징이기 때문에 이 또한 즐겁게 맛볼 수 있다.

언제 어디서 어떤 티라미수를 먹든 나에게 티라미수는 베니스를 기억하게 하는 음식이다. 8살 아들과 함께 여행했던 베니스의 무수한 성당과 박물관의 모습은 기억에서 잊힐지도 모르나 우리가 함께 맛보았던 티라미수의 달콤함은 그것보다는 더 길게 기억되지 않을까?

특별한 음식의 경험은 단순히 그 맛만을 전하지 않는다. 노천카페에 앉아 바라보던 하늘, 알아듣지 못하는 이탈리아 말이지만 열정적으로 이야기하던 그들의 모습, 떼 지어 날아다니는 비둘기들, 성당에서 들려오던 종소리를 들으며 티라미수를 한입 떠서 입안에 넣던 그 순간의 모든 것을 기억하게 할 것이다. 낯선 곳에서 맛보았던 새로운 음식들의 기억은 다시 나를 그곳을 불러들이는 충분한 힘이 있다. 그래서 또 먹으러 떠난다.

> 집을 떠나 있을 때 그리워지는 게 뭔지 생각해 보면 재미있지 않나요. 나는 커피 향하고 아침에 맡는 베이컨 굽는 냄새가 그립다오.
> ─「프라이드 그린 토마토」, 패니 플래그

07
살아 보고 싶은 여행지

"어디가 가장 좋았어요? 또 가고 싶은 곳이 있나요?"

"어떤 와인을 가장 좋아하세요?"

'여행하는 술샘'으로 살아가는 나에게 사람들은 자주 이런 질문을 한다. 두 질문 모두 정답은 없다. 꼭 목적지가 어디여서 떠나지 않는다. 와인을 즐기는 것도 같다. 과정을 즐기는 나에게는 최종 목적지가 반드시 중요하지는 않다. 그럼에도 불구하고 한 번 더 돌아보게 되는 와인이 있고 여행지가 있다.

2018년 1월 두바이 여행을 위해 항공권을 알아보고 있었다. 여행 앱의 지도를 늘렸다 줄였다 하던 중, 이탈리아 시칠리아 남쪽에 작은 섬 하나를 발견하였다. 작은 지도에서는 보이지도 않는 '몰타'라는 나라였다. 두바이로 가는 길에 들를 수 있는 곳을 찾고 있었다. 목적지로 가는 여정을 즐기는 나는 직항보다는 환승하는 비행편을 즐긴다. 시간이 여유롭다면 공항 밖으로 나가서 시내를 돌아볼 수 있다. 잠시 공항에 머물며 비행기만 바꿔 탄다고 하여도 공항에서 지역 음식을 경험하고, 면세점에서 그 도시의 물건을 구경하는 재미가 있다. 공항은 그 도시와 나라만의 정체성을 드러내는 특별한 장소이다.

사실 두바이와 몰타는 가까운 거리가 아니다. 비행기로 다섯 시간 넘게 가야 하는 곳인데, 지도로만 보다가 잠시 착각을 해서 이웃해 있는 나라로 찜하고 말았다. 항공편을 다시 검색했다. 인천에서 몰타, 몰타에서 두바이, 두바이에서 인천으로 돌아오는 여정으로. 20만 원만 더 내면 한 구간을 더 얻을 수 있었다. 그렇게 나의 몰타행이 정해졌다.

여정이 정해지고 몰타에 대해 찾아보기 시작하였다. 인터넷에서 몰타를 검색하니 어학연수에 대한 내용이 가득했다. 유럽에서 영어를 배울 수 있는 두 나라 중 하나였다. 영국식 영어를 공부하고 싶은 이들에게 몰타는 최고의 지역이라 했다. 영국에 비해 물가도 싸다. 일 년에 300일 이상 해가 있는 날씨가 좋은 국가이다. '세계에서 가장 살기 좋은 곳', '지상낙원', '세계에서 가장 게으른 나라', 모두 몰타를 두고 한 말이다. 제주도의 6분의 1, 강화도 면적밖에 되지 않는 곳이다. 몰타를 다녀온 한국 사람들은 많지 않아서 두 권 정도 몰타에 관한 책을 찾아본 것으로 몰타 여행에 대한 준비는 간단히 했다.

원래 여행을 가면서 현지에 대한 계획을 꼼꼼하게 하고 가는 편은 아니다. 그 나라에 대한 일반적인 정보와 다녀온 사람들의 후기 몇 편을 읽어 보고 가는 것이 전부이다. 아무리 잘 준비해 가더라도 계획한 대로 되지 않는다는 것을 알고 있다. 여행지에서의 낯선 상황을 자연스럽게 받아들인다. 이미 익숙한 나의 일상과 별반 다르지 않다면 여행을 떠날 이유가 없다. 낯선 곳에서 지내는 시간과 환경의 불안함보다는 새로 만나게 될 모든 것에 설렘을 가지고 여행을 떠난다.

몰타는 상상 이상으로 그곳에 머물러야 할 이유가 있는 곳이었다.

유럽의 도시 여행은 가끔 나를 주눅 들게 만든다. 과거의 시간을 그대로 유지하고 있는 것이 부럽다. 여유롭게 시간을 보내고 있는 사람들 사이에서 '빨리빨리'를 외치며 분주하게 움직이고 있는 우리 모습을 볼 때 더 그러하다. 차를 마시고, 음식을 먹는 모습에서마저 느껴지는 멋스러움을 동경하며 그들의 모습을 따라 하려고 나도 모르게 애쓰게 된다.

몰타에서의 첫날 저녁 호텔 옆 골목을 누비며 발리나 푸껫에 와 있는 느낌이 들었다. 편안하게 슬리퍼 신고 나와서 동네 여기저기를 돌아다녔다. 길을 걷다가 마음에 드는 펍에 들어가 맥주 한잔하고 잠시 쉬어가기에도 좋았다. 유럽 여러 곳에서 온 관광객과 영어를 배우러 온 학생들이 한데 어우러져 웃고 떠들고 있었다. '자유로움'이 느껴졌다. 세계에서 10번째로 작은 나라인 몰타는 중세의 도시를 그대로 재현해 놓은 영화상 세트장 같기도 하다. 현재의 수도 '발레타'와 옛 수도 '임디나'를 오가며 그 매력에 푹 빠져 버렸다. 낮에 가 보았다 하더라도 밤에 꼭 다시 찾아야 한다.

은은한 불빛 속에 보이는 옛 도시 임디나는 조용하게 자태를 뽐내고 있는 귀부인 같았다. 아름답다는 말로는 모두 담을 수가 없었다. 성벽을 비추고 있는 불빛에 비친 도시의 모습을 계속 바라보며 걸었다. 유럽과 아프리카 대륙 옆에 있는 몰타를 호시탐탐 노리는 자들이 얼마나 많았을까?

나라 전체를 성벽으로 둘러싸서 요새처럼 만들어 보호해 온 나라이다. 도시 안의 사람들이 편안한 둥지에서 외부의 침략으로부터 보호받았을 것 같았다. 평온했다. 몇 년 전에 보았던 한 드라마가 생각났다. 현빈이 주연을 했던 「알함브라 궁전의 추억」에서 자주 나왔던 장면처럼 중세로 돌아가서 다시 그곳을 걷는 듯했다.

일 년 내내 열리는 몰타의 축제에 참여하려면 최소 일 년은 이곳에 있어야 한다. 몰타로 어학연수를 와서 편안하게 밤마실 나오는 내 모습을 상상해 본다. 함께 몰타로 왔지만 각기 다른 곳에서 지내고 영어 연수를 하는 아들과는 일주일에 한 번 만나 맛있는 브런치를 먹으며 일주일간의 이야기를 나눈다. 아들과 함께 여행했던 몰타에 다시 살아 보기를 하러 가고 싶다. 정원이가 여행 중에 밤에 열이 올라 며칠 고생을 했던 곳이기도 하다. 마음껏 돌아보지 못한 아쉬움도 있다.

두 개의 십자가가 있는 교회가 있는 몇 안 되는 나라 중 하나이다. 몰타에 있는 교회의 수를 모두 합치면 360개라고 한다. 매일 다른 곳의 교회를 방문해서 일기를 써 보고 싶다. 개종하게 되는 건 아닌지 모르겠다. 저녁을 먹고 호텔로 돌아와 로비에서 잠시 쉬고 있는데, 한국 사람이 말을 걸어왔다. 몰타는 어학연수를 하러 오는 학생들을 제외하고는 여행을 오는 이들이 드문 곳이었다. 말을 걸어온 분은 몰타에서 어학원을 운영하는 원장님이었다. 내가 머물고 있던 인터컨티넨탈 호텔은 몰타의 수도 발레타 중심에 있는 곳이어서 로비는 늘 사람들로 붐볐다.

다음 날 일정을 이야기하고 있던 우리에게 요트를 가진 친구를 소개해 주겠다고 했다. 요트를 타고 몰타섬 전체를 돌아보는 것이 재미있을 것 같았다. 이미 시간이 많이 늦은 밤이어서, 다음 날 아침 다시 만나기로 하였다. 아침을 먹고, 다시 분도어 학원 원장님을 만났다. 요트를 가지고 있는 두 명의 친구를 소개해 주었다. 요트 운행을 위한 기름값 정도만 주면 여섯 시간 동안 요트를 타고 몰타섬 투어를 할 수 있다고 했다. 한 사람당 2만 원 정도의 저렴한 비용이라 신이 났다. 점심 식사 후에 세일링을 나가기로 하였다.

여행지에서 한국인을 만나면 오히려 바가지를 씌우려 하는 경우들이 있는데, 원장님은 전혀 그렇지 않았다. 그런 원장님이 맘에 들어서인지 그곳에 있던 사람들 모두 한국 돌아가면 당장 보따리 싸서 몰타로 어학연수 올 기세였다.

그때 함께 여행했던 사람 중 아직까지는 몰타로 어학연수를 간 사람은 없다. 나도 여전히 몰타를 마음속에 담고 있는 사람 중 하나다. 요트를 타고 먼바다로 나와 섬을 바라보니 섬 전체가 큰 성처럼 보였다. 바다에서 보지 않았다면 알 수 없었던 건물의 모양 하나하나가 새로웠다. 일주일에 가까운 시간을 이미 몰타에서 보냈는데 요트를 타고 바라본 몰타의 모습은 달랐다. 안과 밖에서 모두 보아야 보았다고 할 수 있을 것이다. 봄, 여름, 가을, 겨울을 모두 지내보아야 몰타를 조금 안다고 할 수 있을 것이다.

1월의 몰타는 점퍼 옷깃만 조금 여미고 약간의 바람만 피하면 되는 포근한 날씨였다. 자녀들 어학연수는 여름에 오면 안 된다고 했던 어학원 원장님의 말씀이 생각난다. 여기저기 어디든 뛰어들 수 있는 몰타의 여름 바다를 보고는 가만히 앉아서 공부할 수 없기 때문이란다. 뜨거운 여름에 꼭 몰타에서 지내보고 싶다.

한국에 있는 학원을 다니며 영어 공부를 했다. 의사소통이 겨우 되는 수준으로 외국으로 일을 하러 갔다. 살면서 배우고 익힌 영어라 늘 부족하다는 생각이 든다. 유학 생활 한번 해 보지 않은 나에게 막연한 로망으로 남은 것이 있다. 공부만을 위해 외국에 살아 보는 것이다. 이왕이면 영어를 제대로 공부할 수 있는 몰타면 좋겠다. 멋진 영국 배우들의 영화 대사처럼 말할 수 있는 영국식 영어를 배울 수 있는 몰타로. 그때까지 분도어 학원 원장님이 계셔야 할 텐데…….

작년에 시칠리아를 다녀오고 나니 몰타에 살아 보고 싶다는 생각이 더 간절하다. 몰타에서 시칠리아로 가는 페리는 하루에도 여러 번 있다. 몰타에 살면서 시칠리아를 자주 다닐 수 있으면 좋겠다. 이탈리아 본국으로 가는 비행기표도 저렴하게 나오는 것이 많으니 이탈리아 여행도 편하게 할 수 있을 것 같다. 몰타에 살아 보고 싶다고 생각하면서도 또 다른 곳을 여행할 수 있기를 바란다.

20년 전 방콕에서 만났던 어떤 점술가의 말이 떠오른다.

"움직이면서 또 움직인다." 그것이 나의 운명이라면 기꺼이 받아들이고 싶다.

몰타에 살고 싶은 이유는 쉽게 머물 수 있고 쉽게 떠날 수 있어서이다.

내가 여행을 즐기는 이유는 어디이든 일상처럼 살 수 있기 때문이다.

여행지에 가서도 일상을 살고, 일상을 살면서도 여행을 하는 기분으로 살 수 있다면 최고 여행자의 경지에 오르게 되는 것이 아닐까?

여행이란 일상에서 영원히 탈출하는 것이 아니다. 새로워진 나를 만나는 통로이며, 가득 충전된 에너지를 가지고 일상으로 돌아온다.

– 아네스 안

제4장

길 위의 여행 학교

01
여행의 기술

기술은 중요하지 않다. 여행을 대하는 우리의 자세가 중요하다. 아무리 잘 짜인 시나리오를 준비해도 그대로 만들어질 수 없는 것이 여행이다. 만약 그럴 수 있다면 우리는 여행을 더 이상 하지 않을 것이다. 이미 많은 여행을 하는 나에게 사람들이 이야기한다.

"혼자 떠나고 싶어요."

"내가 원하는 주제의 여행을 하고 싶어요."

"가족들과 함께 멋진 여행을 하고 싶어요."

자주 여러 번, 전 세계를 다녔으니 나는 어떤 어려움이나 두려움도 없다고 생각하는 것일까? 나는 그저 내가 경험한 것만을 나눌 뿐이다. 아직도 내가 경험하지 못한 무수한 사례가 있을 것이다. 그럼에도 불구하고 경험에서 얻어진 여행 하나하나를 이야기하라고 한다면 큰 보따리 몇십 개는 풀어야 할 정도로 많다. 그래서 여행 학교를 만들었다. 지난 25년간 여행 다니며 익힌 나만의 방법들이나 삶을 살아가는 지혜를 나누고 싶었다. 내가 쉽게 이야기하는 여행을 누군가는 평생 한 번도 가보지 못했다. 사십 대 중반을 훌쩍 넘은 중년 정원희의 모습을 여행이 만들어 준 것이라 확신하기에 나는 오늘도 여행을 떠나라고 권한다.

일주일의 시간을 내서 해외로 떠날 수 없는 사람은 하루의 시간을 내고 가까운 곳을 여행하는 것도 어렵다. 코로나 때문에 해외여행을 가지 못한다고 말하는 사람들은 코로나 이전에는 자주 여행했을까? 아무런 제약 없이 전 세계 어디라도 갈 수 있었을 때도 가지 않을 핑계를 찾지는 않았을까? 원래 여행을 했던 사람들이 여전히 여행을 한다. 일상을 벗어나려는 노력은 멈추지 않는다. 떠나야 하는 이유를 계속해서 찾고 있다. 지금 이 시기는 바른 여행을 만들 기회이다. 여행 산업 부분에서도 여행자의 입장에서도 그렇다.

유럽의 친구들은 어린 시절 부모님과 함께 여행을 많이 했다고 이야기한다. 가족과 함께 자주 여행하면서 여행의 가치와 방법을 알게 된 것이다. 경험을 통해서 내가 좋아하는 여행의 방법을 찾고, 내 것을 더한다. 여행의 경험이 없는 부모님 밑에서 자란 자녀들은 상대적으로 늦게 여행의 가치를 알게 된다. 또는 알지 못한 채 부모님의 삶의 형태를 그대로 답습하게 된다.

칠십 대의 삶을 살고 계신 내 부모 세대는 광복 전후로 태어났다. 가정의 안정을 만들고 국가를 발전시키는 데 큰 역할을 하느라 젊은 시절을 즐기지 못했다. 준비하고 대비하는 것이 그들의 삶의 방식이었을 것이다. 그런 부모 밑에서 자란 지금의 사십 대는 많은 혜택을 누리며 자랐다. 부모 당신들이 누리기보다는 어린 자식들이 더 많을 것을 누리기를 바란 덕분이다. 월급 생활을 하거나 자영업으로 어렵게 살림을 꾸리면서도 자식들의 유학을 위해서라면 지출을 아끼지 않았다. 해 보지 못한 것을 자식들이 대신 누리고, 배워서 당신들보다 더 나은 사람이 되기를 바라는 마음이었을 것이다.

현재 시간이 가장 자유로운 오십 대, 육십 대도 형편은 별반 다르지 않다. 칠십 대보다는 여행을 갈 기회를 더 많이 만들고 있다. 하지만 여행을 배울 기회가 없었다. 여행 자율화가 시작되고, 방법을 몰랐기에 누군가가 만들어 주는 여행을 가기 시작했다. 한국 사람들은 외국어에 대한 두려움이 많다. 홀로 떠나는 것의 가장 큰 장애물은 언어라고 생각한다.

"똑바로 가야 한다."

어린 시절 자주 듣던 말이다.

"선 안으로만 색칠해야 한다."

길을 잃는 것에 대한 두려움, 선을 그대로 따라가지 못하는 것에 대한 두려움, 그것이 우리를 자꾸만 주눅 들게 만든다. '괜찮다'는 말을 더 자주 들었다면 어땠을까?

여행 중 가장 많이 하는 말이다. '괜찮다.' 그냥 하는 말이 아니다. 괜찮지 않은 일이 없다.

6학년인 아들이 지난 6년간 스무 번이 넘는 여행을 하며 배운 가장 막강한 여행 기술은 '괜찮다'고 생각하는 태도이다. 엄마와 단둘이 떠난 여행에서도 많은 사람을 인솔하고 떠난 여행에서도 예상하지 못한 사건 사고들은 언제나 일어났다. 아이건 어른이건 낯선 환경을 편하게 생각하는 사람은 없다. 안정적이라고 생각하는 울타리 안에서만 살아갈 수 없는 것이 삶이다. 원래 내가 알고 있는 사람들만 만나며 살 수도 없다. 나이를 막론하고 태어나서 지금까지 내가 원하는 대로만 모든 것이 이루어졌다고 말할 수 있는 사람들이 과연 있을까?

여행을 '길 위의 학교'라고 이야기한다. 배우기 위해 떠난다고 한다. 한 번의 수업으로 모든 지식을 얻을 수 없듯이 한 번의 여행으로 삶의 모든 지혜를 얻을 수 있는 것은 아니다. 한 가지 기술로 여행을 완성할 수 있지도 않다.

자유롭게 여행을 떠나고 싶은 여행 클럽 회원들을 도와주기 위해 '길 위의 여행 학교'를 만들었다. 5년 전 한 여행 클럽을 소개받았다. 멤버십으로 운영되는 여행 클럽이었다. 항공, 호텔, 크루즈, 액티비티 등 여행과 관련한 모든 분야에 공동구매 콘셉트를 적용하고 멤버들이 그 혜택을 볼 수 있도록 한 클럽이었다. 호텔의 객실은 매일 꽉꽉 차서 돌아가지 않는다. 방을 소진하지 못한다고 해서 다음 날 재고로 쌓아 놓을 수는 없다. 크루즈도 비행기로 마찬가지이다. 호텔 객실을 비워 놓거나 빈 자리가 있는 항공을 그냥 운항하는 것보다 가격 조정을 해서라도 채우는 것이 조금이라도 덜 손해 보는 것이다.

호텔경영학을 공부하면서 수익경영에 대해 배웠기 때문에 그 원리가 바로 이해가 되었다. 같은 비행기를 타고 바로 옆자리에 앉아 가는 사람들도 나와 요금이 같지 않다. 조금 과장해서 이야기하자면 항공기 200석의 모든 좌석의 가격은 다를 수 있다. 공식 가격이 있지만, 실제 구매 가격은 어떠한 경로로 구매했는가에 따라 천차만별이다. 만약 좀 더 낮은 가격으로 좋은 조건의 객실을 줄 수 있다면 누구에게 주겠는가? 지속해서 호텔이나, 항공, 크루즈를 이용하는 고객에게 그 혜택을 주는 것은 당연하다. 호텔, 크루즈, 항공 회사들은 각각의 브랜드를 충성도 있게 이용하는 상용 고객 우대 프로그램을 제공하고 있다. 각각의 마일리지가 상호 교차되는 경우도 종종 있다. 일 년에 한두 번밖에 가지 않는 사람이 이러한 혜택을 받는다는 것은 거의 불가능하다. 개인이 아니라 구매력을 가진 그룹의 일원이라면 가능할 수 있다. 클럽의 이름으로 선(先) 구매된 호텔, 항공, 크루즈 등 여행에 관한 모든 서비스와 부가적인 혜택을 내가 발품 팔지 않고 얻을 수 있다는 것은 대단한 것이었다.

여행 클럽 회원이 되고 더 많은 여행을 편하게 다닐 수 있게 되었다. 항상 출장으로 혼자만 다니던 여행이 대부분이었던 나는 사람들과 함께 하는 여행이 즐거웠다. 미국 여행 클럽이었고, 여행을 가면 전 세계 회원들이 함께 만나 여행을 하는 프로그램이어서 더 즐거웠다. 낮은 가격으로 높은 가치의 여행을 누릴 수 있었다. 가격 때문에 망설였던 여행의 수준이 여행 클럽의 공동구매 방식 덕분에 올라갈 수 있었다.

여행을 자주 하던 나에게 사람들은 여행을 좋은 가격에 하는 방법은 자주 묻는다. 우선 여행 클럽을 소개하고 함께 여행을 다녔다. 이미 여러 번의 여행 경험이 있는 이들은 이전의 여행과 멤버십 회원으로서 누리는 여행을 비교하며 충분히 만족하였다. 여행 클럽을 통해 만난 많은 사람 중에 생애 처음 여권을 만들어 본 사람들도 많았다. 예전의 여행보다 더 나은 여행을 하게 되었다. 난생처음 해외여행의 꿈을 실현하는 분들을 보며 큰 보람을 느꼈다. 조금 더 많은 바람이 생겼다. 맛있게 라면을 끓여 주기보다는 라면을 끓이는 방법을 자세하게 알려주고 싶었다. 한 가지의 라면이 아니라 어떤 것이라도 맛나게 요리하고 즐길 수 있는 법을 안다면 얼마나 좋을까? 내가 느끼는 가치를 함께 느끼고 싶었다. 조금 더 욕심을 낸다면, 새롭게 알게 된 방법을 또 누군가와 나누며 도울 수 있다면 얼마나 좋을까? 어떤 목적지도 어떤 주제의 여행도 자유롭게 계획하고 떠날 수 있다면 좋겠다는 생각으로 길 위의 여행 학교를 열었다.

10주간의 커리큘럼으로 5번째 길 위의 여행 학교를 진행하고 있다. 같은 주제라도 내용이 완전히 같았던 적은 없다. 여행 학교를 통해서 혼자만의 여행을 꾸리는 사람들이 생겨났다. 누군가의 여행을 돕는 사람들이 생겨났다. 여행의 참가치를 함께 누릴 사람들을 위해 길 위의 여행 학교는 계속될 것이다.

> 어느 길로 가야 할지 더 이상 알 수 없을 때 그때가 비로소 진정한 여행의 시작이다.
>
> — 「진정한 여행」, 나짐 히크메트

02
여행을 배우다

여행도 배워야 한다.

나의 부모님 세대는 여행을 자주 갈 기회가 없었다. 주 6일 오십 시간 이상을 일하며 젊은 시절을 보냈다. 일요일 하루 일하지 않는 것이 유일한 휴식이었다. 병가를 내는 경우를 제외하고는 며칠씩 연달아 일하지 않는 것을 엄두도 낼 수 없는 근무환경이었다. 출장을 가거나, 기업에서 단체로 연수를 가는 경우 가끔 며칠씩 해외로 여행을 할 기회는 있었던 것 같다. 은행원으로 근무하셨던 아버지와 우리 가족은 일요일이면 나들이를 갔다. 일 년에 한 번, 여름 휴가철에 2박 3일이나 3박 4일 정도로 남해나 강원도 쪽으로 휴가를 가서 텐트를 치고 캠핑을 했다. 이것이 우리 가족이 하던 여행의 방식이었다. 호텔에서 지내는 경우는 없었던 것으로 기억된다. 건설업을 하던 부자 고모 덕분에 해운대에 있는 콘도를 가끔 이용할 수는 있었다.

1989년 해외여행 자율화가 시작된 이후 누구나 해외여행을 갈 수 있게 되었다. 하지만, 집안의 가장으로 계속 일해야 했던 직장인들에게는 해외여행은 여전히 그림의 떡일 뿐이었다. 대신 그들의 자녀들은 배낭여행이나, 어학연수와 같은 기회를 통해 해외여행을 갈 기회를 만들어 떠나기 시작했다. 1996년 나도 첫 배낭여행을 떠나게 되었다. 한 달 이상 해외로 여행을 해 본 경험이 있는 사람이 가족 중 아무도 없었다. 여행사의 도움을 받을 수밖에 없었다. 도움을 받아야 하는 이유는 단순히 언어의 문제는 아니었다. 여행하고자 하는 나라의 숙박 시스템, 교통 시스템들에 대한 지식이 전혀 없었다. 현지의 문화, 언어, 음식 모든 것에 대해 준비할 수 있는 것은 거의 없었다. 그저 떠난다는 것밖에 할 수 없었다. 숙소의 안전을 고려해 호텔패키지 상품을 선택했다. 항공권, 호텔, 도시 간 이동 시 교통수단이 포함된 상품이었다. 여행에서 가장 큰 내용이 정해진 셈이었다. 여행지에서 어떻게 보낼지에 대한 내용만 내가 정했다. 같은 일정으로 만나게 된 대학생 여덟 명이 있었다. 함께였기에 큰 걱정 없이 떠날 수 있었다. 지금의 여행 준비를 위한 정보를 생각하면 그 당시의 여행은 거의 정보가 없이 떠나는 여행이었다.

여행책을 읽거나 어떤 한 곳을 배경으로 하는 영화를 보는 것은 여행지를 정하는 것에 도움이 된다. 그들의 이야기를 읽거나 들으면서 상상하고 그곳을 동경하게 되는 것이다. 하지만, 여행을 위해 더 필요한 것은 여행 중에 생긴 다양한 경험담들을 듣는 것이다. 우유니 사막에서 인생 샷 한 장을 남기기 위해 그곳을 찾아가는 과정은 어떠했는지에 대한 이야기를 들어야 한다. 가만히 있어도 땀이 주르륵 흘러내리는 방콕의 카오산 로드에서 가장 깨끗하고 시원하게 일주일을 보낼 수 있었는지에 대한 경험담을 들으면 좋다. 비행기를 놓치고 난 이후 어떻게 했는지를 듣는 것이다. 계획한 대로 여행이 진행되지 않고, 예상하지 못했던 일들이 일어난 이후의 이야기도 들어야 한다.

클럽메드에서의 시간을 회상하면 대부분의 이야기는 즐거웠던 경험이다. 1997년 10월 푸껫 클럽메드에서의 첫날은 나에게 가장 위험할 수도 있었던 하루였다.

클럽메드의 근무계약은 일 년 단위로 이루어진다. 호주 린드만 아일랜드 빌리지처럼 외딴 섬일 경우는 예외적으로 6개월이다. 일 년을 살기 위해 싸는 짐은 이민 가방 하나로 부족했다. 두 개의 큰 수화물, 핸드캐리어 하나로 짐을 꾸렸다.

부산에서 방콕을 경유하여 푸껫으로 가야 했다. 수화물 허용량이 초과 되었다. 개수도, 무게도. 주변을 이리저리 살폈다. 가벼운 캐리어 한 개만 달랑 들고 있는 여자분이 눈에 띄었다. 수화물의 무게가 초과하면, 그만큼의 비용을 내야 하는데 아깝다는 생각이 들었다. 짐이 없는 분에게 부탁하면 될 것 같았다. 방콕까지 간다는 여자분께 사정 이야기를 하니 흔쾌히 맡아 주시겠다고 하셔서 그분의 이름으로 보내기로 했다. 내가 그때 미처 생각하지 못한 두 가지가 있다. 중요한 한 가지는 공항에서는 나의 짐을 다른 사람에게 맡기는 것도 절대 하면 안 되고, 다른 사람의 짐도 대신 맡아 주면 안 된다는 것이었다. 공항은 테러범들의 타깃이 되는 곳이다. 만약 내가 맡아 준 짐 안에 폭발물이 들어 있다면 어떻게 되겠는가? 내 이름으로 실린 짐 때문에 나는 테러범으로 바로 지목을 받을 것이다. 비행기를 타고 가서 가방을 대신 누군가에게 전해 주는 심부름도 해서는 안 된다. 가방 안에 마약이나 금괴처럼 신고하지 않고 밀반입이나 반출하는 물건이 들어있을지도 모르기 때문이다. 다행히 거절하지 않고 받아 주신 분 덕분에 추가 비용 없이 짐을 보낼 수는 있었다. 기분 좋게 비행기를 탔다. 방콕에 도착하고 나서 내 판단에 실수가 있었다는 것을 알게 되었다. 비행기를 갈아타고 최종 목적지를 가는 경우, 내가 비행기를 옮겨 타듯이 짐도 비행기를 옮겨 탄다. 내가 일일이 짐을 찾아 옮길 필요 없이 나를 따라오게 되어 있다. 부산에서 방콕을 거쳐 푸껫으로 가는 항공편을 이용한 나는 방콕에서 짐을 찾을 필요 없이 푸껫편 비행기로 환승하기만 하면 되는 것이었다. 그런데 내 짐을 맡아 준 분의 최종 목적지는 방콕이었다. 방콕에 짐이 도착하면 짐을 찾아서 푸껫 비행기에 다시 짐을 옮겨야 하는 거였다. 물론 초과 수화물에 대한 비용은 낼 테지만 구간이 짧으니 훨씬 저렴할 것이라고 생각했다.

부산에서 출발해서 방콕으로 가는 비행기의 도착은 30분 정도 지연되었다. 내리자마자 달려서 푸껫행 비행기를 탈 수 있는 시간이었다. 하지만 나에게는 방콕에서 찾아야 할 짐이 있었다. 입국장을 통과하여 짐 찾는 곳에서 짐을 찾아 다시 항공사 카운터에 가서 짐을 보내야 했다. 그후 출국심사를 거쳐 비행기를 타러 가는 데에는 최소한 한 시간이 필요했다. 나는 푸껫으로 가는 비행기를 놓치고 말았다. 환승해서 목적지까지 가는 경우, 연결하는 시간이 최소한 세 시간의 여유는 있어야 한다. 항공사마다 규정이 조금씩 다르기는 하지만 보통은 세 시간으로 규정하고 있다. 연결하는 시간이 너무 짧으면 나의 수화물이 연결편에 바로 실리지 못하고 다음 비행기로 와야 하는 경우들이 있다. 하루에 여러 편을 운행하는 국내선의 경우에는 바로 뒤 비행기에 실어 보내면 된다. 하루에 한 편밖에 운영하지 않을 때는 하루나 이틀 뒤에 짐이 도착하기도 한다. 우여곡절 끝에 방콕에서 푸껫으로 가는 마지막 비행기를 탈 수 있었다. 다행히 비행기에 여유 자리가 있었다. 하마터면 방콕에서 하룻밤을 보내고 다음 날 푸껫으로 갔을지도 모른다. 비행기 옆 좌석에 인도 아저씨가 앉았다. 푸껫행 비행기를 탔다는 안도감에 편안해졌다. 옆자리에 앉은 아저씨와 푸껫으로 가는 내내 대화를 했다. 푸껫에 가족들과 함께 살고 있다고 했다. 너무 가깝게 다가와 이야기해서 약간 거북하게 느껴졌었다. 오래전이어서 자세한 대화의 내용은 잘 기억나지는 않는다. 그때 나의 영어 실력이 그리 뛰어나지는 못했던 것을 감안하면 그리 깊은 내용의 대화는 아니었을 것이다. 푸껫 공항에 도착해서 짐을 찾고 공항 밖으로 나갔다. 마중 나오기로 한 클럽메드 직원은 보이지 않았다. 내가 비행기를 놓치고 도착 예정 시간을 넘긴 터라 아무도 보이지 않는 것은 당연했다. 지금처럼 전화가 쉬운 시절은 아니었다. 동전을 넣고 전화를 해야 하는데 태국 동전도 없었다, 카트에 짐들을 싣고 이리저리 밀고 다니며 동전을 바꾸었다. 클럽메드에 전화해서 자초지종을 설명하고 이제

막 공항에 도착했다고 이야기했다. 지금 나를 데리러 나올 수 없으니 택시를 타고 혼자 들어오라고 하였다. 이미 밤은 늦었고, 마지막 비행기가 도착하고도 한참 시간이 지난 뒤라 공항에 사람도 많이 없었다. 택시 승강장으로 나가는 길에 비행기 옆자리에 앉았던 인도 아저씨를 만났다. 데리러 나오는 사람 있다고 실컷 작별인사를 하고 헤어졌는데, 다시 만나게 된 것이다. 이러쿵저러쿵 설명하고 혼자 택시를 타고 가야 한다고 말했다. 마침 자기도 클럽메드가 있는 카타비치 쪽으로 가는 길이니 함께 택시를 타자고 했다. 잠시 망설였지만, 혼자서 택시를 타는 것도 걱정되고 해서 그러자고 했다. 택시를 타고 거의 한 시간 정도를 달린 것 같다. 가는 길에 잠시 잠시 불빛이 보이기는 했지만, 대부분 너무 깜깜해서 밖을 볼 수 없었다. 그래도 혼자 타고 가는 것이 아니라, 푸껫에 사는 사람이 함께 타고 있다고 생각하니 마음이 놓이기는 했다. 클럽메드가 있는 마을에 들어서니 불빛들이 보이고 음악 소리가 들렸다. 그리고 곧 클럽메드로 들어가는 입구에 입간판이 보였다. 그제야 마음이 놓였다. 택시가 리조트 앞에 서니, 직원들 몇 명이 마중을 나오고 있었다. 그리고 신혼여행 차 며칠 먼저 도착한 오빠 커플도 나를 기다리고 있었다. 택시에서 내리려는데 인도 아저씨가 나를 잠시 잡는다. '차비를 내라는 건가?'

"태국에서 지내는 동안 낯선 사람이 같이 택시를 타자고 해도 절대 그러면 안 돼요. 내가 나쁜 마음을 먹고 납치하면 어쩌려고 덥석 택시를 같이 탔어요? 나는 나쁜 사람이 아니지만, 내 딸 같아서 충고해 주는 거예요."

그러고는 택시 문을 닫고 떠났다. 잠시 멍하게 서 있었다. 순간 소름이 돋을 정도로 무서웠다. 왜 나는 '만약'이라는 생각을 안 했을까? 푸껫에서 지내는 동안 한 번도 그 아저씨를 다시 마주치는 순간은 없었다. 밤에 나가야 하는 일이 있으면, 꼭 태국 현지 친구들과 같이 무리를 지어 다녔다. 태국에서 오래 생활을 한 한국 지오들이랑 모이면 나의 첫날 이야기를 했다. 내가 생각하는 것 이상으로 위험할 수 있었던 상황이었다. 다행히 위험한 사건 없이 푸껫의 아름다운 추억만 가지고 있다. 지금 나의 25년 전 이야기를 듣는 이십 대들은 달랑 지도 한 장 들고 여행하던 시절을 알지 못할 것이다. 지금은 구글맵으로 출발지에서 목적지의 거리를 미리 알아볼 수 있다. 대중교통이 있는지, 플랫폼 택시를 타야 하는지도 미리 정할 수 있다. 스마트폰으로 전 세계 어디를 가더라도 응급 상황에 전화할 수 있다. 방콕에 비행기가 도착하자마자 미리 메시지를 남겼더라면, 다음 푸껫행 비행기 도착 시간에 맞춰 나를 데리러 나왔을 것이다.

여행은 여전히 내가 짜 놓은 시나리오 안에서 움직이지 않는다. 하지만 과거의 그 어느 때보다 해결할 방법은 간단하게 알 수 있다. 25년 전 나의 여행에 비하면 지금의 여행자들은 스마트폰이라는 엄청난 무기를 장착하게 되었다. 여행하기 어려운 어떠한 이유를 이야기하더라도 해결할 수 없는 일은 더 이상 존재하지 않게 된 것이다.

여행은 배우는 것이다. 그리고 잘 쓰는 것이다. 맛있는 라면 한 그릇을 얻기보다는 맛있는 라면을 끓이는 방법을 알면 된다. 그러면 어떠한 종류의 라면이라도 맛있게 즐길 수 있게 된다.

여행에서 지식을 얻어 돌아오고 싶다면 떠날 때 지식을 몸에 지니고 가야 한다.

– 사무엘 존슨

03
여행을 즐기다

  수많은 어려움을 무릅쓰고 우리는 떠난다. 힘들었던 순간은 어느새 추억이 되어 있기 때문에 다시 짐을 쌀 수 있는 것이다. 여러 번의 두려움을 넘어 즐거움의 대상이 될 수 있다.

  여행 중 경험했던 최악의 순간은 어느새 여행 무용담이 된다. 서로의 여행 이야기를 나누는 자리에서 마치 나보다 더 힘들었던 순간은 없을 것이라며 최악의 순간들을 즐겁게 이야기하는 모습을 자주 본다.

  여행 클럽의 리더로 여행을 자주 떠나다 보니 내 여행 안에 많은 사람이 함께한다. 여행을 준비하면서 최대한 여행의 취지와 목적, 과정에 대해 공유하려고 한다.

  여행의 준비는 최소한 3개월 이전부터 준비한다. 6개월 전부터 준비를 하는 여행도 있다. 준비하면서 이미 여행은 시작된다. 여행 출발 일자와 돌아오는 날 정도만 대략 잡아 놓고 여행을 준비한다. 항공기 사정에 따라 앞뒤로 하루나 이틀을 보태는 것도 염두에 둔다. 한국에서 혼자 비행기를 타고 갈 수 있는 사람들은 본인이 선호하는 항공사로 선택을 할 수 있도록 돕는다. 여행에서 혼자 보내는 시간을 최대한 가지는 것이 좋다. 내가 계획하는 여행의 일정이 긴 경우, 자신의 일정에 맞추어 먼저 입국을 하거나 늦게 합류할 수도 있다. 시간을 자유롭게 쓰고 있는 나는 한 번의 출국으로 최대한 장기간 여행을 하고 올 수 있는 경제적 방법을 찾는다.

　일반적으로 직장인은 일 년에 한 번 정도 주말을 모두 연결하여 10일 남짓한 시간을 휴가로 낼 수 있다. 그것도 여의치가 않으면, 명절 연휴 등을 이용해야지만 5일 정도의 시간을 가질 수 있다. 명절에 맞추어 여행을 가려고 하면 모든 항공 비용이 비싸질 수밖에 없다. 명절 연휴 하루 전이나 하루 뒤로 일정을 조정할 수 있으면 극성수기의 요금을 피해 갈 수는 있다.

　2018년 9월 프랑스 여행을 했다. 추석 연휴를 포함하여 2주간 여행하는 일정이었다. 여행에 참여한 인원은 스물두 명이었다. 스물두 명의 인원 전체가 같은 일정으로 계속 같이 다닌 것은 아니었다. 부산에서 출발한 인원이 열네 명과 인천에서 하루 전에 출발한 사람이 세 명은 파리에서 만났다. 보르도, 툴루즈, 니스를 여행하는 일정이었다. 소설가 조화진 선생님은 처음부터 같이 시작하고, 딸은 보르도 일정의 마지막 날에 도착해서 툴루즈부터 함께했다. 휴가를 길게 내지 못해 보르도까지만 함께하고 먼저 돌아가는 두 사람도 있었다. 추석 준비를 위해 툴루즈까지만 여행하고 돌아가는 사람이 여섯 명이었다. 엄마와 딸은 툴루즈 구간에서만 함께 여행하고 헤어졌다. 툴루즈에서 니스로 11명이 비행기로 이동을 했다. 그리고 마지막 여정을 함께하기 위해 한국에서 날아온 한 사람이 있었다.

　내가 계획하는 여행은 각자 형편껏 하는 여행이다. 목적지에 도착하면 꼭 함께 다녀야 할 곳이 있는 경우에만 그렇게 한다. 대중교통으로 가기 어려운 곳을 갈 때는 전세버스로 함께 이동한다. 여행을 다니는 내내 헤어졌다 만났다를 반복한다. 함께 다니면 내 중심의 여행을 할 수 없다. 리드하는 입장이라 하더라도 함께하는 사람들을 고려해서 할거리, 볼거리 들을 찾게 된다. 여행지에서 혼자 있는 시간은 꼭 필요하다. 처음에는 겁이 나고, 두렵겠지만 한 번 두 번 넘어서 마침내 여러 번의 장애물을 넘게 된 경우에는 누군가가 시키지 않아도 즐길 수 있게 되는 것이다.

2018년 가을 여행은 기간도 길고, 함께 움직이는 인원이 많았던 만큼 여러 가지의 일들이 있었다.

9월 12일 부산에서 출발하여, 오후에 북경에 도착했다. 예약해 둔 차를 타고 북경 시내로 나갔다. 현지 가이드의 추천으로 간 중식당은 맛도 가격도 만족스러웠다. 중국식 원 테이블을 돌려가며 열 가지가 넘는 요리를 먹었는데 만오천 원 정도였다. 푸짐하게 나오는 음식들을 모두 빈 접시로 만들어 버렸다. 중국에서는 넉넉하게 담아 주는 음식은 조금 남기는 게 미덕이라는데 도저히 남겨 놓을 수 없었다. 식사가 끝나고 간식을 먹으러 왕푸징 거리로 나섰다. 바삭하게 튀긴 전갈 꼬치를 오도독 오도록 맛보았다. 매번 보기만 하고 먹지 않다가 드디어 시식하게 된 것이다. '좀 더 큰 것을 먹었어야 했는데……' 너무 작은 크기의 튀김은 별맛이 느껴지지 않았다. 다음에는 육질을 느끼기 위해 조금 더 큰 것으로 먹어 보아야겠다고 생각했다. 중국에서는 모든 것이 식재료가 될 수 있다는 것을 시장을 돌아보며 다시 한번 실감하였다.

공항으로 돌아가기 전 발 마사지를 받고 공항으로 가서 다시 파리행 비행기를 탔다. 공항에 있는 공동 샤워실에서 간단히 씻고 비행기에서 밤을 보낼 준비를 하였다. 발 마사지를 받은 것이 신의 한 수였다. 다음 날 새벽 파리에 도착했다. '내니백(Nannybag)' 앱을 통해 예약해 둔 호텔에 캐리어들을 맡기고 파리를 다니기 시작했다. 파리 여행 후 다시 야간 버스를 타고 보르도로 가는 일정이었다. 다시 밤을 버스에서 보내게 되었다. 새벽 여섯 시가 안 되어 보르도에 도착했다. 아직 깜깜했다. 우버를 불러 타고 호텔로 갔다. 너무 이른 시간이라 아직 체크인을 할 수는 없었다. 식사만 간단히 호텔 식당에서 하고, 옷을 갈아입었다. 짐은 호텔에 맡기고 와이너리 투어를 위해 다시 길을 나섰다. 보르도에 계신 피에르 선생님이 미리 준비하고 계셨다. 일정을 마치고 다섯 시쯤 호텔로 돌아왔다. 집 떠난 지 3일 만에 제대로 등대고 누워 보는 침대로 모두 편안하고 행복한 밤을 보냈다.

여행의 일정은 대체로 여행 초반에 조금 타이트하게 짜는 편이다. 마지막 일정에서는 여행에서의 피로함을 완전히 풀고 갈 수 있도록 최대한 덜 채워 넣는다. 여행이 시작되고 며칠을 보내다 보면 현지에서 하고 싶은 것도 생기고 마음이 여유로워서 조금 더 자유롭게 여행할 수 있기 때문이다.

2018년 가을 프랑스 여행의 경우도 보르도에서 툴루즈까지 이어지는 일정까지가 조금 타이트했다. 니스로 가면서는 여유로웠다. 보르도까지만 일정을 같이 하고 간 친구 둘은 고생만 하고 간 셈이다. 단체 채팅방에 다음 여행을 올릴 때마다 두 사람의 탄식이 들리는 듯했다. 며칠 잠을 제대로 못 자고 이동을 하였더니, 일정을 하는 내내 이렇게 고생스러운 여행은 처음이라는 말을 했었다. 하지만 지금은 그것이 추억이 되어 다시 떠나고 싶다고 이야기한다. 해 보지 않았던 경험이 많은 여행일수록 더 많은 기억을 남기는 법이다. 그들은 얼마 전 내가 여행 밴드에 프랑스 여행을 추억을 올렸더니 먼저 떠난 사람 중 한 사람이 가장 먼저 댓글을 남긴다. 그가 남긴 댓글에는 여행에 대한 그리움이 고스란히 드러났다. 이미 아름다운 프랑스에서의 추억이 된 것이다.

여러 명과 함께 여행을 다니다 보면 예기치 못한 사건이 반드시 일어난다. 매 순간을 넘길 때마다 마음속으로 안도의 한숨을 쉬는 내 마음을 알까? 아무리 당황스러운 상황이 일어나도 결코 흥분해서는 안 된다. 사람들이 더 불안해할 수 있다. 사람들을 안심시키고 얼른 사건을 수습하는 것이 최선이다.

보르도에서 툴루즈로 이동하는 날 일이 하나 생기고 말았다. 보르도와 툴루즈는 기차로 한 시간 거리밖에 되지 않는다. 툴루즈에서 두 번째 프랑스 일정을 하기 위해 기차를 타고 이동했다. 호텔에서 각자 우버를 불러 타고 역으로 이동을 하였다. 짧은 구간이라 대형 버스를 빌릴 필요는 없었다. 프랑스에서 우버를 타는 것은 편리하다. 다만 워낙 기본 물가가 높기 때문에 우버를 자주 타면 그 가격이 만만치 않다. 일행 중에 근거리도 힘들다고 우버를 애용한 친구가 있었는데, 여행이 끝난 후 택시비만 몇십만 원이 나왔다고 하는 이야기를 들었다.

유럽으로 여행을 가면 골목 기행을 즐기는 편이다. 웬만하면 거리를 걸어서 다닌다. 걷다가 힘들면 카페에 앉아 쉬며, 사람 구경을 한다. 동네 작은 공원에 들어가 자연 속에 잠시 머물기도 한다. 유명 관광지를 찾지 않더라도 일상에서 누릴 수 없는 여유를 누려 보는 것도 여행의 중요한 부분이다. 같은 곳에서 여행하더라도 각자의 취향대로 여행하면 된다. 가족이 함께 여행을 떠난 경우에도 하루나 반나절 정도는 꼭 각자의 시간을 가지라고 조언한다.

지난 프랑스 여행에도 자연스럽게 여행을 하면서 팀이 나누어졌다. 일행 중 유독 쇼핑을 즐기는 자매가 있었다. 파리보다 지방 도시였던 툴루즈에서 싸고 좋은 물건이 많다고 했다. 마지막 쇼핑을 하고 오겠다던 두 사람이 기차 출발 시간이 다 되어도 오지 않아 걱정하고 있었다. 우선 다른 일행들과 먼저 기차에 올랐다. 거의 기차 출발 직전 가까스로 기차역에 도착했다는 메시지를 확인했다. 쿵쾅거리던 마음이 진정되었다. 잠시 후, 전화기가 울렸다.

"우리 파리로 가는 거예요?"

"아뇨, 툴루즈로 가는 거예요."

"파리로 간다는데, 이 기차는…."

'아뿔싸, 중간 지점에서 분리되는 복선 열차였나보다.' 다시 전화를 걸었다.

"얼른 기차에서 내리세요."

쇼핑한 물건들을 가득 채운 큰 캐리어 두 개를 힘겹게 기차에서 내릴 것을 생각하니 걱정되었다. 하지만 파리로 갔다가 다시 내려오는 것보다는 다음 기차를 타는 것이 더 나을 것 같았다.

　두 사람은 서둘러 기차에서 내렸다. 여행지에서 일어나는 대부분의 일을 해결하기 위해 빠르게 판단해야 할 때가 많다. 생각할 시간이 단 몇 초밖에 없는 경우도 있다. 과거를 돌아볼 시간이 없다. 원인을 찾고 누구의 잘못인지를 따질 수 없다. 더 이상 나빠지지 않도록 하는 것이 최선이다. 스마트폰의 기차 앱을 켜서 다음 열차를 조회했다. 마침 지나가는 역무원이 있어 상황을 이야기했다. 기차에서 내린 두 사람에게는 표를 구매하는 창구 쪽으로 가라고 했다. 가지고 있는 기차표를 다음 기차로 바꾸고 싶었다. 내가 탄 기차에 있는 역무원의 도움을 빌려 기차역 직원과 통화를 시도했다. 몇 번을 설명하고, 애썼지만 결국은 한 시간 후 다시 출발하는 기차표를 사는 것으로 마무리하였다. 이야기가 진행되는 동안 전화기를 바꿔 가면서 내가, 또 역무원이 기차역 직원과 나의 일행들과 통화를 하였다. 몇 분간이었지만, 빠르게 결정되고 진행되었다. 어떤 여행이라도 예상치 못한 일은 꼭 일어난다. 매 순간 내가 할 수 있는 최선을 선택을 해야 한다. 그 순간이 힘들고 그로 인해 다시는 여행하고 싶지 않은 마음이 들기도 한다. 하지만 나는 안다. 어느새 나를 놀라게 했던 그 순간은 여행의 추억으로 남아있다는 것을. 실수를 통한 경험은 가장 좋은 가르침이다. 실수로 배우게 된 것은 쉽게 잊히지 않는다. 두 사람은 기차를 놓치고 나서 다시 표를 사서 무사히 툴루즈에 도착했다. 기차를 놓치는 순간, 화가 나고, 황당하고, 두렵기도 했을 것이다. 다시 같은 상황이 온다면 오히려 그 순간을 즐길 수 있게 된다. 기차를 놓치고 말도 통하지 않는 프랑스에서 번역기를 사용해 가면서 기차표를 사고 무사히 목적지에 도착한 경험을 한 것이다. 두려움의 장벽을 넘으면 즐거움이 나타난다. 여행 중에 만나게 되는 많은 장애물은 즐거움을 얻기 위한 과정이다. 장애물이 두려워서 여행하지 못한다면 즐기는 것도 할 수 없다. 여러 장애물을 넘거나 없애고 여행한 사람만이 진정한 여행의 즐거움을 누릴 수 있다고 생각한다.

> 지혜란 받는 것이 아니다. 우리는 그 누구도 대신해 줄 수 없는 여행을 한 후, 스스로 지혜를 발견해야 한다.
>
> – 마르셀 프루스트

04
여행을 발견하다

　언제, 어디라도 여행할 수 있다. '일상을 여행처럼, 여행을 일상처럼' 살아갈 수 있게 되는 것이 진정한 여행이다. 멀리 떠나지 않아도 오랫동안 떠나지 않아도 여행할 수 있다.

　2020년 1월 8일 코로나 첫 의심 환자가 국내에 발생했다. 1월 31일 두바이로 출발하는 여행을 앞두고 있었다. 코로나 관련된 뉴스를 실시간으로 지켜보며 여행 준비를 했다. 이미 마스크 대란이 일어났다는 홍콩 친구를 위한 마스크도 구매하였다. 잠시 지나가는 상황 정도로만 생각했다. 여행을 자주 다니던 나에게 여행 전에 일어난 다양한 사건 정도로만 생각했다. 잠잠해지기를 기다리면서 여행 준비를 계속해 나갔다. 부모님과 아들, 그리고 100명 가까운 회원들과 함께하는 여행이었기에 더 초조했다. 함께 여행하는 사람들이 물어 오면 괜찮을 거라고 이야기했다.

　2020년 2월 8일, 두바이 여행을 마치고 한국으로 돌아왔다. 자가격리가 의무는 아니었지만 2주간 집에서 지내기로 했다. 2주간의 자가격리 기간이 끝나고 움직이려고 할 때 대구에 집단 감염 사태가 발생했다. 집단 감염만 해결되면 잡힐 것 같았던 코로나바이러스는 잠잠해질 줄 몰랐다. 2월을 그렇게 보내고 3월을 맞이하였다. 새 학기가 시작되고 모든 것이 새롭게 움직여야 할 시기에 모든 것이 멈춘 듯했다. 일 년에 열 번은 해외로 다녔던 나의 일상은 멈추었다. 국내에서도 여기저기 확진자들이 나오고 있었다.

해외로 나가는 모든 비행기가 운항을 중단했다. 하늘길이 굳게 닫혔다.

대구와 부산을 매주 오가던 일정도 취소했다. 운전하지 않아도 되니 피곤함이 덜했다. 시간도 많이 생겼다. 일상을 여행하기 시작했다. 매일 아침 동네 산책을 했다. 여행지에 가서 아침마다 산책하는 것을 즐긴다. 익숙하지 않은 새로운 길로 다녀 보는 것을 즐긴다. 동네 산책을 시작하면서 익숙하다고 생각했던 영산의 모습이 매일매일 새롭게 보이기 시작했다. 매일 매일 다른 길로 아침 산책을 했다. 7년이나 살았던 동네인데 처음으로 가는 길과 장소가 매일매일 나타났다. 매일 아침 다른 길로 다니며 여행하기 시작했다. 한두 시간 여유롭게 걸어 다녔다. 영산은 문화재가 많은 곳이라 곳곳에 보물들이 숨겨져 있었다. 골목에 남아 있는 오래된 한옥을 보는 일도 즐거웠다. 우연히 길을 걷다가 600년이 넘은 팽나무를 만나기도 했다.

일상에서는 아침에 바쁘게 움직여야 할 일정 때문에 선뜻 길을 나서기가 부담스러워 한 번도 다녀 보려고 하지 않았다. 코로나로 인해 외부 일정이 모두 취소되면서 아침 시간은 더 여유로웠다. 매일 운동을 하는 나의 결심을 선포하기 위해 시작한 인스타그램 라이브 방송은 어느새 영산을 소개하는 방송이 되었다. 여름의 영산 곳곳을 여행하듯 다녔다. 인스타그램에 올린 영상을 보면서 우리 동네 여행을 즐기는 이들도 생겼다. 가 보지 않은 곳을 동경하는 건 해외건 국내건 다를 것 없는 것 같다.

해외여행을 가지 못하는 상황 덕분에 한국의 여러 곳을 여행할 수 있게 되었다. 언제나 갈 수 있는 곳이라 생각되어 한국 여행을 미뤘었다. 함께 운동하던 친구들과 갑자기 제주도 번개 여행을 하게 되었다.

"갈래?"

"갈까?"

"가자!"

다음 날 출발하는 아침 여덟 시 비행기를 예약했다. 돌아오는 비행기는 저녁 아홉 시 비행기로 했다. 갑자기 정해진 제주 여행은 여행에 대한 많은 생각을 안겨 준 경험이었다. 제주도는 생각보다 가까운 곳에 있었다.

하루를 여행할 수 있으면 한 달을 여행할 수 있고 일 년을 여행하는 일상으로 살아갈 수 있다. 여행을 한다는 것은 일상을 떠난다는 것이다. 많은 사람이 일상을 떠나는 시간을 위해 여행 전에 분주한 시간을 보낸다. 내가 없는 일상을 준비한들 얼마나 많은 준비와 대비를 할 수 있을까?

제주도 여행은 갑자기 정해진 여행이었기에 좋았다. 준비할 시간이 없었기에 아무런 준비 없이 비행기를 탔다. 하루 만에 다시 돌아오는 여행이었기에 손에 들어야 하는 큰 캐리어도 없었다. 다음 날 아침에 일어나서 공항에 도착하는 순간부터 여행이 시작되었다. 제주에서의 열두 시간을 위해 생각하기 시작했다. 매일 하던 일상적인 운동을 제주에서 하는 것, 매일 먹는 식사를 제주식으로 하는 것 정도가 내가 정한 계획의 전부였다.

일행 모두가 처음으로 올레길을 경험한다고 했다. 가장 쉽고 바다를 오래 보며 걸을 수 있다는 서귀포의 6번 코스를 걷기로 했다. 공항에서 6번 코스가 시작되는 쇠소깍까지는 대중교통으로 두 시간 정도 걸린다고 했다. 시작부터 너무 힘을 빼지 않는 게 좋을 것 같아 공항으로 픽업 나올 차량을 부산공항에서 출발하기 전에 알아보았다. 플랫폼 형식의 '무브'라는 차가 택시보다는 조금 저렴하였다. 부산에서 비행기를 기다리는 동안 무브 앱을 통해 예약하였다. 제주 공항에 도착하니 게이트 1번 앞에서 픽업한다는 기사님의 안내 문자가 와 있었다. 참 편한 세상이다. 25년 전 유럽으로 배낭여행을 할 때는 기차의 출발 정보가 맞지 않아 기차를 놓치는 경우도 있었다. 한두 번 기차 시간 때문에 고생하고 나면 아예 몇 시간 여유 있게 기차역에 가서 기다리곤 했다. 지금은 스마트폰으로 무엇이든지 필요할 때마다 검색하고 사용할 수 있다. 그렇기에 적어도 계획에 지장을 주는 부정확한 정보라는 장벽만큼은 없어졌다고 생각한다. 때로는 그 정보가 너무 많아서 유익한 정보만을 큐레이션 할 수 있는 능력이 필요할 수 있다.

공항에서 쇠소깍까지 가는 길조차 제주의 가을 풍경을 볼 수 있는 여행이었다. 제주공항이 있는 북쪽에서 한라산 지역을 지나 남쪽으로 내려가는 경로였다. 제주의 가로수들은 육지와는 다른 모습이었다. 낮은 돌담 너머로 귤나무들도 제주도에 와 있음을 느끼게 해 주었다. 오랜만에 비행기를 타고 와서였을까? 갑자기 떠나게 된 여행이었을까? 그것도 아니면 처음으로 걸어 보는 제주 올레길에 대한 기대였을까? 창밖을 보며 괜시리 콧노래가 나왔다. 올레길을 걷는 내내 발걸음이 가벼웠다. 길을 걷다 바위에 부딪치는 파도를 보며 잠시 쉬기도 했다.

쇠소깍에서 출발하여 한 시간 반쯤 걸었을 때 보목포구 마을이 나왔다. 보목포구 어촌계 식당에 들어가 성게 미역국과 제주 막걸리 한잔을 했다. 늦은 아침으로 시원한 성게 미역국에 밥을 말아 한 그릇 비웠다. '아, 내가 제주에 있구나' 일상을 떠났음을 알게 해 주는 것들은 여러 가지가 있다. 여행지에서만 먹을 수 있는 음식을 맛보았을 때 그 기쁨이 크다. 여행지에 가면 꼭 그곳이어야만 하는 음식들을 골라 본다. 여행을 와 있음을 절실히 느끼고자 하는 나의 작은 노력이다. 시간이 지나고 추억하는 여행지의 기억은 맛보았던 음식이다. 먹지 않고 다니는 여행은 없다. 오히려 집에 있을 때보다 끼니를 더 잘 챙기게 된다. 하루에 세 번 이상 먹는 경우도 종종 있다. 조금씩 여러 가지를 맛보는 것이 내 여행의 주제이기 때문이다. 일정이 짧은 경우는 더 그렇다.

다시 두 시간 정도를 걸어서 서귀포매일올레시장으로 향하였다. 지역시장을 구경하는 것도 빼놓을 수 없는 재미거리 중 하나이다. 여행지를 정하고, 숙소가 정해지면 근처에 시장이 있는지 반드시 알아본다. 주말이 끼어 있는 일정이면 벼룩시장이나 주말시장도 꼭 찾아가 본다. 시장은 사람이 있고, 그들의 삶이 있는 곳이다. 서귀포매일올레시장은 올레길 6코스의 끝자락에 있어 출출함을 달래기에 딱 좋은 곳이다. '배고플 때 장 보지 마라'고 했는데, 시장을 들어서니 손질해 놓은 제주의 신선한 해산물들이 가장 먼저 눈에 들어왔다. 다음에 제주에서 며칠을 머물게 되면 꼭 장 봐서 먹어 보고 싶었다. 제주 감귤, 감귤 주스, 땅콩 만두, 흑돼지 꼬지 등등 다양한 간식거리들도 많이 있었다.

시장 투어를 마지막으로 갑자기 떠난 제주 여행은 마무리되었다. 시장 근처에서 공항으로 가는 리무진 버스를 검색해서 타고 갔다. 두 시간 남짓한 시간 창밖의 제주도를 구경하다 잠깐 잠이 들었다. 새벽 네 시에 일어나서 분주하게 움직였던 하루는 그렇게 저물어 가고 있었다. 하루를 여행했지만 며칠을 여행한 기분이 들었다.

멀리 떠나지 않아도, 오랫동안 떠나지 않아도, 일상 속에서 언제나 여행하듯이 살아갈 수 있다. 떠나 보면 비로소 알게 된다. 내가 안전하고 편안하다고 느끼는 구역을 벗어나는 경험이 주는 기쁨을. 이미 잘 끼워 맞추어진 퍼즐 안에서는 나를 제대로 알 수 없다. 내가 하루 중에서 가장 많은 시간을 보내는 공간을 벗어나 보라. 내가 일 년 중 가장 많은 시간을 보내고 있는 지역을 벗어나 보라. 내가 가장 자주 만나는 사람들을 떠나 새로운 사람을 만나 보라. 내가 보내는 하루의 일과에서 벗어나 전혀 다른 일을 해 보라. 벗어남 속에서 많은 것이 발견될 것이다. 여행하고 있는 나 자신을 발견하게 될 것이다. 여행하면서 낯섦과 새로움을 즐기고 있는 나를 발견하게 될 것이다. 여행은 익숙함을 만나러 가는 것이 아니다. 불편함과 낯섦을 만나러 가는 것이다. 새로움을 발견하러 가는 것이다.

여행할 목적지가 있다는 것은 좋은 일이다. 그러나 중요한 것은 여행 자체다.

– 어슐러 K. 르 귄

05
여행을 만들다

목적지가 같다고 해서 같은 여행은 아니다. 여행에서 물리적인 공간이 가지는 의미는 크지 않다. 어떤 음식을 먹고, 누구를 만나고, 어떻게 시간을 보냈느냐에 따라 각기 다른 여행을 하는 것이다.

내가 원하는 여행을 만들 수 있을까? 어디를 갈지, 무엇을 먹고, 보고, 할지, 누구와 갈지, 어떻게 갈지……. 여행은 수많은 선택으로 만들어진다. 내 선택으로만 만들어지기도 하고 함께 만들어 내기도 한다. 패키지로 여행을 간다면 정해 놓은 목적지와 일정들로 이미 만들어진 상품을 고르기만 하면 된다. 여행이 시작되기 전 한 번의 선택으로 여행의 모든 것이 정해진다. 최대한 많은 선택을 하며 여행을 만들어 보자.

여행을 시작하면서 언제, 얼마간 갈 것인가를 정하고 시작한다. 언제든 내가 원하면 미리 일정을 정하고 떠날 수 있는 나는 이러한 시작에서부터 자유롭다. 책이나 영화를 보다가 목적지를 정하기도 하고, 우연히 싼 항공권을 발견하게 되어 그곳을 가기로 마음먹기도 한다. 어디든 언제라도 떠날 수 있는 자유가 있다는 것을 참으로 감사할 일이다.

여행하기 좋은 시기나 계절을 지역별로 정리해 놓은 것을 본 적이 있다. 참고는 하지만 꼭 그것을 따를 필요는 없다. 다만 겨울에는 한국보다 조금 더 따뜻한 곳이 좋고 여름에는 더위를 피할 수 있는 곳이 좋다. 한국의 더위를 피한다는 것은 더위를 제대로 즐길 수 있는 시설 좋은 바닷가 리조트도 해당한다.

일단 최종 목적지가 정해지면 항공권을 알아본다. 항공권을 조회하면서 최종 목적지로 가는 길에 들를 수 있는 도시들을 알아볼 수 있다. 항공사의 본거지가 어디냐에 따라 선택할 수 있는 경유지는 다양하다. 유럽 여행을 계획할 때는 원하는 경유지를 미리 정해 두고 항공권을 검색해 보기도 한다. 이스탄불에 가 보고 싶다면 터키항공으로 조회한다. 아부다비에 가 보고 싶다면 에티하드 항공으로, 동경을 경유하고 싶다면 일본항공을, 홍콩을 경유하고 싶다면 케세이퍼시픽 항공을 이용하면 된다. 대부분 각 나라의 국적기들은 해당 국가의 도시를 경유하여 우리를 최종 목적지까지 데려다준다.

비행기를 갈아타기 위해 몇 시간 공항에만 머무르기도 하지만, 하루를 오롯이 경유지에서 보내는 경우도 있다. 경유지는 항상 덤으로 주어지는 선물과도 같다. 따로 비행기 티켓을 사지 않고도, 별도의 비자를 발급받지 않고도 잠시 그곳에 가 볼 기회를 얻게 된다. 일정을 잘 찾아 여행의 일부로 만드는 것을 좋아한다. 자주 그렇게 하기 때문에 잘 만들기도 한다.

베니스로 가는 길에 들른 아부다비도, 케이프타운에 가기 전에 들른 도하도, 파리 가는 길에 들른 하노이도 모두 덤으로 만들어진 여행이다.

이스탄불은 몇 번이고 공항 체류로만 지나친 곳이었다. 2019년 10월, 이탈리아 시칠리아로 가는 길에 드디어 경유를 하게 되었다. 한국에서 유럽을 통해 다양한 경로로 시칠리아로 갈 수 있다. 작정하고 이스탄불을 경유할 방법을 찾았다. 터키항공으로 시칠리아로 가는 항공편을 검색하였다. 다행히 항공권 가격이 괜찮았다. 경유하는 시간이 여덟 시간 정도 되었는데 잠시 나가서 식사만 하고 오기에는 너무 아쉬웠다. 전체 일정 중에 3박 4일을 터키에서 보내는 것으로 계획하였다. 항공권은 인천 출발에서 이스탄불, 이스탄불에서 시칠리아 카타니아 공항으로 나누어 예약했다. 대신 한국으로 돌아오는 편은 두 시간 정도 이스탄불에서 경유하고 바로 인천으로 돌아오는 것으로 하였다.

이스탄불에는 꼭 만나고 싶은 사람이 있었다. 『터키에 먹으러 가자』의 저자 정남희 작가에게 음식 투어 일정을 부탁하였다. 삼 일간 이스탄불과 북부 와인 산지 트라키아를 도는 여행을 하게 되었다. 하루에 네 번 터키 음식을 맛보며 이스탄불 시내를 활보하고 다녔다. 터키 남자와 결혼하여 터키에 사는 한국 여자 정남희 작가에게 현지의 이야기를 깊게 들을 수 있는 소중한 시간이었다. 탁심거리 중간쯤에 있던 NO11 호텔도 이스탄불에 머물고 있음을 느끼기 위해 특별히 고른 곳이다. 차 한 대 겨우 지나갈 도로 안쪽에 자리한 호텔은 각기 다른 터키의 고유한 스타일로 꾸며진 20개의 객실이 있는 호텔이었다. 오래된 건물의 구조를 최대한 유지하면서, 골동품 가게에서 수집한 가구들로 꾸며 놓은 부티크 호텔이었다. 이런 호텔의 경우, 준비되는 조식도 현지 가정식 형태인 경우가 많다. NO11 호텔의 조식도 머리에 꽃무늬 스카프를 두른 아주머니가 메뉴 하나하나를 터키 현지식으로 준비해 주었다.

숙소에 머무는 시간은 여행 시간의 삼 분의 일 이상이다. 여행 중 지내게 되는 숙소를 어떻게 고르냐에 따라 여행이 달라질 수 있다. 짧은 일정의 도심 여행 시에는 위치가 가장 중요하다. 최고급 시설의 호텔이 아니더라도 도보 거리에 보고, 먹고, 즐길 거리가 있으면 좋다. 위치에 대한 조건을 만족시키며, 최대한 현지의 느낌이 잘 살아나는 호텔이 좋다. 패키지로 만들어진 단체관광의 숙소는 조금 다르게 정해진다. 대부분의 일정을 단체로 함께 대형 버스로 이동하기 때문에 도심보다는 외곽에 위치한다. 상대적으로 방이 더 크거나 쾌적할 수 있다. 하지만 호텔과 도심과 거리가 멀기 때문에 혼자서 자유롭게 여행하기는 힘들다는 단점이 있다. 다시 이스탄불을 가게 된다 해도 꼭 다시 한번 찾아가고 싶은 호텔이다. 호텔에서 작은 골목을 빠져나오면 바로 탁심광장으로 이어지는 대로가 있다. 반대편에는 갈라타 타워가 있다. 지난 이스탄불을 여행하는 일행 중에 이미 이곳을 다녀간 적이 있는 사람들이 몇 명 있었다. 터키에 가서 음식 투어를 한다고 하니 걱정이 이만저만이 아니었다고 했다. 지난 여행에서 음식이 입에 맞지 않아 살이 쏙 빠질 정도였다고 했다.

　이스탄불 투르크 공항에 이른 아침에 도착하여 시내로 이동했다. 기내에서 아침으로 간단히 먹은 데다가 시차도 있고 해서 아침 식사를 하러 가는 일정에 큰 기대는 없었다. 정남희 작가님과 함께한 첫 번째 일정은 이스탄불의 도시 전통 식사인 반(VAN)을 먹는 것이었다. 반의 중요한 특징은 모든 음식이 지역의 천연재료로 구성된다는 것이다. 여러 종류의 치즈, 꿀, 요구르트, 우유, 버터, 견과류, 소시지, 계란, 올리브 등 접시를 포개 놓아야 할 정도로 종류가 많았다. 별로 배고프지 않다던 우리 일행들은 그 많은 접시를 모두 비우고 만족스러운 아침 식사를 마쳤다. 터키 어디에서나 맛볼 수 있는 식사라고 하는데, 이미 이곳의 여행 경험이 있는 사람들도 처음으로 먹어 본 맛있는 터키 음식이라 했다. 아침 식사 이후의 일정도 신시가지, 유럽과 아시아 지구를 나누어 다니면서 터키의 맛을 즐길 수 있었다. 우리에게 기억되는 터키는 맛있게 기억될 것이다.

　가이드와 함께하는 여행의 편리함을 안다. 현지 사정을 잘 아는 이와 함께한다면 길을 잃을 염려도 없고, 최대한 내 입맛에 맞는 음식을 골라 주문할 수도 있다. 여행의 큰 그림은 대강 스스로 그리지만 현지에서의 디테일함은 반드시 현지에 있는 사람들의 도움을 구하려고 노력한다. 최대한 현지에 사는 한국 사람들이나 한국 여행사를 찾아본다. 하지만 전 세계 모든 곳에 한국인이 있는 것이 아니니 현지에서 가장 잘 안내해 줄 영어 가능자를 찾아 정한다.

　내가 가이드에게 도움을 받는 방식은 일정의 전부를 한 번에 맡기지 않고 원하는 일정에 맞는 적임자를 찾는 것이다. 터키 여행은 이스탄불에 있는 정남희 작가에게 일정 추천을 받고 조금씩 수정해 가면서 완성하였다. 현지에서 차량과 기사를 섭외하는 편이 훨씬 쉽기 때문에 그것까지 맡기게 되었다.

시칠리아에서는 이동을 전담해 줄 차량과 기사를 섭외하였다. 도시 간 이동을 위해 버스나 기차를 타는 것보다 큰 밴을 이용하는 것이 나을 것 같았다. 가 보지도 않은 곳의 동선을 위해 구글에서 지도를 열어 이쪽저쪽으로 옮겨가며 백번도 넘게 가 보기도 한다. 이동을 위한 차량과 기사가 정해지고 나면 큰 준비는 끝난 것이다.

세부적으로 어디를 가서 얼마나 시간을 보낼지에 대해서는 정확하게 정하지는 않는다. 시간을 너무 타이트하게 정하고 가면 제대로 누리지 못한다. 하루에 가 보고 싶은 곳을 두세 곳 정하고 출발한다. 첫 번째 간 곳에서 예상보다 많은 시간이 필요하면 시간을 더 연장해서 충분히 시간을 보낸다. 대신 다음 일정으로 정해 놓은 두 곳 중 한 곳만 정하고 움직인다. 여행에서 더 많이 가고 더 많이 보려고 하는 욕심은 버리는 것이 좋다. 그저 찍고 찍고 하는 식의 여행은 체력 소모와 시간만 낭비될 뿐이다. 꼭 가 보아야 할 관광지가 있고 전문가의 설명이 필요한 문화재라면 따로 가이드를 섭외한다. 현지에서 가이드에게 뜻밖의 정보를 들어 노선을 변경하는 때도 가끔 있다. 여행 준비는 언제나 진행형이다. 언제든지 얼마든지 조율해 가면서 만들어 나가는 것이다. 이미 예약한 숙소를 옮겨야 하거나, 항공권이나 기차표를 변경해서 금전적인 손해를 보아야 하는 경우가 아니라면 얼마든지 조정 가능한 것이 우리가 만들어가는 여행이다. 여행에서 만나게 되는 뜻밖의 상황들은 반드시 나쁜 것만은 아니다. 선물 같은 순간들도 많이 있다. 시칠리아 모디카의 구(舊)도시를 가이드해 주러 나온 벨라니의 추천에 따라 야간 투어도 하게 되었다. 모디카에서 나고 자란 벨라니는 모디카 골목 구석구석을 돌면서 이야기를 해

주었다. 지금은 도로인 곳이 예전에 모두 강이었다고……. 바로크 시대
에 지어진 성당에서 결혼식을 한 이야기도……. 모두 그 순간에 만들어
진 여행이었다. 여행을 하면서 여행은 만드는 것이다.

> 얼마나 많은 길이 내 앞에 놓여 있었던가. 얼마나 많은 길을 내가
> 걸어갈 수 있다고 믿었던가. 얼마나 많은 길을 결국 밟아 보지 못하
> 고 잊어버렸던가.
>
> — 「길에서 만나다」, 조병준

06
여행의 힘을 키우다

   지금 나의 모습은 내가 일상을 떠나기로 한 수많은 날의 선택이 낳은 결과물이다. '여행의 힘'을 가진다는 것은 완전하게 자유로워지는 것이다. 언제라도 떠날 수 있고, 어디라도 떠날 수 있는 것이다. 혼자여도 괜찮고, 누구와도 괜찮은 것이다. 이미 여행이 일상이 되어버린 나는 언제나 떠날 수 있다, 목적지가 어디라도 좋다. 우연히 만난 여행 친구도 괜찮고, 갑자기 혼자 가게 된 여행도 좋다.

   여행을 떠나는 데에는 생각보다 많은 시간이 필요하지 않다. 당장 떠날 수 있는 용기가 가장 중요하고 유일한 기술이다. 당장 떠나게 만드는 힘은 여러 번의 여행 실패 경험을 통해 만들어졌다.

   여행을 떠나지 못하는 수많은 이유가 있음에도 불구하고, 떠나는 이와 떠나지 못하는 이들의 차이는 무엇일까? 여행을 떠나게 하는 힘은 용기이고 자신감이다. 그다음에 기술이 온다.

   여행을 가기 위해 영어 공부를 해야 한다고 한다. 여행을 가기 위해 돈을 모아야 한다고 한다. 여행을 가기 위해 회사를 그만두어야 한다고 한다. 많은 사람이 여행을 당장 떠나지 못하는 이유를 이렇게 이야기하고 있다. 맞는 말이다. 영어를 잘하면 여행하는 데 도움이 된다. 예산이 충분하면 더 고급스럽게 여행할 수 있다. 시간이 많으면 더 멀리 더 오래 여행할 수 있다. 이러한 이유 때문에 내가 여행을 떠나지 못한다면 언제 우리가 여행을 갈 수 있을 것인가?

사람들은 내가 영어를 잘하기 때문에 여행을 갈 수 있다고 이야기한다. 내 영어 실력은 뛰어나지 않았다. 토익, 토플 성적표도 가지고 있지 않다. 호주 유학을 꿈꾸었던 시절 잠시 아이엘츠를 공부한 적은 있으나 계획이 바뀌어 시험을 치지는 않았다. 대학을 다니면서 영어 회화 학원을 수강했다. 이른 아침 집에서 나와 서면에 있는 영어 학원을 매일 갔다. 부산에서 대학을 다니는 내내 한 달도 빠지지 않고 계속 수강해서 학원에 다녔다. 한 달의 절반을 빠질 때도 있었고 새벽까지 놀다가 학원을 바로 가는 날도 있었다. 그래도 그 연결을 놓지 않았다. 그런 시간을 보낸 결과 겨우 영어로 입을 뗄 수 있게 되었다. 내가 필요한 말들은 어느 정도 할 수 있게 된 것이다.

그 무렵 나는 유럽 배낭여행을 떠나게 되었다. 유창하지 않은 영어 실력이었다. 지도를 보며 길을 찾고, 식당에서 겨우 주문할 수 있는 수준이었다. 막상 여행을 다녀 보면 그다지 많은 영어를 쓰지 않아도 된다는 것을 알 수 있다. 내가 필요해서 하는 말이 아니면, 혼자 여행을 하며 말을 한마디도 안 하고 지낼 수도 있다. 호텔만 예약하고 떠난 여행에서 지도를 들고 호텔을 찾고, 찾아간 호텔에서 바우처를 보여 주고 방을 안내받는 절차가 끝나면 된다.

언어의 큰 어려움 없이 여행이 중반쯤 접어들었던 어느 날이었다. 런던의 어느 지하철역에서 지하철을 기다리고 있는데, 옆에 앉아 있던 일본 배낭객이 말을 걸어왔다.

"한국에서 왔어?"

"응, 한국에서 왔어."

"그런데, 너희 한국 사람들은 왜 일본 사람들을 그렇게 싫어하는 거야?"

당황스러웠다. 다짜고짜 이렇게 물어오는 그 학생에게 나는 바로 대답할 수 없었다. 간단히 대답할 수 있는 문제가 아니었다. 그것도 영어로 역사적 사실과 그와 관련한 우리의 감정들을 이야기해야 한다고 생각하니 머리가 뒤죽박죽이었다. 다행히 지하철이 들어오고 있었다.

"나는 일본 사람들을 싫어하지 않아……."

그저 이렇게만 말하고 도착한 지하철로 급히 뛰어갔다. 또다시 쫓아와 물을까 봐 옆 칸으로 옮겨 달아나듯 몸을 숨겼다. 왜곡된 역사를 배운 그로서는 왜 한국인이 일본인을 미워하는지 도저히 이해되지 않았을 것이다. 한국말로 이야기해도 한국과 일본의 오랜 감정은 쉽게 풀어낼 수 있는 대화의 주제가 아니다. 그래서 영어로는 더더욱 어려웠다. 이날 이후 영어가 나에게 꼭 필요한 존재가 되었다.

여행을 마치고 한국으로 돌아와서 영어 공부를 더 열심히 하게 되었다. 그날의 기억을 떠올리며 다음에 여행을 가서 또 이런 상황이 찾아오면 도망가지 않으리라 생각했다. 영어를 계속 공부하게 하는 동기를 마련한 계기가 되었다.

언어는 소통을 위한 도구이다. 소통은 여행에서 얻을 수 있는 참가치이다. 단순히 불편함을 해소하기 위함이라면 스마트폰의 번역 앱을 이용할 수 있다. 누군가에게 길을 묻지 않아도 지도 앱으로 충분히 낯선 곳을 여행할 수 있다. 소통의 기술을 통해 다양한 세상을 다양한 관점에서 볼 수 있게 되었다.

여행의 기간은 우리의 인생과도 같다. 여행을 얼마나 길게 하는지가 중요한 것이 아니다.

시간마다 순간이 존재한다면 24가지의 여정이 있는 것이다. 신나는 순간, 가슴 뛰는 순간, 걱정스러운 순간, 아무것도 하지 않는 순간, 이 모든 시간이 하나하나 모여서 하루가 되고, 한 달이 되고, 일 년이 된다. '하루를 일 년같이 산다.'라는 말을 한다. 하루는 인생의 축소판이며, 내 인생은 하루의 확대판인 것이다.

내가 가진 프레임의 안과 밖을 자유롭게 넘나들 수 있도록 하는 것이 여행의 힘을 키우는 것이다. 여행은 편견 없이 새로운 것을 바라볼 수 있게 해 준다. 이미 내가 알고 있는 것을 다시 고정관념 없이 바라볼 수 있도록 한다. 한국말만 하는 사람들이 모여 사는 대한민국에 살던 8살 아들 정원이는 처음으로 필리핀에서 영어로 말하는 사람들을 만나게 되었다. 정원이가 아는 세상의 언어는 한국어와 영어, 두 가지가 되었다. 지중해 크루즈 여행을 하기 위해 바르셀로나로 간 9살 정원이는 '올라'라고 인사하는 형아들을 만나게 된다. 세상에는 한국말로, 영어로 또 스페인어로 말하는 각각의 사람들이 있다는 것을 알게 되었다. 11살 정원이는 여행을 가기 전에 질문을 한다.

"엄마, 그 나라는 어떤 말을 써요?"

계절이 반대인 호주를 다녀와서는 이렇게 묻는다.

"엄마, 그 나라는 지금 어떤 계절이에요?"

여행을 할 때마다 한국 돈 5만 원을 환전해서 그 나라의 돈으로 바꾸어 용돈으로 준다.

"엄마, 그 나라는 어떤 돈을 써요? 한국 돈 만 원이 그 나라의 돈으로 얼마에요?"

이제 정원이에게 다른 것은 또 다른 재미이다. 같은 곳을 여행해도 다르다는 것을 안다. 두바이를 두 번 여행 했는데 함께 여행한 사람이 달랐고 날씨도 달랐다고 이야기한다.

내가 아는 것이 전부라고 생각하지 않는 태도를 가지게 되었다.

여행을 통해 '또 다른 나의 발견'을 했다고 많은 사람이 이야기한다. 잘 안다고 생각했던 나 자신의 모습에서조차 다른 나의 모습을 만나게 된다. 잘 안다고 생각했던 친구와 여행을 다녀와서 다시는 보지 않는 사이가 되는 경우도 있다. 고정관념과 선입견만 없이 삶을 대할 수 있다면 우리는 지금보다 훨씬 더 많은 기회와 혜택을 누리게 될 것이다. 일상에서도 그러한 태도를 가질 수 있다. 일상을 벗어나면 그렇게 할 수 있는 기회를 더 자주 가질 수 있기 때문에 여행을 떠나라고 하는 것이다.

여행을 하게 만드는 힘은 여행이 시작되어야 비로소 만들어지기 시작한다. 여행을 할 때마다 여행의 힘의 근육이 늘어나고 단단해진다. 그리하여 반드시 긴 시간, 멀리 떠나지 않아도 어디서든 여행을 하듯이 살아갈 수 있다. 여행을 일상처럼 즐기고, 일상을 여행처럼 즐긴다는 것은 그 경지가 최고임을 이야기한다. 매 순간을 소중히 다룰 줄 알고, 다양한 각도로 바라보게 되는 것이 태도가 되어 진정한 여행자로서의 삶을 만들어 준다.

여행의 힘을 키운다. 여행의 힘을 경험한다. 여행의 힘을 나눈다.

> 익숙한 삶에서 벗어나 현지인들과 만나는 여행은 생각의 근육을 단련하는 비법이다.
>
> – 이노누에 히로유키

07
혼자 떠나다

    혼자 하는 여행은 여행의 힘을 키울 수 있는 좋은 방법이다. 혼자 떠날 수 있어야 비로소 참여행이 시작된다.

    최근 여행 방식의 선호도를 보면 패키지여행보다는 자유 여행의 비율이 80%가 넘는다. 이삼십 대는 대부분 자유 여행을 선호하고 있고, 사십 대 이상의 중장년층이 패키지여행의 비중을 대부분 차지하고 있다. 가족이나 친구들과 함께 여행을 떠나는 사람들이 대부분이다. 하지만 많은 사람이 혼자 떠나는 여행을 꿈꾸고 있다. 여행 클럽과 길 위의 여행 학교를 운영해 오면서 혼자만의 여행을 버킷리스트에 담고 있는 이들을 많이 만났다.

    혼자만의 여행을 위해 필요한 것이 무엇인가? 왜 당장 그들은 혼자 떠나지 못하고 꿈꾸기만 하는 것일까?

    나는 혼자 떠나는 여행이 익숙하다. 혼자 떠나는 여행이란 오롯이 나 혼자만 떠나는 여행만을 이야기하는 것이 아니다. 가족이나 친구처럼 원래부터 알고 있는 사람들과 함께 떠나지 않는 여행도 혼자만의 여행이다. 배우자와 함께하는 여행, 자녀와 함께하는 여행, 부모님과 함께하는 여행 모두 일상의 본연의 역할에서 벗어나기가 힘들다. 엄마, 아내, 딸의 역할을 해야 하는 여행에서는 자유로워지기가 어렵다. 가족이 아닌 친구는 어떨까? 친한 친구들과 함께 여행을 갔다가 여행지에서 마음이 맞지 않아 싸우고, 돌아와서는 서로 다시는 연락도 안 하는 사이가 되는 경우들을 자주 본다.

친구와 함께 차를 마시거나 밥을 먹으면서 친해진다. 함께 여행한다는 것은 스물네 시간 동안 함께 있는 것이다. 함께 방을 쓰는 경우 상황은 더욱 어렵다. 한 사람은 새벽부터 일어나 움직이고, 다른 한 사람은 밤 늦게까지 잠을 자지 않고 텔레비전을 켜 두면 어떻게 되겠는가? 이런 상태로 일주일 정도의 시간을 늘 함께 보내야 할 수도 있다. 평소에 혼자서 방을 쓰는 사람들은 다른 사람들의 소리에 아주 예민할 수밖에 없다. 이런 사람들에게는 혼자 방을 쓸 것을 권한다. 여행 중에 조금 마음이 맞지 않는 일행이 있더라도 방에서만큼은 혼자서 편안하게 쉬어야 컨디션이 좋은 상태로 여행을 이어갈 수 있다.

호텔은 2인이 사용하는 것을 기준으로 가격이 책정되어 있기 때문에 숙박에 대해서 조금 더 예산을 써야 할 수도 있다. 다른 비용을 아끼더라도 호텔의 싱글 차지만큼은 그만한 가치가 있다고 생각한다.

여행 중 잠시라도 나만의 시간을 가져 보는 것이 좋다. 처음부터 혼자서 떠나는 여행을 시작하기에는 두려움과 걱정이 있을 것이다. 따로 또 같이할 수 있는 여행을 만들어 가면 된다.

목적지와 여행 일정이 정해지면 함께 여행할 사람들과 온라인 채팅방을 만든다. 패키지여행을 떠날 때처럼 여행사에서 단체로 모아 놓고 하는 한 번의 오리엔테이션을 하는 것이 아니다. 심지어는 여행 가는 당일에 공항에서 나누어 주는 프린트물과 가이드의 설명을 듣고서야 어디를 어떻게 가는지를 알게 되는 경우도 있다. 집을 떠난다는 것만으로도 신이 나겠지만 내가 하고 싶은 여행 방법이 아닐 수도 있다.

혼자만의 여행을 늘 꿈꾸어 오던 이들과 함께 여행을 떠나기로 했다. 여행이 만들어지는 모든 과정을 함께하기로 했다. 여행 준비를 위한 카카오톡 채팅방을 만들었다. 목적지에 관한 책을 한 권씩 들고 매주 여행

학교에서 만났다. 여행 학교는 여행력을 키우기 위한 학교이다. 여행을 떠나고 싶은 사람, 여행을 다녀온 사람, 여행을 갈 사람 등 여행을 꿈꾸는 이라면 누구든 함께할 수 있다.

여행의 목적지가 정해지고 나면 항공권을 알아본다. 예전에는 항공권을 항공사나 여행사를 통해서만 살 수 있었다. 지금은 전 세계 항공사를 모두 스마트폰 앱 안에서 조회해 볼 수 있다. 다양한 항공 경로를 통해서 항공권을 선택할 수 있다는 사실에 놀란다. 항공권을 예매하면서 인생의 단편을 생각한다. 직항으로 갈 것인가? 경유를 해서 갈 것인가? 길게 경유할 것인가? 짧게 경유할 것인가? 우리의 선택일 뿐이다. 목적지에 도착하는 것은 같다. 항공권을 직접 고르며 각 일정이 가지는 장점과 단점을 함께 이야기한다. 여행 기간을 넉넉하게 고를 수 있는 사람은 최대한 경유를 오래 여러 번 하는 것도 좋다. 가격이 상대적으로 조금 저렴하기도 하다. 항상 그런 것은 아니다. 각 나라의 국적기들은 비행기의 환승을 그 나라의 도시로 하게 된다. 시칠리아 카타니아를 가면서 터키 항공을 통해 이스탄불 여행을 했다. 남아공 케이프타운으로 가면서 카타르 도하의 사막 여행을 즐겼다. 스페인 바르셀로나로 여행을 할 때는 에어로플로트 항공을 이용해서 잠시 모스크바에 머무를 수 있었다.

지방에 사는 경우 경유 일정을 잘 활용하면 좋다. 지방에서 항공 일정을 잡는 경우, 유럽이나 미주 지역으로는 직항을 이용하기 어렵다. 인천공항이 경유지가 되어야 한다면 지방의 국제공항을 이용하여 출국을 하고 다른 나라의 도시를 경유지로 하면 된다.

베트남 항공을 이용해 부산에서 하노이를 경유하여 파리를 다녀왔다. 인천공항에서 직항으로 가는 파리 항공편보다 시간이 더 오래 걸리기는 했지만, 하노이에서 로컬 음식들을 맛보며 보낸 하루는 최고였다.

사람들과 함께 항공을 알아보고 예약을 해 보는 이유는 한 가지가 더 있다. 같은 비행기를 타더라도 항공권의 가격은 천차만별이라는 것을 알려 주고 싶어서이다. 비행기의 좌석이 250석이라면 250개의 다른 가격이 존재할 수 있다고 해도 과언이 아니다. 대개는 일찍 항공권을 구매하는 경우 얼리버드 적용을 받아 비교적 가격이 저렴한 편이다. 요즘처럼 항공권을 살 수 있는 사이트가 많아진 시대에서 어디에서 구매하느냐에 따라서도 가격이 다를 수 있다. 항공사는 이용 조건을 달리하여 항공권 가격에 차등을 둔다. 좌석 사전 지정, 마일리지 적립 비율, 환불 비율 등이 그 조건들이니 꼼꼼하게 살펴서 구매해야 한다. 처음에는 복잡하게 보이지만 가격이 만들어지는 원리를 알고 나면 여행에서의 가장 큰 부분을 차지하는 항공에서 비용을 절약할 수 있는 방법을 배울 수 있다.

항공 일정을 정하고 나면 숙소를 예약한다. 순서가 반드시 그런 것은 아니다. 다만, 호텔은 항공처럼 예약 조건과 시점에 따라 가격 차이가 크지 않기 때문에 항공을 먼저 고려하는 편이 낫다. 숙박비는 크게 호텔에 묵을 것인가, 에어비앤비와 같은 게스트하우스에 묵을 것인가에 따라 지출 금액이 달라진다. 일정이 긴 경우에는 두 가지를 병행한다. 현지인의 집에서 그들의 삶을 잠시나마 경험할 수 있다는 점에서 게스트하우스를 추천한다. 취사가 가능한 경우, 긴 여행 중 잠시 한국 음식을 만들어 먹을 수도 있다. 항공과 숙박이 정해지면 여행의 절반 이상이 계획되는 것이다. 항공과 숙박을 정하고 나면, 각자 하고 싶은 여행에 대한 이야기를 나눈다. 목적지만 같을 뿐 여러 주제의 여행을 원하는 대로 만들 수 있다.

각자의 여행을 준비해 보자고 하면 처음에는 모두 두려워서 같이 다니겠다고 한다.

"언어가 통하지 않는다."

"길을 모른다."

라고 이야기하면서 할 수 없다고 한다. 여행 학교에서는 여행 가기 전에 여행에 필요한 최소한의 앱을 설치하도록 한다. 번역 앱, 지도 앱, 플랫폼 택시 앱, 이 세 가지만 자유롭게 쓸 수 있으면 국제 미아가 되고 싶어도 될 수 없다. 그리고 해외에서 데이터 로밍을 사용하는 방법과 시설의 와이파이를 열어서 쓰는 연습을 함께 한다. 스마트폰 안에 든든한 비서들을 심어 준다. 대신 말할 수 있는 번역 앱과 길을 찾아 줄 수 있는 지도 앱이면 된다.

여행을 갈 때 타이트하게 일정을 잡지 않는다. 미리 알아보는 정도의 수준으로만 한다. 현지에서의 유연함을 가지기 위함이다. 아무리 잘 짜인 계획도 꼭 그대로 되지 않는다는 것을 경험하고 나면 계획을 짜는 것에서 자유로워질 수 있다. 여행지에서 누구나 가 보고 싶은 곳이 있으면 함께 가서 본다. 전체 일정 중 하루, 이틀은 비운다. 여행지에서 준비하는 혼자만의 여행, 따로 또 같이하는 여행을 위함이다. 저녁 식사를 하며 제안을 한다.

"내일은 각자 시간을 보내도록 하는 게 어때요?"

각자 꼭 가 보고 싶은 곳을 가 보거나 미술관이나 박물관에서 하루 종일 시간을 보내도 된다. 도서관을 찾거나 공원에서 현지인처럼 하루를 보내는 것도 좋다. 호텔에서 하루 종일 뒹굴뒹굴하며 보내는 건 어떤가? 호텔에서 수영하고 운동하고, 침대에 누워 책을 보며 여유로움을 느끼는 건 어떨까? 룸서비스로 식사를 시켜 먹을 수도 있다. 오스트리아 빈에 간다면 왈츠 클래스를 신청해서 배워 보고 싶다. 하루 종일 쇼핑을 원하는 이들도 있다. 플랫폼 택시를 사용할 줄 알면 길을 잃을 염려도 없고 바가지요금을 걱정할 필요도 없다.

처음에는 모두 두려워하지만, 다녀온 후에는 여행의 힘에 대한 근육이 붙게 된다. 근육은 하루아침에 생기지 않는다. 매일 조금씩 늘려 나가는 운동처럼 여행의 힘도 차차 늘어나게 될 것이다. 길을 잃으면 어떤가? 조금 늦으면 어떤가? 나만 괜찮으면 되는 것인데…….

혼자만의 시간은 나에게 관대할 수 있는 시간이다. 지금까지 다른 사

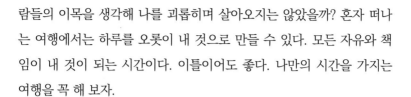

람들의 이목을 생각해 나를 괴롭히며 살아오지는 않았을까? 혼자 떠나는 여행에서는 하루를 오롯이 내 것으로 만들 수 있다. 모든 자유와 책임이 내 것이 되는 시간이다. 이틀이어도 좋다. 나만의 시간을 가지는 여행을 꼭 해 보자.

> 가장 위대한 여행은 지구를 열 바퀴 도는 여행이 아니라 단 한 차례라도 자기 자신을 돌아보는 여행이다.
>
> – 간디

제5장

순간을 완성하는 여행의 기술

01
즐거운 추억 쌓기

2020년 2월 10일 중동 크루즈 여행을 마치고 한국에 도착했다. 1월 말 여행을 시작하면서 코로나 상황을 잠시 지나가는 정도로만 생각했다. 그때만 해도 자가격리는 의무가 아니었다. 그래도 해외를 다녀온 사람들에 대한 시선이 좋지 않아 2주간 자가격리를 하고 하던 차에 대구에서 확진자가 대거 나오면서 모든 대외 활동이 멈추었다. 개인적인 활동만이 아니고, 전 세계의 국경이 전부 닫혀 버렸다. 예약되어 있던 여행들을 연기하기 시작했다. 한두 달 연기해 두었던 여행들을 7월, 8월이 되면서 다시 취소하기 시작하였다.

코로나 상황이 장기화 조짐을 보이기 시작할 때, 인스타그램의 인기 해시태그는 '#여행가고싶다', '#랜선여행'. '#추억팔이'로 생겨나기 시작했다. 여행 다녀온 사진을 보며 추억할 때면 우리는 다시 떠나야 할 때라고 했는데 갈 수 없으니 다녀온 여행을 SNS에 포스팅하며 위안으로 삼는 것 같았다.

여행 가방은 창고로 들어갔다. 당분간 가방을 쓸 일이 없어 보였다. '곧 끝나겠지.'라고 생각하고, 마냥 기다릴 수는 없었다. 그간 바쁘게 다니느라 미처 정리하지 못한 사진들을 하나씩 SNS에 올리기 시작했다. 여행하는 사진을 보고, 외국에 있는 친구들이 지금 어디에 있는 거냐고 물어 왔다. 3~4월만 하더라도 전 세계가 완전히 봉쇄된 상황은 아니어서 내가 여행을 하고 있다고 생각한 모양이었다.

여행지에서의 사진을 정리하면서 많은 추억이 떠올랐다. 전 세계를 여행하며 만난 사람, 풍경, 건물들이 사진 속 나의 스토리와 함께 했다. 같은 풍경을 찍은 사진은 다른 곳에도 존재할 수 있으나 각자의 추억과 스토리는 고유할 것이다.

추억할 여행이 많은 나는 행복한 사람이다. 문득 지난 25년간 나의 여행 흔적이 궁금해졌다. 집 근처 주민센터에 가거나 인터넷 민원 신청을 이용하면 쉽게 확인할 수 있다. 영산면 사무소를 찾아갔다. 확인하고 싶은 기간을 입력하고 결과를 보면 되는데 직원은 자꾸 오류가 난다고 이야기했다. 기간을 짧게 끊어서 다시 조회하니 결과가 정리되어 인쇄할 수 있었다. 출국 건수가 너무 많아 조회에 오류가 난 것이었다. 직원도 내 서류와 나를 번갈아 보며 이런 경우는 처음이라며 깜짝 놀란다.

100번이 넘는 출국 기록이 있다. 인천, 서울, 부산, 대구의 국제공항에서 부지런히 날아다녔나 보다. 그만큼의 추억이 차곡차곡 쌓여 코로나 시대의 여행을 다시 즐기고 있다.

특히 지난 6년간은 일 년의 절반은 집을 떠난 여행 일상으로, 절반은 일상에서의 시간을 보내며 살아왔다. 여행이 끝나기도 전에 새로운 여행이 계획되었다. 여행에서 돌아와서 공항에서 가방만 바꿔서 다시 여행을 다녀온 적도 있었다. 기회가 찾아올 때마다 거부하지 않고 여행을 다녔다. 실컷 했다. 코로나 때문에 비행기를 탈 수 없는 상황이지만 사실 나는 그렇게 힘든 시간을 보내고 있지 않다. 오히려 어쩔 수 없이 여행을 떠나지 못하는 동안 지난 여행을 정리하고 기록하는 데에 시간을 보낼 수 있음에 감사하다.

2019년 11월에 수강한 책 쓰기 수업은 2020년을 보내는 데 큰 도움이 되었다. 막연하게 여행을 한 시간을 정리하고 싶다는 생각으로 듣게 된 수업은 지금껏 다닌 여행을 정리하여 2020년을 잘 보낼 수 있게 해 주었다. 이미 쌓여 있는 여행의 추억이 어디 가는 건 아니지만, 무심히 서랍 속에 처박혀 있는 사진을 앨범에 꽂아 나가듯 뒤죽박죽 쌓여만 있던 기억들을 하나둘씩 들추며 글을 써 내려가니, 혼자 웃음 짓다가 갑자기 눈물이 주르륵 흐르기도 한다.

사진을 마음껏 찍어 저장해 둘 수 있는 요즈음의 여행보다 옛 여행의 기억이 더 강렬하기도 하다. 여행지에서 실시간 버튼을 누르며 찍어 댄 사진들은 정리되지 않은 채 스마트폰의 갤러리에 가득 차 있다. 필름 카메라를 들고 다니던 시절의 여행 사진은 그러하지 않았다.

용량이 제한된 디지털카메라의 사진도 여행 일정 중에 컴퓨터에 저장하면서 정리를 해 나갔다. 제한된 용량 때문에 동영상을 찍지도 못했다. 그때 들고 다녔던 소형 녹음기가 있었다. 미니카세트 테이프를 바꿔 가면서 녹음을 했다. 35일간의 배낭여행의 음성 기록은 20개 정도의 테이프에 기록이 고스란히 남았다. 여행을 다녀와서 소형녹음기와 녹음된 카세트테이프를 부모님께 드렸다. 유럽 여행을 못 해 보신 두 분은 그렇게 딸의 목소리를 통해 여행하셨다. 내용을 모두 외우실 정도로 돌려 듣고는 하셨다고 했다.

대학 시절 자취 생활을 하며 자연스럽게 집에서 나와 살게 되었다. 대학 졸업 전 첫 직장 생활을 해외에서 하게 되었고, 한국으로 돌아온 후에도 바로 서울에서 일하게 되어 22살에 독립하였다. 배낭여행을 다녀온 이후 기회가 될 때마다 비행기표를 사고 떠났다. 언제나 혼자 떠나는 여행이었기에 내가 갈 수 있으면 그냥 떠나는 것이었다.

서비스업에 종사한 덕분에 평일에도 며칠을 붙여 가까운 곳에 다녀오기가 좋았다. 짧게 가거나 가까운 곳에 갈 때는 부모님께 일일이 말씀드리지 않고 다녀오기도 했다. 원래 엄마는 없는 걱정도 만들어서 하시는 분이니 괜히 이런저런 걱정을 하시지 않을까 해서다. 그렇게 여행을 다닌 사진과 글을 SNS에 올리곤 했다. 그러던 어느 날 엄마가 써 놓은 댓

글을 읽었다. "딸아, 넌 좋겠다. 훨훨 날아다녀서……. 나는 너를 통해 세계를 여행한다."

엄마는 해외여행을 가는 것이 싫다고 하셨다.

"친구들하고 몇 번 중국과 동남아 다녀왔는데, 음식도 안 맞고 집 떠나니 불편하더라. 한국에도 좋은 곳 많으니 난 그런 곳이나 다니련다."

항상 이렇게 이야기하셨으니 엄마는 정말 여행을 싫어하고 나를 응원하는 거라고 생각했다.

엄마와의 첫 해외여행은 2016년 지중해 크루즈 여행이었다. 처음부터 엄마와 함께하려고 계획했던 것은 아닌데, 갑자기 한 자리가 펑크가 나서 엄마에게 물어봤더니 흔쾌히 가겠다고 했다. 지난 여행에 대한 기억이 좋지 않아서 중국이나 동남아 쪽은 안 가고 싶고 유럽은 좋다는 거다. 덜컥 같이 가자고는 해 놓고 걱정되었다. '엄마와 처음으로 가는 해외여행, 거의 2주간의 시간을 함께 잘 보낼 수 있을까?', '뜨거운 유럽 날씨에 건강하게 잘 다닐 수 있을까?', '한국 음식 없이 2주간의 여행이 가능할까?'

걱정되었지만 이미 시작된 일, 잘 준비해 보자고 마음먹었다. 바르셀로나에서 출발하여 이탈리아, 프랑스로 돌아 다시 스페인 바르셀로나로 돌아오는 일정이었다. 크루즈 시작 전에 며칠 더 바르셀로나 여행을 하는 것으로 일정을 만들었다. 현지에 있는 여행사 프로그램을 통해 가우디 건축물을 투어했다. 구엘공원, 카사 밀라, 카사 바트요 그리고 2026년에 완공 예정이라는 사그라다 파밀리아 성당까지 모두 돌아보고 설명을 들었다.

"내가 이 성당이 완공되면 다시 한번 올 수 있을까?"

한창 건설 중인 성당을 진지하게 한참을 바라보며 엄마가 했던 말이 생각난다.

이미 5년이라는 시간이 지났고, 다시 5년이 더 있으면 엄마는 80세가 된다. 지금처럼만 건강하시면 가능한 여행일 것 같다.

바르셀로나에서의 여행을 마치고 일주일간의 크루즈 여행도 어려움 없이 잘 마쳤다. 한국 음식 한번 찾지 않으시고 크루즈의 다양한 음식들을 잘 드셨다. 지중해의 뜨거운 7월의 날씨에도 아프지 않고 잘 즐기셨다. 여행이 끝난 뒤에도 엄마는 계속 여행 중이다. 텔레비전에서 나오는 바르셀로나는 더 이상 남의 나라가 아니다. 「꽃보다 할배」 바르셀로나 편이 나올 때마다 아빠에게 설명한다.

"나, 가 봤거든!"

폼페이로 기항지 관광을 나갔던 날은 40도가 넘는 더운 날씨였다. 지중해의 태양은 대단했다. 조금만 움직여도 옷이 흠뻑 젖어 제대로 구경하기도 힘들었던 곳이다. 그래서 엄마는 그곳을 다시 한번 가 보고 싶단다. 너무 덥지 않을 때 가면 좋겠다고 한다. 천천히 둘러보고 싶단다. 여행 프로그램은 엄마가 가장 즐겨 보는 프로그램이 되었다.

2020년은 특별한 여행을 한 해이다. 지난 25년간의 여행을 그 어느 해보다 바쁘게 지냈다. 인스타그램에 지난 여행들에 대한 사진과 짧은 사진을 올렸다. '어디든라방'이라는 이름의 라이브 방송으로 사람들과 함께 여행했다. 국경을 넘을 수 없었지만 전 세계에 사는 새로운 친구들을 사귀고 소통할 수 있었다. 여행에 대한 경험과 기억이 풍성하다는 이유만으로 한 해를 부자로 살 수 있었다.

도착하고 나서야 우리가 어디를 향해서 걸어온 것인지 알게 된다.

– 빌 워터슨

02
인생의 힘이 되는 참여행

스물두 살에 시작된 나의 여행은 여전히 진행형이다. 내 의지로 떠난 첫 해외여행이 스물두 살이었지만 어린 시절 부모님과 이미 많은 여행을 했다. 친척 결혼식에 부모님과 함께 지방에 가기 위해 토요일 학교를 빼먹은 기억이 있다. 아버지 직장에서 마련된 동해와 남해의 하계 휴양 캠프에서 가족이 함께 여름휴가를 보내기도 했다.

집에는 텐트가 있었다. 캠핑용품들을 챙겨 산과 바다로 다녔던 기억이 난다. 지금의 캠핑용품에 비하면 최소한의 생존을 위한 물건들이었지만 며칠 밤을 집 밖에서 보내기에 충분했다. 집집마다 승용차가 있었던 시절도 아니라서 버스나 배로 섬을 여행한 것 같다.

수산대학교(지금의 부경대학교) 수산경영학과를 졸업하신 아버지의 꿈은 마도로스, 선장이 되는 것이었다고 한다. 할머니의 강한 반대에 그 꿈을 이루지는 못하셨다. 원양어선을 타고 먼 세계로 다니고 싶었다고 하셨다. 아버지와 두 번의 크루즈 여행을 했다. 비록 선장으로서의 항해는 아니었지만, 크루즈를 타고 여행하는 내내 즐거워했다. 떠나기를 좋아하고 새로운 것을 즐기는 점은 아버지를 닮은 것 같기도 하다.

어린 시절의 나는 걸 스카우트와 청소년 연맹 누리단 활동을 할 수 있었다. 평범한 가정에서 자랐지만, 앨범 속 사진에는 두 살 위 오빠와 내가 부모님을 따라 여행을 다닌 흔적들이 많이 있다. 이미 어린 시절부터 자연스럽게 떠나는 것을 배우고, 새로운 곳을 만나는 일에 익숙해지고 있었다.

1989년에 완전히 여행 자유화가 되었으니, 내 어린 시절 해외여행의 기억은 없다. 1989년의 이전의 해외여행은 돈과 시간이 있다고 갈 수 있는 여행이 아니었다. 업무상 해외를 나가야 하는 공무원, 무역회사원, 해외파견 근로자, 스포츠 국가대표단, 문화예술인 그리고 유학생과 교수, 연구원 등을 제외하고는 해외여행의 기회가 주어지지 않았다. 이러한 여행들도 대부분의 공무 목적이었기에 스스로 목적지를 정하고 자유롭게 돌아보는 지금의 여행과는 거리가 멀었다. 다녀온 사람들의 이야기를 전해 듣거나, 해외에서 온 물건들을 만나는 것이 다른 나라를 여행하는 방법 중 하나였다.

해외 출장을 다녀온 아버지가 사다 주신 학용품을 가지고 오는 친구들을 부러워하며 구경했던 기억이 있다. 어린 시절 공항 근처에 사셨던 엄마 친구가 있었다. 엄마는 가끔 그 친구를 만나 물건들을 가지고 오곤 했다. 기내에서 커피, 주스, 잼, 치즈 등의 식품이 있었다. 항공사 로고가 새겨진 접시와 커피잔들도 있었던 것 같다. 지금 생각해 보면 모두 기내에서 서비스용으로 쓰였던 물건과 식자재들이 흘러나와 판매가 되었던 것 같다. 미군 부대에서 나온 물건들이 부산의 국제시장에서 팔렸던 것처럼 말이다.

초등학교 때 가지고 놀았던 부루마블 게임으로 만나는 세계의 도시들을 동경하며 어른이 되었다.

대학생이 되면서 해외를 갈 기회들이 생겨나기 시작했다. 해외여행을 거의 경험하지 못한 부모 세대들은 자녀들의 더 많은 경험을 위해 배낭여행을 독려하고 응원해 준 것 같다. 대학 3학년 때 유럽으로 배낭여행을 떠났다. 부모님의 걱정이 있기는 했지만 나를 말리지는 않았다. 이렇게 해서 시작된 여행을 25년째 계속하고 있는 것이다. 여행은 내 일상에서 빼놓을 수 없는 일이며, 지금의 나의 모습이 만들어지는데 너무나 큰 영향을 미쳤다는 것을 잘 안다. 결혼한 후에도 엄마가 된 후에도 여행에서 삶의 힘을 얻고자 하는 나의 바람은 한결같다.

엄마가 되고 나서 아들에게도 내가 보았던 많은 세상을 함께 보여 주고 싶었다. 나의 부모님이 그러하신 것처럼 기회를 열어 주고 싶었다. 여행이 내 인생의 큰 힘이 된 것처럼 아들이 여행으로 삶을 살아가는 큰 힘을 가지기를 바랐다.

아들이 10개월이 되었을 때 처음으로 여권을 만들고 푸껫 클럽메드로 시누이 가족과 함께 여행했다. 첫 해외여행이었다. 정원이는 항공기 맨 앞 좌석 베시넷에서 한 번도 보채지 않고 잘 자고 잘 놀았다. 항공사 기내식으로 이유식을 받았는데 한 그릇을 뚝딱 비웠다. 음식과 잠자리 안 가리는 거 보니 여행 잘하겠다 싶었다.

지방 대학의 교수로 내려오면서 남편과 3년간 떨어져 지냈다. 부산에 계시던 부모님이 양육하는 것을 도와주기로 하셔서 남편만 서울에 남고 나와 아이는 함께 지냈다. 한 달에 한 번 정도 정원이와 기차를 타고 아빠를 만나러 갔다. 아들과의 여행은 4살에 시작되었다. 아빠가 근무하는 시간에는 우리끼리 길을 걷고 구경을 다녔다. 다리가 아프면 아이스크림 가게나 카페에 들어가 달달한 디저트를 먹으며 잠시 쉬었다. 엄마와의 여행이 힘이 들면 아무리 좋은 것을 보여 주어도 아이들의 머릿속에 나쁜 기억들이 쌓이게 된다. 지칠 때까지 두지 말고 미리미리 아이의 상태를 보면서 여행하는 것이 좋다. 30분이면 걸어갈 거리를 카페 세 곳이나 들르면서 두 시간 넘도록 시간을 보낸 적도 있다. 아이와의 여행에서 나는 바쁘지 않다. 사실은 어떤 여행에서도 그리 바쁘지 않다. 꼭 봐야 한다는 욕심만 버리면 그게 가능하다. 여행의 의미를 함께 일상을 떠나는 것에만 두면 된다. 같은 시간과 공간을 공유하는 것만으로도 충분히 만족할 수 있는 여행을 만들 수 있다.

아들이 초등학교 1학년이 되면서 해외로 함께 여행을 다니며 기회가 올 때마다 같이 비행기를 탔다. 2015년 스페인, 이탈리아, 프랑스를 도는 동부 지중해 크루즈 여행을 하게 되었을 때의 일이다. 스페인 사람들이 많이 타고 있던 배에서의 인사는 '올라'로 통하였고, '아구아'라는 말이 '물'을 대신할 정도도 더 많이 쓰였다. 한국말 외에 영어를 조금 알고 있던 정원이는 스페인어라는 다른 언어의 존재를 알게 되었다. 이후에도 여행하면서 다른 언어를 쓰는 나라들이 많다는 것을 알고 여행을 가기 전에 그 나라에서는 어느 나라 말을 쓰는지, 엄마가 그 언어를 할 줄 아는지를 물어보곤 했다. 며칠 전에는 학습지로 불어 공부를 하는 나에게 묻는다.

"엄마가 하는 학습지에 일본어도 있어? 난 일본어 한번 배워 볼까?"

"응, 있어. 왜 일본어 배우려고?"

"그냥, 좀 멋있는 것 같아서."

"그래, 그럼 한번 해 봐."

여기까지가 우리의 대화다. 일본어보다는 앞으로 중국어가 더 많이 쓰일 테니 그것을 하라고 말할 필요는 없다. 쓰임이 아니라 관심이 있는 언어를 배워야 재미있게 제대로 할 수 있다. 한 언어를 제대로 할 줄 알면 다른 언어도 그렇게 하면 된다.

여행을 다니면서 잠영을 하거나 개혜엄만 치던 정원이에게 수영을 배워 보라고 권한 적이 있었다. 수영을 못해도 물에서 놀 수 있으니 괜찮다고 해서 더 이상 권하지는 않았었다. 7월의 지중해는 뜨거웠고, 크루즈 꼭대기의 수영장은 물놀이를 좋아하는 정원이의 단골 놀이터였다. 2m 높이의 깊은 수영장과 유아용 풀이 있었다. 물에 발을 담그기는 했으나 2m 높이에서는 겁이 나서 수영을 할 수 없었던 거다. 지중해 크루즈를 마치고 수영을 배우고 싶다고 해서 집 근처에 있는 부곡하와이에서 매일 수영 강습을 6개월간 받았다. 지금은 어디를 가더라도 물에서 자유롭게 놀곤 한다.

여행을 가면 새로운 물건들을 많이 본다. 어른들도 여행지에서 불필요한 물건들은 충동구매하고, 한국에 돌아와서는 후회하는 경우들을 많이 보았다. 일주일 정도의 여행을 할 때 한국 돈 5만 원을 현지 화폐로 아이의 지갑에 넣어 준다. 여행하는 동안 사고 싶은 물건을 사거나 먹고 싶은 간식이 있으면 사 먹으라고 주는 돈이다. 여행 초반에 사고 싶은 물건을 사고 나중에 다시 사고 싶은 물건이 생겨 후회하는 것을 몇 번 경험했다. 또 비싸게 주고 산 물건을 한국에 돌아와서 많이 사용하지 않게 되는 경험도 했다. 정원이는 이제 여행지에서 물건을 사는 것에 거의 돈을 쓰지 않는다. 성당에 가서 초를 켜거나 버스킹을 하는 예술가를 위해 돈을 쓴다. 자신의 용돈으로 나에게 아이스크림을 사 주기도 한다. 5만 원이 가지는 기회비용에 대한 이야기를 나누기도 한다. 물건에 대한 욕심을 내지 않을 수 있는 힘을 여행을 통해 배운다.

바쁜 엄마와 스물네 시간을 함께할 수 있기에 매번 따라다니는 것이 즐거웠을지도 모른다. 걱정이 유난히 많았던 정원이는 여행 중에 수많은 경험을 통해 괜찮아지게 되었다. 비행기를 놓치기도 했고 일행들이 기차를 놓쳐 잠시 헤어지기도 했었다. 베니스 골목에서 길을 잃고 한참을 헤맨 적도 있다. 수십 번의 여행을 통해, 걱정하는 만큼 어떤 일은 일어나지 않고, 해결되지 않는 일은 없다는 것도 깨닫게 되었을 것이다.

나라마다 언어가 다르고, 화폐가 다르고, 음식이 다르고, 모습이 다르다는 것도 알게 되었다. 여행을 하면서 서로 다른 것이 당연한 세상을 배운다. 이제 정원이는 엄마의 훌륭한 조수가 되어 여행을 함께하고 있다.

어디를 다녀왔는지, 무엇을 보았는지는 중요하지 않다. 어떻게 생각하고, 어떻게 행동해야 하는지를 알게 된다는 그것으로 인생을 살아가는 큰 힘을 얻게 될 것이라고 생각한다. 그것이 여행의 힘이다.

진정한 여행이란 새로운 풍경을 바라보는 것이 아니라 새로운 눈을 가지는 데 있다.

– 마르셀 프루스트

03
삶의 지표를 만드는 여행

대학교수가 되고 나서 가장 큰 혜택은 방학이었다. 서비스업에 종사하며 살았던 지난 15년 동안 전혀 기대할 수 없었던 새로운 일상이 가장 감사하고 소중한 시간이었다. 학생들이 방학을 손꼽아 기다린다고? 장담하건대 이미 방학의 맛을 알고 있는 선생님들의 그 간절함이 더 하지 않을까 생각한다.

방학이면 그간 읽고 싶었던 책들을 쌓아 놓고 다음 날 일정을 걱정할 필요 없이 밤새 읽기도 하고, 엄마와의 시간을 항상 그리워하는 어린 아들과 함께 시간을 보내기도 하고……. 또 나의 지적 호기심을 충족시키기 위한 와인 산지로의 여행을 떠나기도 한다.

2013년 겨울방학, 와이너리로 따로 여행을 떠나지 못했던 나에게 뜻밖의 짧은 여행의 기회가 왔다. 우프코리아에서 기획하고 진행하는 일본 슬로푸드 기행이었다. 동행은 슬로푸드문화원과 인연을 맺고 있는 분들이었다. 당시의 가장 큰 관심사였던 바른 먹거리와 농촌에서의 삶을 경험할 수 있는 기회였다. 소수로 진행하는 여행의 마지막 참가자로 운 좋게 참가하게 되었다. 우프코리아의 직원인 코타 씨의 가이드로 여행이 진행되었다. 서울에서 출발한 분들과 오사카 간사이 공항에서 만났다. 코타 씨가 직접 운전하여 아야베시로 이동을 하였다. 잠깐 들러 쉬어 갔던 고속도로 휴게소가 인상적이었다. 지역의 특산물을 이용한,

다양한 먹거리들이 있었다. 자동차 여행 중 잠시 그 지역의 맛을 이해할 수 있는 좋은 콘텐츠였다.

첫날 우리가 묵은 숙소는 '이반의 마을'이라는 일본 전통 농가 스타일(고민가) 게스트하우스였다. 주인아저씨는 교토 생협에서 20년간 근무 후 '사토야먀 네트워크'에서 진행한 아야베 '시골 생활 투어'에 참가한 것을 계기로 이곳 아야베로 이주하여 민박집을 운영하며 살고 있다고 했다. 집 앞에서 논농사도 짓고, 민박에서 대부분의 재료를 직접 가꾸어 식사로 제공한다. 러시아 소설 『바보 이반』에서 따온 이름은 바보 이반처럼 살고 싶은 주인아저씨의 소망으로 만들어진 것이다. 게스트하우스와 카페로 운영되고 있는 '이반의 마을'의 주인 부부가 만들어 준 건강한 일본의 가정식 저녁 식사와 아침 식사는 특별했다. 지역에서 생산되었거나 주인 부부가 직접 재배한 식재료만으로 구성된 음식들은 각각의 스토리를 가지고 있었다.

저녁 식사를 마치고 주인 부부가 다시 분주히 움직이기 시작했다. 전통 다다미 가옥에서 밤을 보내야 하는 우리 일행을 위해 두꺼운 솜이불 한 채씩을 준비해 주고, '유담보'라고 불리는 뜨거운 물주머니를 하나씩 안겨 주었다. 덕분에 아주 따뜻한 밤을 보내고 상쾌한 아침을 맞았다.

두 번째 날은 지역의 폐교를 이용하여 여러 활동을 펼치고 있는 '사토야먀 네트워크'의 조리 실습실을 찾아 소바 장인과 함께 소바를 만들어 보는 체험을 하였다. 소바 장인, 아지키 켄이치 씨가 직접 재배한 메밀을 가지고 반죽하여 면을 만드는 과정을 모두 체험했다. 각자 자신이 만든 면을 점심으로 먹었는데, 두껍고 모양이 제대로 나지는 않았지만, 전 과정을 체험하고 나니 맛있게 잘 먹을 수 있었다. 장인이 만든 소바가 너무 맛있어서 운영하는 식당을 찾아가려고 위치를 물었다.

"저는 소바 식당을 운영하지 않습니다."

"네, 뭐라고요? 그럼 당신이 만든 소바를 사 먹으려면 어떻게 해야 합니까?"

"저는 정기적으로 열리는 장터에서 손님을 찾아가서 소바를 만들고 판매를 합니다."

소바 식당을 운영했던 아지키 씨는 손님을 기다리며 식당에서 보내는 시간이 지루하고 아까워 손님을 찾아 나섰다고 했다. 장이 열릴 때마다 그곳에 가서 사람들과 직접 교류하며 소바를 만들어 판다고 했다. 사고의 전환이다. 내가 가진 재능으로 시골에서의 삶을 지속 가능하게 만들수 있겠다는 생각이 들었다. 점심을 먹고 우리 일행은 미야마로 이동하며, 눈이 많은 지역의 독특한 전통가옥 형태인 높은 지붕의 억새풀 집도 둘러보고, 지역의 농산물을 판매하고 있는 생협들을 돌아보며 일본의 슬로푸드, 로컬푸드들을 직접 경험할 수 있었다. 운전하며 가는 길이 걱정되었지만 눈이 내려 하얗게 덮인 마을의 풍경을 바라보는 것이 좋았다.

둘째 날 밤에 묵은 곳은 역시 목조 건축물이었는데, 약간은 현대식으로 지어진 특별한 구조의 공간이었다. 특이한 것은 먹거리뿐 아니라, 취사와 난방을 위한 에너지원을 모두 목재로 해결을 하고 있다는 점이었다. 가스나 전기를 사용하지 않고, 주변의 산에서 구해온 땔감으로만 생활이 가능하도록 만들어 놓은 시스템이었다. 원자력 에너지의 의존율이 높은 일본에서 준비하고 있는 대체 에너지인 것이다. 또한 집 주변에 작은 수력 발전을 하는 시설도 있어 전기도 자급이 되고 있었다. 먹거리의 자급에만 좁은 시야를 가지고 있던 나에게 많은 배움을 주는 시간이었다. 불을 이용한 음식들로 저녁 식사를 마치고, 별채에 마련된 목욕탕을 체험해 보는 시간이었는데 역시 나무로 불을 지피고 물을 데워 이용하는 형태였다. 우리나라 사람들이 '황토 찜질방'을 하나 두고 싶어 하는 로망이 있다면, 일본인들은 히노키 나무로 만들어진 소박한 목욕탕을 두고 싶어 하는 것 같다.

이번 일정에 대한 안내를 받고 가장 궁금하고 관심이 갔던 내용이 바로 농원 레스토랑인 '수기고헤이'였다. 몇 년 전 남편과 함께 고기 구이 전문점을 운영한 적이 있었는데 식재료에 대한 확신 없이 음식을 만들어 내고 판매해야 함에 한계를 느끼고 그만두었다. 이후 만약 우리가 다시 식당을 한다면 우리 손으로 만들어낸 재료들 또는 적어도 생산자를 알 수 있는 재료들만 쓰는 그런 식당을 하자고 생각했었다. 7만 평 면적의 농원 레스토랑 '수기고헤이'는 논과 밭이 있고, 당나귀, 염소, 닭과 같은 동물들이 함께 살고 있었다. 이 동물들은 방문객을 위한 관람용이기도 하지만 전통적 농법에서 필요한 일꾼들이기도 했다. 옛 양조장을 개조해서 만들었다는 레스토랑은 오래되고 낡음이 가치가 될 수 있다는 것을 보여 주는 좋은 예인 것 같다. 3박 4일간의 짧은 시간 동안 참으로 많은 경험하고 보았다. 잠깐씩 들렀던 생협에서도, 전통 시장, 100년이 넘은 대중목욕탕에서, 한 평 남짓한 모퉁이 바에서도 많은 가르침이 있는 시간이었고, 마지막 날 둘러보았던 교토 시내 주택가의 산책길도 모두 하나하나씩 아름다운 기억들로 남아 있다. 오래된 것을 잘 지켜서 사용할 수 있도록 만들어 내고 있었다.

2013년 2월 일본으로 여행을 다녀오고 그해 11월 창녕으로 이사를 오게 되었다. 이제 창녕으로 귀농한 지 8년이 되었다. 완유당에 살고 있다, '천천히 놀다 가는 집'이라는 의미로 연효재 김단아 대표가 지어 준 집의 이름이다. 느리게 사는 우리 부부의 삶을 보고 지어 준 이름이다. 이름이 이렇게 지어지고 나니 완유당을 찾는 사람들도 그런 마음으로 우리의 공간을 즐기고 있다.

도시에서 나고 자란 내가 귀농을 생각한 것은 남편의 통풍 증상이 심해지고 허리 디스크 시술을 하면서부터다. 남편은 직장에서의 스트레스가 너무 심해 화내는 일이 많아졌다. 우선 일주일에 한 번 가서 교육을 받는 도시농업학교를 추천해서 다니도록 했다. 적극적으로 찬성하지 않던 남편이 창녕으로 현장학습을 다녀오고 나서는 마음을 움직이기 시작했다. 직장을 옮겨야 하는 시점에 아예 귀농을 위한 실습을 해 보면 어떻겠냐고 설득했다. 우선 우리가 살고 있던 곳과 가까운 곳으로 출퇴근하면서 농사일을 배우기 시작했다. 그러기를 일 년쯤 되어 갈 즈음 가족 전체의 이사를 생각하게 되었다. 도시와 농촌을 오가며 삶을 만들어 갈 방법에 대해 고민하고 있었다.

우연히 떠나게 된 일본 여행에서 고민에 대한 답을 얻어 오게 되었다. 이미 삼십 대에 도시 생활에서의 지속 가능함에 한계를 느끼고, '반농반○'를 실천하며 생활을 하는 여러 사람을 만나 보며, 내가 앞으로 만들어 갈 귀농의 삶에 대한 그림이 그려지기 시작했다. 도시에서의 생활을 완전히 버리지 않고 연결하며 살아갈 방법들을 만들어 가고 있다. 도시의 친구들이 완유당으로 여행을 와서 천천히 사는 삶을 누리고 갈 수 있는 공간도 계획하고 있다.

여행의 참 의미는 여행하는 지역의 사람들을 만나 함께 이야기를 나누며 시간을 보내고, 또 그 지역만의 음식을 맛보는 것이다. 실제로 이 두 가지를 행하지 못했다면 우린 진정 그 지역을 여행한 것이 아닐지도 모른다. 그런 의미에서 이번 일본 여행은 나에게 참으로 만족을 주는 행복한 여행이었고, 앞으로의 내 삶의 지표를 제시해 주는 뜻깊은 여행이었다.

그래서 나는 이번 나의 여행을 이렇게 추억한다. '조금 불편하고, 많이 행복했던 여행'으로……

> 여행은 그대에게 적어도 세 가지의 유익함을 가져다줄 것이다. 하나는 태양에 대한 지식이고, 다른 하나는 고향에 대한 애착이며, 마지막 하나는 그대 자신에 대한 발견이다.
>
> – 인도 철학자, 브하그완

04
두려워하지 않으면 참여행

"고객님, 퍼스행 항공권 발권이 불가합니다."

"왜요?"

"호주 입국 비자를 발급받지 않으셨네요."

"호주 입국에 비자가 필요해요? 예전에 비자 없이 호주를 방문했었어요."

그때는 그랬고 이제는 아니었다. 호주 여행을 다녀온 지가 벌써 5년 전이니 비자 정책이 바뀐 것이다. 여행 준비 중에 누군가가 비자는 필요 없냐고 물었던 게 떠올랐다. 자신 있게 필요 없다고 했던 것을 후회했지만 이미 늦었다. 방법을 찾아야 했다. 도착 국가 비자가 없으면 출발부터 승인이 나지 않는다. 내가 할 수 있는 최선의 방법은 인터넷 라운지로 가서 당장 호주 ETA 비자를 신청하고 승인이 나기를 기다리는 것이었다. 신청하고 나서 결격사유가 없으면 바로 발급이 될 수도 있다는 항공사 직원의 말을 유일한 희망으로 믿고 기다려야 했다. 마음속으로 계속 기도했다.

'제발 이번만 무사하게 비행기 타게 해 주세요. 다시는 내가 아는 것이 전부인 것처럼 행동하지 않을게요.' 인터넷 접수 후 30분이 지나자 한 명씩 이메일로 ETA 비자가 도착했다. 머릿속으로는 비자가 나오지 않을 경우에 어떻게 해야 하는지에 대한 여러 가지 생각을 하고 있었다. 비상

상황이었다. 하지만, 우리가 걱정하는 대부분의 일은 일어나지 않는다는 것을 안다. 일어나는 대부분의 일은 해결할 수 있는 일이다. 내 통제력 밖의 일에 대해서는 빠르게 포기해 버린다. 그리고 다시 시작한다.

여행하면서 당황스러운 상황들은 자주 일어난다. 실수를 후회해도 소용없다. 그 순간 바로 마음의 평정을 찾지 않으면 모든 여행을 망치게 된다. 같이 여행하는 사람들은 나의 표정 하나에도 매우 예민하다. 걱정이 많은 아들과 여행할 때에도 나는 어지간한 일에도 놀라지 않고 해결하려고 노력한다.

다음 해 가을, 아들과 시드니로 여행했다. 호주 비자 발급은 당연히 준비하였다. 같은 실수를 두 번 하지는 않는다. 자신 있게 항공사 카운터를 찾았다.

"오정원 님, 시드니행 비행기를 탈 수 없습니다. 호주 비자 발급이 되지 않았습니다."

내가 가지고 있던 인쇄된 비자를 직원에게 당당하게 보여 주었다. 전산상의 착오일 거라고 생각했다.

"발급받은 비자와 여권상의 생년월일이 일치하지 않습니다."

직원이 말하였다.

다시 확인해 보니 연도가 잘못 기재되어 있었다. 다시 신청하고 발급받아야 하는 상황이었다. 지난 호주 여행에서 30분 만에 발급받은 경험이 있기에 걱정 않고 인터넷 라운지로 신청을 하러 갔다. 30분이 지나도 비자승인에 대한 메일은 도착하지 않았다. 마지막 수속을 위한 시간이 다가오고 있었다. 급한 마음에 이메일을 또 보냈다. 여전히 답이 없었다. 결정해야 할 순간이 왔다. 북경을 경유해서 시드니로 가는 노선으로 예약을 해서 북경까지는 항공권 발권이 가능하다고 했다. 단, 부산에서 출발해서 북경으로 가는 시간 안에 호주 정보로부터의 비자 승인 이메일을 받아야 했다. 만약 그렇지 않을 경우 시드니행 비행기는 탈 수 없고 다시 한국으로 돌아와야 하는 것이다. 동의서를 쓰고 나서 겨우 북경행 항공권을 받았다. 시드니에 있는 선배에게 도움을 청했다. 호주 외무부에 연락해서 비자 승인 요청을 해 달라고 했다. 서둘러 출국심사를 마치고 항공사의 파이널 콜을 들으며 겨우 북경행 비행기에 올랐다. 아들은 울음을 막 터트릴 것 같은 얼굴이었다.

"괜찮아, 정원아, 호주에 있는 지연 이모가 호주 외교부에 전화해서 다시 부탁한다고 했어. 걱정하지 말자. 혹시나 비자가 발급이 안 되면 다시 돌아오면 돼. 가능성이 있는데, 미리 포기할 필요는 없는 것 같아."

우선 북경까지 가기를 선택했고, 이제 내가 할 수 있는 일은 없었다. 세 시간쯤 후에 결과를 알게 될 테니 그때 다시 내가 할 수 있는 최선의 선택을 하면 된다. 사건의 최악의 상황은 다시 한국으로 돌아오는 것이었다. 시간과 돈이 더 드는 일이기는 하지만 이미 나의 통제력 밖의 일에 대해서는 두려워할 필요도 계속 걱정할 필요도 없다고 생각한다. 북경공항에 착륙하자마자 전화기를 켰다. 두근거리는 마음으로 이메일을 열었다. 호주 외교부에서 새로운 메일이 와 있었다. 큰 숨이 쉬어졌다. 안도의 한숨이었다. 정원이의 비자는 정상적으로 발급되었다. 그리고 나서 지연 선배에게 와 있는 카카오톡 메시지를 확인하였다. 너무 여러 번의 신청이 들어와서 무슨 문제가 있는 것은 아닌지 잠시 보류하고 있었다는 답변을 들었다고 했다. 상황을 설명하고 빠르게 승인해 줄 것을 부탁했으니, 걱정하지 말라는 문자였다. 우리가 부산에서 출발하고 난 이후에 보낸 문자여서 미처 확인하지 못하고 탔다. 북경공항의 환승 카운터로 가서 시드니행 항공권을 발급받았다. 불안한 마음에 비행기에서 아무것도 먹지 못하고 초조해하던 정원이가 울음을 터트렸다. 그냥 안아 주었다. 내 실수로 아이의 마음을 힘들게 한 것이 미안했다.

'하지만, 정원아, 우린 돈 주고도 살 수 없는 큰 경험을 한 거야. 이런 일을 몇 번 겪다 보면 너도 괜찮아질 거야.' 그렇게 시작된 시드니 여행은 정원이와 함께한 최고의 시간으로 기억된다. 여행 초반에 너무나 강력한 사건을 경험하고 나니 매 순간을 감사하며 보낼 수 있었던 것 같다.

정원이는 뭔가 좀 불편하거나 못마땅한 상황이 생길 때마다 이렇게 말하였다.

"엄마, 우리가 어떻게 호주에 왔는데! 잘 지내다 가야지, 괜찮아."

100번을 넘게 한국을 떠나고 그의 배수가 넘도록 비행기를 타고 내렸다. 고백건대 매번 긴장을 한다. 여행의 시작에서 첫 번째 관문에서의 발권 카운터, 두 번째 관문은 출국심사, 그리고 마지막은 탑승 게이트를 거쳐 무사히 비행기에 오르는 것이다. 혼자만의 여행에서도 그렇지만, 나를 믿고 함께 떠나는 이들이 있을 때는 더더욱 그러하다. 영화 「나 홀로 집에 2」에 나오는 케빈처럼 비행기를 잘못 타는 상상을 가끔 한다.

일단 이륙해서 도착할 때까지는 어떤 방해도 받지 않을 수 있는 평화로운 시간이다. 주는 밥 먹으며, 잘 놀면 된다. 열 시간 이상 비행기를 타는 장거리 비행이 두려워서 멀리 여행을 가는 것이 싫다고 하는 사람을 종종 만난다. 사람들은 영화를 보거나, 책을 읽거나, 또 좋아하는 드라마를 다운로드해서 보기도 한다. 사진 정리를 하기 좋은 시간이다. 바쁜 일상의 피로를 풀기에도 좋은 시간이다. 가끔 옆자리에 앉은 사람과 이런저런 이야기를 주고받느라 시간 가는 줄 모른다.

비행기가 무사히 착륙하고, 목적지 공항에 도착하면 또 다른 관문이 기다리고 있다. 그 첫 번째는 입국심사다. 비자가 필요한 나라의 경우는 챙겨간 비자를 여권과 함께 보여 주면 된다. 한국 여권은 스웨덴과 함께 1위의 파워를 가진다. 대한민국 여권으로 무비자 또는 도착비자 등으로 여행할 수 있는 나라는 188개국에 달한다(2018 기준). 그렇기에 해외여행 시 소매치기의 표적이 되기도 한다. 우리가 여행하는 대부분의 나라는 비자 없이 여행할 수 있기에 입국심사에서 비자 때문에 문제가 되는 경우는 거의 없다. 하지만 비자가 필요한 나라도 미국이나 호주같이 인터넷 신청으로 비교적 쉽게 비자를 받을 수 있다.

2016년 여름, 가족 여행을 남아공 요하네스버그로 떠났다. 와인 여행을 몇 번 다녀온 경험이 있어 여행 준비에 어려움은 크게 없었다. 마침 친구가 요하네스버그에 살고 있어 마음 놓고 준비 없이 비행기를 탔다. 긴 줄을 기다려 입국심사 순서가 되었다. 가족을 증명하는 서류를 보여 달라고 했다. 미성년자인 아들과 함께 여행할 경우 지참해야 하는 서류라고 했다. 아뿔싸, 머리를 띵 얻어맞은 듯했다.

남아공을 여러 번 다녀왔지만 모두 성인들과 함께 여행해서 미성년자 동반 시 그런 서류가 필요하다는 것을 알지 못했다. 남아공에 사는 친구도 매번 혼자서만 출입국을 하니 알 리 없는 상황이었다. 한 시간이 넘도록 기다린 줄의 대열 밖으로 밀려났다. 담당자에게 다시 부탁해 보았다. 아들과 남편의 얼굴을 번갈아 가리키며 이렇게 많이 닮았는데 누가 봐도 부자지간이 아니냐며 한 번만 봐 달라고 부탁도 해 봤다. 소용없었다. 남아공과 한국의 시차가 일곱 시간이다. 이른 아침에 남아공에 도착했으니 한국은 점심시간이 되었을 것 같았다. 친정에 전화를 하고 주민센터에 가서 서류를 떼 달라고 부탁했다. 그렇게 해서 사진으로 전송받았다. 입국심사의 긴 줄의 끝에 다시 줄을 서고 입국심사를 마쳤다.

그 이후 나는 물론이고 해외여행 시 미성년자를 동반하는 모든 이들에게 무조건 가족관계임을 증명할 수 있는 서류를 지참하라고 이야기한다. 아이의 여권과 함께 서류를 둔다. 남아공 가족 여행의 시작의 에피소드는 마지막 것에 비하면 사건도 아니다. 남아공에서 떠나는 날, 우리 가족은 어이없게 바로 게이트 앞에서 비행기를 놓치고 말았다. 그러한 사건을 겪은 이후에도 우리는 여전히 함께 여행하고 있다. 당시의 엄청난 사건들은 값진 경험이었고, 여행의 힘을 길러 주는 밑거름이 되었다.

길을 잃는 것이 두려워서 일상을 못 떠나고 있지는 않은가? 닥치지 않

은 걱정 때문에 기회를 놓치지는 않았는가? 두려워하지 않는다면 우리
는 더 많은 기회를 얻을 수 있다. 나는 그것을 여행으로부터 배웠다.

> **여행은 언제나 돈의 문제가 아니고 용기의 문제다.**
>
> – 파울로 코엘료

05
휴식을 넘어 치유의 참여행

따뜻한 나라로의 여행을 좋아한다. 겨울에는 한국보다 따뜻한 곳을 향해 피한 여행을 떠난다. 덥고 습한 한국의 여름에는 휴양지로 떠나거나 시원한 곳을 찾아간다. 봄과 가을은 여행하기에 좋은 계절이다. 봄이 가을보다 좀 더 좋다. 해가 길어서 호텔 밖에서 보낼 수 있는 시간이 길기 때문이다. 호텔 창밖 풍경도 좋다. 테라스가 있는 호텔 방이라면 살랑살랑 부는 바람과 햇살을 맞으며 느긋한 오후를 즐겨도 좋다.

2017년 1월에도 따뜻한 나라인 멕시코로 크루즈 여행을 떠났다. 기항지 푸에트로 바야르타에 정박하고 주변을 관광했다. 햇살이 잘 들어오는 카페 밖 테이블에 고운 할머니 두 분이 책을 읽고 있었다. 인사를 건넸다. 커피 한잔하러 들어간 카페에서 잠시 이야기를 하게 되었다. 두 분은 캐나다에 살고 있다고 했다. 겨울이면 추운 캐나다를 떠나 따뜻한 곳으로 이렇게 와서 한 달을 보내고 간단다. 은퇴한 초등학교 교사인데 친구와 함께 매년 한 달 살기를 실천하고 있었다. 물가가 비싸지 않으니 캐나다에 있는 것보다 생활비도 적게 들고 따뜻한 날씨가 건강에도 좋다고 한다. 열심히 산 삶에 대한 보상으로 여유로운 삶을 누리고 있는 두 분의 모습이었다.

한 삼십 년 후의 나는 어떤 모습을 하고 어디에 있을까? 잠시 생각해 보다가 한국의 상황이 떠올랐다. 대한민국에서 한 가정의 가장으로, 맞벌이 부부로 살아간다는 것에 대한 고달픔이 있다. 은퇴 후에도 자식들에게 경제적으로 지원해 주기 위해 다시 일자리를 찾는 경우도 많다. 자식들을 유학 보내고, 여행 보내는 일에는 돈을 아끼지 않는다. 정작 자신의 작은 취미 생활이나 자신만의 여행을 계획할 때는 시간이나 돈에 대해 인색하게 구는 경우들이 많다.

"내가 어떻게 키웠는데. 형편 나아지면 나 데리고 여행 간다고 했어."

여행 클럽에 와서 친구도 사귀고 함께 여행을 가자고 하는 나의 말에 이렇게 대답하는 이들이 종종 있다. 줄 것 다 주고도 더 못 준 것이 안타까운 것이 부모의 마음일까?

한동안 유튜브와 페이스북에 등장했던 한 할머니가 있었다. 일명 크루즈에 사는 할머니이다. 요양병원 대신 크루즈에서 살기로 한 할머니의 스토리에 대한 영상이었다. 병원에서는 환자 취급을 받지만 크루즈에서는 고객님으로 불린다고 했다. 장기 이용을 하는 할머니에게 이미 배의 직원들은 친구였다. 고객으로 대접받으며 크루즈 생활을 즐기고 있다고 했다. 나이 들어 요양병원에서 생을 마감하는 모습을 반대로 떠올리게 되어 왠지 씁쓸했다.

휴식과 힐링은 미루지 않고 가능한 한 자주 기회를 만들어야 한다.

2014년에 떠났던 독일, 체코로 술의 여행에서 특별한 곳을 방문하게 되었다. 체코의 카를로비바리는 16세기부터 건물이 만들어지면서 온천 지역으로 조성되었다. 카를로비바리는 건강을 위한 휴양지로 알려지기 시작했다. 18세기에는 왕족, 정치가, 음악가 등 유명인들이 즐겨 찾는 휴양도시였다. 카를로비바리는 목욕을 위한 온천이 아니라 마시는 온천이 있다는 점이 특이하다. 도시 곳곳에서는 '라젠스키포하레크'라고 하는 빨대가 있는 도자기 컵을 들고 다니는 사람들을 쉽게 볼 수 있었다. 미네랄이 다량 함유된 카를로비바리의 온천은 예로부터 질병 치료에 도움이 되는 효험을 가지고 있는 것으로 알려져 있다. 15개의 샘에서 나오는 온천

수는 약효도 조금씩 다르고 온도도 달랐다. 나도 컵을 하나 사서 다양한 온천수들을 맛보며 다녔다. 맥주를 주제로 떠났던 여행에서 잠시 휴식할 수 있었던 곳이었다. 이 작은 도시는 성과 알록달록한 멋진 건물들을 구경할 수 있어 여행자들에게 명품 휴양도시로 잘 알려진 곳이었다. 체코 여행을 한다면 다시 한번 찾아 며칠간 머무르고 싶을 정도로 편안한 곳이었다. 후니쿨라를 타고 다이애나 전망대로 올라가면 숲에 둘러싸인 도시의 모습을 전부 내려다볼 수 있다. 카를로비바리 거리를 다니는 어르신들을 보니 부모님과 꼭 한번 같이 여행하러 오고 싶다는 생각이 들었다.

일본으로 간 술의 여행이나 슬로푸드 여행에서도 치유의 여행을 경험했다. 오랜 시간 동안 자연의 힘으로만 만들어지는 가고시마 식초의 정식을 맛보면서 돌아가신 외할아버지가 생각났다. 외할아버지는 매일 아침 작은 술잔에 식초를 한 잔씩 꼭 드시곤 했다. 신 식초를 무슨 맛으로 그렇게 드시나 했는데 할아버지의 에너지원이었던 것 같다. 일본 가고시마의 식초를 맛보기 위해 떠났던 여행이 있었다. 막걸리 학교 주최로 간 여행이었다. 식초의 씨앗은 알코올이다. 좋은 술이 있는 곳에 식초가 있을 수 있다. 좋은 재료가 술이 되고 식초가 될 수 있는 것이다. 애피타이저에서 디저트까지 열 가지나 되는 코스 메뉴에 모두 식초가 들어간 음식을 경험하였다. 누구도 이 여행을 힐링 여행이라 칭하지 않고 떠났으나 현지의 음식만으로도 힐링이 될 수 있다고 생각했다. 식당 마당 밖으로 끝없이 펼쳐진 식초 항아리들을 보며 정성껏 준비한 음식들을 하나하나 맛보았다. 메뉴에 대한 설명이 더해지니 한 점 한 점이 몸에 좋은 약이 되는 느낌이었다.

하루를 보낼 숙소로는 이부스키 온천 여관이었다. 전통을 자랑하는 일본식 료칸이었다. 여든은 넘어 보이는 어르신이 입구에서 손님을 맞으며 일일이 인사한다. 신발을 벗는 곳에서부터 극진한 시중이 시작된다. 무릎은 바짝 꿇은 두 직원에게 절을 받으며 여관 안으로 들어섰다. 방이 배정되는 동안 잠시 차를 마시며 창밖의 정원을 감상했다. 일본의 정원은 절제를 강조하는 듯하다. 과하지 않은 멋스러움이 있다. 화려함보다는 소박함이라는 단어가 더 잘 어울린다. 단아함, 조용함, 부드러움 등이 일본의 정원을 볼 때마다 느껴진다. 잠시 후 두 직원의 안내를 받으며 방으로 갔다. 고객을 환영하기 위한 찻상이 준비되어 있었다. 안내를 맡은 직원이 내가 짐을 정리하는 동안 차를 우리기 시작했다. 서두름 없이 천천히 준비해 주고 조용히 방을 나갔다. 귀하게 대접받고 있는 것 같았다.

차를 마시고 온천을 위해 전용 유카타로 갈아입었다. 사유리 온천 모래찜질은 특별했다. 온천으로 뜨겁게 달궈진 모래로 온몸을 덮어 준다. 파도 소리를 들으면서 모래찜질을 즐기면 된다. 핸드폰을 한시라도 곁에 두지 않으면 불안한데, 손발을 모래 속에 묻어 버리니 가만히 누워 쉬는 것 말고는 할 수 있는 것이 없다. 그저 쉬면 된다. 모래찜질을 마치고 노천탕에 들어가 몸에 묻은 모래를 씻어낸다. 뜨거운 모래 속에 있었으니 땀을 흠뻑 흘렸다. 개운하였다. 공중온천으로 가서 다시 온천을 하고 나니 어느덧 저녁 식사 시간이 되었다.

료칸에서 즐기는 가이세키 요리는 귀한 손님을 대접하고 싶을 때나 중요한 모임을 가질 때 내는 음식이다. 여덟 개의 코스로 나누는 요리들의 가짓수는 열 가지도 넘는다. 음식이 담긴 그릇들이 모두 달라 구경하는 재미도 좋다. 식사를 마치고 다시 한번 온천을 하고 방으로 돌아오니 잠자리가 마련되어 있었다. 까슬한 커버로 싸인 요와 이불이 정갈하게 준비되어 있었고, 조도 낮은 조명이 우리를 기다리고 있었다. 료칸에 들어서는 순간부터 잠자리에 들 때까지 정성스러운 시중을 받으며 하루를 보낸다는 어떤 것일까? 오롯이 하루를 그렇게 보낼 수 있다면 그 여행 만족의 강도는 강력할 것이라고 생각한다.

여행하면서 느끼는 저마다의 힐링 포인트가 있다. 일상에서 어떤 시간을 보내느냐에 따라 달라질 수 있을 것이다. 자신을 위한 시간보다는 누구의 엄마로, 아내로, 며느리로 살아온 이들에게는 오롯이 자신만의 시간을 가지는 것만으로도 힐링 될 수 있다. 내가 좋아하는 메뉴를 고르고, 내가 좋아하는 영화를 보고, 내가 좋아하는 음악을 듣는다는 것은 평범한 일상일 수 있지만, 매번 그럴 수 없는 것이 현실일 것이다. 주부인 내 친구는 호텔을 좋아한다. 차려 주는 밥상을 받고 나갔다 오면 깨끗이 청소되어 있는 방의 하얀 침구 위에 누우면 세상을 다 얻은 것 같다 했다. 아이들 씻기고 먹이느라 지칠 대로 지쳐 잠들기가 일상인 하루를 스파로 마무리한다면 이 이상 더 어떻게 평화롭고 호사스러운 일상일 수 있겠냐고 이야기한다.

아버지에게 여행은 건강해야 할 이유이다. 카를로비바리와 같은 온천 지역에 가거나, 가고시마의 식초처럼 몸에 좋은 것을 먹어서 건강해지는 것이 아니다. 여행 일정을 정하고 나면 그 여행을 떠나기 위해서 운동을 부지런히 하기 시작한다. 자료를 모으고 공부하기 좋아하는 아버지는 여행 갈 곳의 정보를 미리 공부하고 여행하신다. 아버지의 기력이 조금 떨어지고, 우울해하시면 나는 여행을 예약하고 일정을 알려드린다. 그것이 아버지에게 가장 좋은 처방전이며 치료제이다. 여행이 끝나기 전에 다음 여행을 다시 예약하고 준비하게 하는 것이 가장 좋다. 휴식할 수 있는 시간이 예정되어 있다는 것은 지금의 시간을 잘 보낼 수 있는 원동력이 될 수 있기 때문이라는 것을 안다. 나는 여행의 힘을 믿는다. 바쁜 일상을 살아가고 그 누구보다도 열심히 살아가고 있는 사람들은 많이 만났다. 이런 사람들은 대부분 자신을 위해서는 시간과 돈을 아끼고 살고 있었다. 휴식과 치유가 필요한 이들이 많다. 그래서 매일 여행 이야기를 전한다.

여행과 장소의 변화는 우리 마음에 활력을 선사한다.

– 세네카

06
여행자의 품격

차 한 잔을 같이 하고픈 사람이 있는가? 밥 한 끼를 하고픈 사람이 있는가? 술 한 잔은 어떤가? 차도 함께 마시고, 밥도 같이 먹고, 술잔도 기울이고 싶은 그 사람과 함께 여행을 떠나 보라.

여행을 함께 가자고 권하는 친구가 있으면 감사해야 한다. 당신과 오랫동안 있고 싶다는 이야기이다. 여러 날의 일상을 함께하고 싶다는 이야기이다. 그럼에도 불구하고 여행을 다녀와서 원수가 되는 사이도 있다. 원래 아는 사이가 아니었거나 친하지 않은 사이었는데 다시 또 여행을 함께 계획하는 좋은 친구가 되는 경우도 있다.

여행 클럽을 운영하면서 천 명이 넘는 사람과 함께 여행했다. 수천 명이 넘는 사람들이 여행하는 것을 보고 들었다. 여행이 맺어 준 인연은 소중하다. 열흘을 넘게 여행하면서 눈인사만 하며 사람이 있는가 하면, 밤새 함께 이야기를 나누기도 한다. 무례한 행동을 하는 사람이 있으면 같은 일행인 것이 창피해서 슬쩍 자리를 피하기도 한다. 그런 사람들은 다음 여행 팀을 꾸릴 때 주의를 한다. 내가 직접 나서는 여행은 괜찮다. 몇 번의 동행을 통해서 변화한 경우도 많이 있었다. 여행은 사람을 변화시킬 수 있다. 원래 그런 것이 아니라 몰라서 그런 것이라면 몇 번이고 알려줘서 알게 만든다.

평생 일만 하고 쉴 줄 모르는 친구를 늘 안타깝게 생각하는 사람이 있었다. 돈은 많이 버는데, 벌어서 자식들 주느라 본인은 정작 해외여행 한 번 못 하고 하루 종일 가게를 지키며 그 세상에만 살고 있다고 했다. 사연은 전해 들은 나는 그분들과 함께 여행을 떠나기로 했다. 책도 많이 읽고 전 세계를 다니며 큰 세상을 본 이 사람은 친구에게 꼭 그 세상을 보여 주고 싶어 함께 여행을 가자고 했다. 여행은 준비하는 과정에서부터 시작이다. 최종 목적지와 일정만 정해져 있는 상황이어서 하나씩 준비해 나가면 그 기쁨이 더 클 것이라고 생각했다. 그러나 항공권을 예매하고 세부 일정을 짜는 동안 한 번도 미팅에 나오지 않았다. 내가 아는 것이 많이 없으면 다른 사람들의 이야기를 들으면 된다. 목적지와 관련한 추천 영화를 함께 보거나 책을 읽어 보는 것도 좋은 방법이다. 서로 잘 알지 못하는 사람들과의 여행은 시작 전에 분위기를 맞춰 볼 필요가 있다.

사전 준비를 위한 채팅방을 운영해 보면 그 여행의 분위기가 어느 정도는 예상되기도 한다. 결국, 그 사람은 출발하는 날 공항에서야 얼굴을 볼 수 있었다. 그간 채팅방에서도 소통하고, 몇 번의 사전 미팅을 통해 다른 일행들은 서로 많이 가까워져 있었다. 그런데 그 사람은 친구밖에 아는 사람이 없으니 친구 옆에만 항상 붙어 있었다. 우리가 어떤 항공으로 여행을 하는지, 어디를 경유하여 가는지, 현지에 몇 시에 도착하는지 아무것도 모른 채 친구만 믿는다고 말했다. 채팅방에 이미 여러 번 전달한 내용도 전혀 내용을 모르고 있었다. 그 사람은 여행 내내 친구의 발목을 잡았다. 여행을 권했다는 이유만으로 마치 그 친구가 모든 것을 다 책임져야 하는 것처럼 행동했다. 내가 몇 번이나 넌지시 이야기를 꺼냈다.

"친구 잘 두셔서 이렇게 멋진 여행 하시니 좋으시겠어요?"

"친구에게 맛있는 거 많이 사 주세요."

몇 번이나 이렇게 눈치를 주며 이야기했는데도 별 반응이 없었다. 혼자서 할 수 있는 일도 친구에게 시키고, 절대 혼자서 어디를 가지도 않고, 친구도 가지 못하도록 눈치를 주는 것 같았다. 밥을 먹을 때나, 기차를 탈 때나, 멋진 호텔에서 보낼 때도 만족하지 못했다. 분명 너무나 친하고 오랜 세월은 잘 지내온 친구였고 좋은 마음으로 여행을 가자고 한 것이었는데 두 사람 모두 행복해 보이지는 않았다. 여행을 마치고 돌아와서 두 사람의 관계가 나빠진 것은 아니다. 하지만 분명한 것은 한 잔의 차를 마실 수 있는 친구와 여행을 가서 며칠을 같이 보낼 수 있는 친구는 분명 다르다는 것이다.

어떠한 어려움에도 여행을 잘 즐기는 사람들이 있다. 주변 사람들의 부정의 에너지도 모두 초긍정으로 바꿔 버리는 사람들이 있다. 성공적인 여행을 만드는 데에는 여러 가지 조건들이 필요하다. 그중에 가장 중요한 것은 나의 태도이다. 비행기가 연착되거나 놓칠 수도 있다. 분명히 제대로 예약했다고 생각했던 호텔 예약이 잘못되어 있을 수도 있다. 어렵게 찾아간 식당이 쉬는 날일 수도 있다. 일부러 여행을 망치려는 사람은 없다. 나의 통제권 밖에서 일어나는 많은 일은 누구의 책임도 아니다. 이러한 일들이 우리를 힘들게 하는 것은 맞다. 그럼에도 불구하고 이 모든 상황을 이끌어 나갈 수 있는 내 자신이다.

주어진 시간을 즐기려는 태도가 필요하다. 여행 중 많은 시간이 기다림으로 채워진다. 비행기를 기다리고, 호텔의 체크인 시간을 기다린다. 입국심사를 하거나 유명 관광지 입장을 위해 긴 줄을 서야 하는 경우도 있다. 그 또한 여행의 일부라는 것을 인정해야 내 마음이 편하다. 비행기를 타야 한다면 기다리지 않는 건 있을 수 없다. 다름을 이해하고 서로를 존중하는 태도가 필요하다. 여행을 가서는 비교하지 말자. 우리는 다름을 보고 느끼기 위해서 여행하는 것이다. 다름을 인정하고 받아들이려고 노력해 보자. 유럽의 느린 서비스를 불평하며 한국 이야기를 한다. 내가 다녀온 다른 나라 이야기를 하며 현재의 시간을 망치기도 한다. 한국 음식과 현지식을 비교하며 짜다고 밥숟가락을 내려놓는다. 그래서 와인을 마시고 맥주를 마시는 것이다. 모르면 배워야 한다. 우리가 만나는 낯선 세상의 모든 것을 호기심을 가지고 바라보면 좋겠다는 생각을 한다.

바라지 말고 스스로 하려고 하는 태도가 필요하다. 친구 간의 여행도, 가족 간의 여행도 내가 들 수 있을 만큼의 짐만 준비한다. 물론 가족 간에는 노약자에게 도움을 줄 수 있을 것이다. 이미 체격이 다 성장한 자녀들이 엄마에게 모든 것을 다 의지하고 맡기는 경우를 가끔 본다. 초등학교만 졸업하여도 자기 가방은 스스로 들 수 있는 정도가 된다. 여행지에서 너무 많은 물건을 사서 내 가방에 다 넣지 못하고, 남의 가방에 넣어야 하는 경우도 되도록 만들지 말아야 한다. 쇼핑을 너무 많이 해서 남의 남편에게 짐을 맡기니 그것을 못마땅해하는 와이프가 있기도 했다. 결국, 그것 때문에 그 집에 부부싸움을 일으키고 말았다. 다른 사람 짐 맡아 주느라고 본인의 짐을 잃어버리는 경우도 본 적이 있다. 아무리 긴 여행이어도 캐리어 하나에 모든 짐을 담을 수 있어야 짐이 짐스럽지 않다.

함께하는 여행에서 배려와 희생은 특히 요구된다. 여행 클럽 회원들과 가장 많이 함께 여행한 아들에게 물었다. 어떤 사람들이 여행지에서 우리를 힘들게 했는지를.

"늘 불평하는 사람, 다른 사람도 힘든데 참지 않고 자기 불만만 이야기하는 사람, 자신의 이익을 위해 시간 약속 지키지 않고 협조하지 않는 사람. 엄마, 다음에 여행 갈 때는 면접 보고 같이 갈 사람 정하자."

"그래, 그래, 그러자."

나는 안다, 정원이가 말하는 이 사람들이 누구인지를.

진정한 여행자의 품격이란 무엇일까?

'선택할 수 있어야 한다.' 여행의 준비 과정은 물론 현장에서 우리가 해야 하는 수많은 것에 대해 스스로 선택할 수 있어야 한다. 내 생각이 중심이 된 여행을 해야만 오롯이 나만의 여행을 만들어 갈 수 있다.

'책임질 수 있어야 한다.' 선택을 스스로 했다면 책임도 질 수 있어야 한다. 대부분 선택을 본인이 하지 않았기 때문에 책임도 지려고 하지 않는다. 항공권의 가격이 왜 실시간으로 달라지는지, 검색 조건에 따라 항공권의 등급도 달라질 수 있다는 것을 알아야 한다. 언제 구매할지, 어떤 조건으로 구매할지는 내가 정하는 것이다. 잘 아는 이들의 도움을 받아 최종 선택은 내가 해야 하는 것이다.

'배려할 수 있어야 한다.' 단 한 명의 사람도 마주하지 않을 수 없는 여행은 없다. 길에서 누군가와 부딪히게 되더라도 배려하는 태도는 꼭 필요하다. 이미 나와 친한 친구나, 가족과 함께 여행할 때에도 배려는 반드시 필요하다. 누구에게나 여행지는 익숙한 장소가 아니다. 낯선 장소에서는 누구든 예민한 상태가 된다. 내가 먼저 배려심을 가져야 편안한 여행을 할 수 있다. '인내할 수 있어야 한다.' 배려한다는 것보다는 좀 더 나은 인내가 필요하다. 배려가 한 번으로 끝날 수 있는 상황이라면 인내는 조금 더 긴 시간과 노력을 요구할 수 있을 것이다. 어떤 경우에도 이러한 희생을 요구할 수는 없다, 하지만 내가 인내하는 태도를 가진다면 내 여행을 더 성공적으로 만들 수 있을 것이다. '배우고 나아질 수 있어야 한다.' 다름을 이해하는 것을 넘어 내가 알지 못하는 것에 대하여 배움의 태도를 가지고 더 발전해야 한다. 모든 여행에서 큰 배움과 깨달음을 얻고 오는 것은 아니다. 나의 것과 다른 모든 것은 우리에게 나아질 기회를 제공한다는 사실을 잊지 말아야 할 것이다.

자신이 꿈꾸는 여행을 하지 않는다면 그것은 참다운 여행이 아니다. 천천히 여유롭게 순간을 즐기려는 태도가 필요하다.

친구를 알고자 하거든 사흘만 같이 여행을 해라.

- 서양속담

마치는 글

　하늘길이 닫힌 지난 일 년간 그 어느 해보다 많은 여행을 했다. 앨범 속 사진을 한 장 한 장 보듯이 한 줄의 글을 써 나갔다. 서른세 개의 이야기 속에 수많은 여행의 시간을 추억했다. 글을 쓰다가 괜스레 뭉클해서 눈물이 돌 때도 있었다. 웃음이 절로 나오는 여행의 추억도 있었다. 여행지에서 만났던 인연들이 그리워서 오랜만에 전화 통화를 하기도 했다. 매일 행복했고 감사했다.

　이번 책은 박사 논문을 쓴 이후 13년 만에 다시 쓴 글들의 모음이다. 박사 논문 마지막 심사 일주일 후 출산하였다. 논문 심사를 받고 수정하느라 열 달의 임신 기간은 지루할 겨를도 없이 지나갔다. 출산 예정일 전에 논문 심사를 통과하고 편안하게 아이를 만나고 싶었다. 논문 심사 일이 정해질 때마다 조금씩 아이를 만나는 시간이 가까워지는 것 같아 논문 심사 준비가 힘든 줄 모르고 즐기며 마무리할 수 있었다.

　책 쓰기를 위해 보낸 날들도 그렇게 신나고 기대되는 시간이었다. 어쩌면 가장 힘이 들고 더디 갔을 지난 일 년의 시간. 개강하지 못하고 연기를 반복하는 강의 일정에 조바심내지 않았다. 해외로 여행 갈 수 없는 상황을 불평하지 않았다. 걱정과 두려움으로 하루를 보내는 대신 스물네 시간을 오롯이 내 시간으로 가지게 되었다. 더 많은 일을 할 수 있게 되었다. 2020년은 나에게는 가장 알차게 보낸 한해로 기억될 것이다. 무엇보다 지난 여행의 시간을 한 권의 책으로 마무리할 수 있게 된 것이 가장 큰 기쁨이다.

내 여행의 절반은 혼자였고 절반은 함께였다. 혼자만의 여행을 먼저 경험했기에 함께 여행하는 것에 대한 감사함을 가질 수 있었다. 함께 있어도 혼자 있을 수 있는 방법을 안다. 어떻게 혼자만의 시간을 보내고 즐겨야 하는지도 안다.

누구든 '혼자 떠나는 여행'을 할 수 있으면 좋겠다는 바람으로 책을 썼다. 여행하며 만난 사람들, 여행 학교에서 만난 사람들, 그리고 온라인을 통해 만난 많은 사람이 혼자만의 여행을 꿈꾼다는 것을 알게 되었다. 버킷리스트에만 담아 놓고 왜 꿈만 꾸는지도 알게 되었다. 그럼에도 불구하고 그냥 떠나기를 바란다. 내가 여행 에피소드에 담긴 과정과 결과를 통해 조금이라도 두려움이 없어졌으면 좋겠다. 혼자만의 여행을 위한 결정의 장해물들을 치워 주고 싶었다.

여행을 혼자 떠날 수 있다면 누군가와도 함께 떠날 수 있을 것이다. 내가 가벼우면 남을 도울 수 있다. 내 경험으로 타인을 돕는다는 것은 멋진 일이다. 여행을 함께하는 사람은 차를 마시고, 밥 한 끼 같이 하는 친구와는 다르다. '친구를 알려면 사흘만 같이 여행해 보라'는 서양 속담이 있다. 아침부터 밤까지 누군가와 함께 여러 날을 보내는 것은 충분한 각오가 필요한 일이다. 그럼에도 불구하고 통계를 보면 함께 여행하고픈 동행에 가족 다음으로 많은 것이 친구이다. 친구들과 함께 여행을 갔다가 마음이 맞지 않아 싸우는 경우를 종종 본다. 서로를 잘 안다고 생각하기 때문일까? 어떤 말과 행동을 하더라도 이해해 줄 거라는 기대가 서로에게 있어서 일지도 모르겠다. '친구'라는 의미를 원래 내가 알고 있던 사람으로 한정하지는 않았으면 한다. 여행을 많이 하고 자신의 생각과 행동을 여러 번 바꿔 본 사람은 더 완전해질 수 있다. 여행에서 만나는 낯선 사람은 아직 사귀지 않은 친구일 뿐이다. 여행지에서도 좋은 친구들을 만날 수 있을 것이다.

이미 혼자만의 여행을 하고 있다면 당신이 누군가에게 함께 여행하고 픈 사람이 되었으면 좋겠다. 혼자 걸으면 더 빨리 갈 수 있지만 둘이 함께하면 더 멀리 갈 수 있을 것이다. 누군가에게 그런 사람이 되어 보라. 함께 걸어가고 싶은 사람, 함께 이야기하고 싶은 사람.

하늘길이 닫힌 지난 일 년의 시간 동안에도 나의 여행은 멈추지 않았다. 매일 아침 대문을 나서서 마을 산책을 하였다. 매일 다른 방향으로 골목 여행을 했다. 햇살이 가득했던 날과 우산을 들고 걸었던 날의 길은 같아도 다르다. 같은 길을 걸어가고 있지만 매일매일 나의 마음가짐이 다르다. 대문을 열고 나오기 전 내가 읽은 책과 음악이 그것을 다르게 만든다. 골목에서 마주치는 이웃이 새로운 경험을 하게 한다.

여행은 나를 충전하는 방법이다. 여행을 길게 다녀오면 충전이 오래간다. 긴 시간 멀리 여행할 수 없었던 코로나 상황 아래의 일상도 행복했다. 거의 방전 될 무렵의 충전은 아니었다. 수시로 충전이 되고 있어 늘 배터리가 가득 차 있었다. 일 년에 한두 번 떠나는 여행이 아니었다. 매일매일 여행하는 일상으로 살 수 있었다. 지난 25년간의 여행으로부터 배운 가장 큰 지혜이다.

"한 시간으로 여행할 수 있는가?"

"하루로 여행이 가능한가?"

"일주일이라면 여행하기에 충분한가?"

모든 질문에 '예'라고 자신 있게 대답한다.

혹시 과거에 대한 후회로 이미 다른 사람의 손으로 가 버린 선물 꾸러미를 바라만 보고 있지 않은가?

미래에 대한 걱정으로 '지금'이라는 선물을 뜯지도 못하고 안절부절하는 것은 아닌가?

여행하는 삶은 멀리 있지 않다.

『그곳을 선물합니다』라는 제목으로 책을 집필했다. "인생, 여행처럼"

이라는 부제도 달아 보았다. 이 책은 여행 계획을 꼼꼼히 짜는 공식을 설명하는 책이 아니다. 이 책을 읽으며 언제 어디서든, 어떤 순간도 나만의 여행을 만들 수 있게 되었기를 바란다. 한 시간을 나만의 방식으로 잘 보낼 수 있다면, 하루도 여행할 수 있다. 한 달도 괜찮고, 일 년도 가능하다. 자전거를 타고 나가든 비행기를 타고 날아가든 어디에서라도 즐길 수 있다.

그럼에도 나는 다시 멀리, 길게 갈 수 있는 여행이 시작되면 또 떠날 것이다. 혼자만의 여행을 준비하는 사람을 도와 떠나게 할 것이다. 그리고 그들의 동행이 되어 여행할 것이다. 가 보지 않은 길을 갈 것이며, 해 보지 않은 많은 시도를 할 것이다.